来 古 记

冰川脚下的藏地生活纪事

陈莉莉◎著

SPM 南方出版传媒 广东人民出版社

·广州·

图书在版编目（CIP）数据

来古记：冰川脚下的藏地生活纪事 / 陈莉莉著. —广州：广东人民出版社，2020.6
ISBN 978-7-218-13860-2

Ⅰ．①来… Ⅱ．①陈… Ⅲ．①纪实文学－中国－当代 Ⅳ．①I25

中国版本图书馆CIP数据核字(2019)第196540号

LAIGUJI : BINGCHUAN JIAOXIA DE ZANGDI SHENGHUO JISHI

来古记：冰川脚下的藏地生活纪事
陈莉莉　著

出 版 人：肖风华

策　　划：李　敏
责任编辑：李　敏　　罗　丹　　温玲玲
装帧设计：WONDERLAND Book design　　刘焕文
　　　　　仙境 QQ:344581934
责任技编：吴彦斌　　周星奎

出版发行：广东人民出版社
地　　址：广州市海珠区新港西路204号2号楼（邮政编码：510300）
电　　话：（020）85716809（总编室）
传　　真：（020）83780199
网　　址：http://www.gdpph.com
印　　刷：广东鹏腾宇文化创新有限公司
开　　本：890mm×1240mm　　1/32
印　　张：11　　　　字　　数：280千
版　　次：2020年6月第1版
印　　次：2020年6月第1次印刷
定　　价：68.00 元

如发现印装质量问题，影响阅读，请与出版社（020-85716849）联系调换。
售书热线：（020-85716826）

前言

不是每个人都能如我这般幸运，会在广袤的人生里遇见这样一个地方，相互走近，并且产生依恋。

空气稀薄的地带，双脚踩在泥土上的每一天，就像是一个开关，开启了我对生命的另一种认知。

初见来古村，雪花飞舞，积雪沉沉，苍茫一片。一个不知来历的外来族系女人，刚开始没有得到来古村村民的亲近。同样，我也没能亲近他们。

时间之河缓缓流淌，一切都在改变。

每一件事情都那么微小，微小得让人几乎看不到，即使看到以后，也会有所耻笑。我坚持认为那是人性中的光辉所在，是人自然而然具有的高贵和善良，但是在越来越发达、完善、庞大、具有侵略性的现代文明系统里，他们成了稀有之物。

恶劣的自然环境，悠久而漫长的宗教文化，微妙的民族政策，日新月异的文明野心，等等，在巨大的时代背景和无法抗拒的自然环境之下，他们怎样在生活？你不由自主会想：西藏还有多少这样的村庄？中国呢？地球上呢？村庄里又有什么样的人？他们是否如来古村人那样在生活？无从准确地知道。

他们就像是青稞，被撒在广袤、荒蛮的高寒之地上，生死交替，自演轮回。但正是他们，构成了西藏的独特生态。因为他们，西藏才是西藏；也因为西藏，他们才是他们。

每个人都是一部历史。他们的历史因为山高路远鲜为人知。因为种种原因，那是我们并不熟知但总会加以想象又有多种误解的世界。

那里的时光，像是我正当下的前世，是曾经过往的今生。它带来的营养，我原来以为是月亮，后来发现是星星，像星星一样繁多。

我像是被人生丢弃了太久的孩子，依稀看到了父亲的模样。

当一切神秘得不可确定时，我把它理解为一种命运的牵引，它不是我的家乡，但是否是我的祖先流浪过的地方？

它回答了我一个问题：怎样度过余下的人生，它短促、无常，充满自由。

严肃是一切意义的开始。

谨以此书献给我的父亲。他是我人生的苦难和光亮，颠沛流离，辗转周折，一生都抱有希望。

《来古记》主要人物谱

大人篇

卓嘎——来古村里汉语最好也最愿意表达的村民，她的家就在学校隔壁。她是我与这个村庄建立成人间关系的纽带。我也是她与城市建立关系的桥梁。某种层面上，我们在一种情感关系里相互依靠。卓嘎渴望城市，有过短暂的拉萨生活经历。她依然有着村民们都有的率直，常常直抒感情，表达需求。2016年7月，她将命丢于挖虫草时遇见的雪崩。多年来，平静、安宁的来古村因此事件丢失性命的，她是唯一一个。她的尸体被自发组织寻找的村民找到，然后天葬。卓嘎离开人世后，她的丈夫与她的妹妹组成家庭，现在共同养育三个孩子。

群培——村长（现在叫村主任了）。在来古村的语汇以及体系里，宗教人物以外，村长就真的是这个村庄的大家长，有着相当的权威。村民吓唬不听话的孩子时会说，我去告诉村长。村里奉行"平均主义"的规则，有时候，群培有着"怎样才是真正平均"的苦恼。

仁青——村庄里的漂亮女人，因为漂亮，或者也因为其他，一个人带着刚出生的女儿央金卓嘎生活，同时要照顾精神失常的妈妈。

老阿妈——我没特意要知道她的名字。她是典型的老一辈西藏人，虔诚地信仰佛教，善良、朴素，把更多的情感放在他人身上，终身未育，抚养妹妹家的女儿以及她的下一代。2018年，老阿妈离开人世，因为"不知道是什么病的病"。

桑曲——有过当兵经历的80后村民。有着说不尽的朴实，也有着不知从哪里"沾染"来的狡黠。他想当村长，无果。他想走出村庄，没有合适的技能，为此，他经常苦恼。会不时地给刘局提要求，让刘局帮忙跟县长说一下，给他介绍一份体面的工作。因为汉语好，他经常被村民找来拿药，主要是男性村民。女性村民大多找的是卓嘎。

罗布——来古村小学的驻村老师。唱歌好听，他的家乡在拉萨附近。他说他的梦想并不是当一名老师。但是最终也只能选择当老师。来古村条件艰苦，基本上刚毕业的学生会分配到村里，他们将在村里待一年，然后回到镇上。村中生活里，他的梦想是：回然乌镇。

米玛——来古村小学的驻村老师。与罗布一样，他们于2012年寒假到来的时候，回到了然乌镇。

果珍——她已出嫁到外地，但每年6月会到来古村，经营哥哥家的商铺和藏家乐。她具体嫁到了哪里，嫁给什么人，有什么样的村外生活，村中人认为很神秘。这种神秘与她的美丽一样，吸引人们的目光。

刘局——驻村工作干部之一。出生于20世纪60年代，江苏人，年幼随父母进藏，在西藏读书、工作，有"藏二代"群体特有的哀愁与喜乐。

江措——驻村干部之一。他身材魁梧，是西藏昌都人。他是藏族青年中的知识青年，他的奋斗路径是读书，考公务员，这是藏区最有代表性也最主流和被认可的人生道路。内地热火朝天的经商、创业等等，在藏区居民看来，不是铁饭碗，也算不上是工作。

达珍——驻村干部之一。与江措一样，来自西藏。他们的人生道路也类似。努力读书、攒劲考进体制内，再随体制内系统分配至熟悉或陌生的地方，将来能否调动、升迁，随遇而安。或许也就在陌生的地方，结婚、生子，过一辈子。

安科——驻村干部之一。与刘局不一样，安科的童年生活以及少年生活与西藏无关，只是大学教育以及工作选择在藏区。在藏区，这也是一个很大的群体。这个群体更多的生存模式是，家人在内地，因为教育条件、生活环境好。他们个人则选择候鸟般的生活。他们的期盼是早点退休，早点回内地，不要患高原病。

桂鹏——重庆人，来古村的志愿者。他曾经的工作单位在上海，来古村有他们单位对接的民间公益项目。来古村两个月的经历，桂鹏说帮他打开了人生的一扇窗。从西藏回上海后，桂鹏将工作与生活的重点放回了重庆。

小四——上海人，是桂鹏志愿者任务的接替者。与桂鹏一样，离开西藏后，小四多次进藏，也曾回到过来古村。

孩子篇

洛松玉珍——2012上半年读来古村小学三年级。她的汉语是班里最好的。她的爸爸是自然村的村主任、行政村的副主任。她的家庭条件要好一些，所以，她常常有一些其他学生没有的骄傲感。2020年，洛松玉珍在昌都读高中。

洛松达娃——2012上半年读来古村小学三年级。他是当时的班长。小小的孩子有一股成熟劲儿。到然乌读书后有一天回村，说是生病了。停学治病，发现是肺结核加乙肝，总也治不好。同龄孩子求学期间，他一直在村里晃荡。他喜欢找老师一起去跳锅庄。再后来，洛松达娃就一直没有上学。

索朗卓玛——2012上半年读来古村小学三年级。一起在学校的时间里，除了唱歌尤其好听，被认为是"来古村的女高音"以外，其他表现上，她有点内向，汉语也不是特别好。分别后，我们联络最多。她的汉语水平飞速成长，开始代替洛松玉珍，成为我与其他孩子间的纽带。她读了很多孩子写给我的信，并在后来的一天说，"你说你很开心看到我长高了，我非常开心。两个开心在一起，就更开心了。我想你在我们身边。"跟很多来古村以及其他藏区孩子一样，她的语言有一种天然的诗意美。2020年，索朗卓玛在昌都读高中，与洛松玉珍同一所学校。她的梦想是成为一名歌手，她希望2021年能考上大学。

丁增卓玛——2012上半年读来古村小学三年级。她活泼开朗。她的家庭充满幽默。2020年，她在昌都读职业学校。

次仁卓玛——2012上半年读来古村小学三年级。头一天收到衣服，第二天很早就会穿过来给老师看的学生。汉语最不好，但是愿意表达和沟通。每次对话时断断续续，但我们都相互知道对方想表达的意思。2020年，她在昌都读职业学校。

罗布措姆——2012上半年读来古村小学二年级。父亲去世得早，她随妈妈一起生活。后来又有了继父。她有其他孩子没有的早熟气息。这与洛松达娃显露出来的成熟不一样，会让人不由自主地对这个女孩未来的人生征途感到担忧。

拥宗——2012上半年读来古村小学二年级。谁都没料到，她在镇上组织的考试中，数学得了高分。平时不爱说话。家距离学校很近，经常给老师送柴、送烙饼，经常为妈妈求药。她的表达是"妈妈头发疼"（实际上是头疼）。2020年，她在昌都读高中。

旦增——2012上半年读来古村小学二年级。她最喜欢和同学一起躲在门外，发现好玩的事情，会笑个不停。2020年，她在昌都读职业学校。

朗加曲措——罗布措姆姨妈的女儿，罗布措姆的表妹，但在八宿县城读的是三年级。县城与村庄暑假不同步，她放暑假来村庄，跟二年级一起上学。与所有土生土长的村里孩子不一样，她的到来引起孩子们的好奇，比如她的语言、衣着等等。

吾金——2012上半年读来古村小学二年级。父亲早年去世，家中孩子多，她排在中间，最小的弟弟后来读一年级。与罗布措姆的早熟让人担忧但又无奈不同，吾金让人心疼。她爱护弟弟，袒护家人。她不经意的举动，经常让人感到人间血脉传承的温情。

巴登扎西——2012上半年读来古村小学二年级。小小的孩子，有一股生猛劲儿。边唱边跳时，魅力非凡。长大以后，他可能会像江措一样魁梧高大。2020年，他在昌都读高中。

次仁曲宗——2012上半年读来古村小学二年级。她个子小小的，脸蛋圆圆的，眼睛机灵地看着所有的一切。她很少出现在文中，源于她的内向、不爱表达，而我在众多孩子中也分身乏术。直到我2013年10月回村后，卓嘎告诉我说，次仁曲宗生病去世了。什么病？不知道。可能是吃那些辣辣的零食，脑子里长虫子了。与2016年炎热的夏季午后听到卓嘎去世的消息一样，那短暂又漫长的时间里，我喘不过气来。仔细想来，这本书里有多场生死。

巴登——2012上半年读来古村小学一年级，下半年读二年级。当时这个班只有两个学生。相比之下，他认真、努力。2020年，他在八宿县读初中。

尼玛——2012上半年读来古村小学一年级，下半年读二年级。

他是班上的另外一个学生，调皮极了。长大以后可能会是混世魔王。他是桑曲的亲戚。与所有孩子相比，这两个由一年级再升二年级的孩子，和我们相处的时间最长。2020年，他在八宿县读初中。

强巴次林（向巴赤列）——2012年下半年的一年级学生。户口本上的名字与平时叫的名字音类同字不同。他是吾金的弟弟，是那个家庭里唯一的男人。他的学习成绩很好，也非常愿意学习。他经常会把学校里分到的好吃的偷偷藏起来，拿回家里。2020年，他在八宿县读初中。

汪来江村——2012年下半年的一年级学生。与尼玛一样，他是班里最调皮的。他与尼玛是亲戚。他有一个哥哥，长他几岁，没上学。他们经常"组团"到学校调皮。

洛松朗加——2012年下半年的一年级学生。脸圆圆的，有相比之下的红润白皙，至少不是红黑色。他的爷爷喜欢喝青稞酒。他爷爷经常会来学校问我，他听不听话，如果不听话，老师就是爸爸妈妈，可以打的。

邦措——2012年下半年的一年级学生。这是班上唯一的女生。爱哭、爱漂亮、爱撒娇。声音清脆，眉毛弯弯，睫毛长长的。她是卓嘎妹妹的女儿。2020年，她在八宿读初中。

强巴顿珠（达娃）——2012年下半年的一年级学生。他是果珍哥哥的儿子，就是果珍商铺持有者未来最大可能的继承人。所以，他可以于童年时期就有一辆小小的自行车。虽然已很破旧，但在来古村，它也是不多的奢侈的成长陪伴物。他有一个哥哥，是侏儒。他哥哥的样子，在来古村有很多。人们不知道究竟是什么原因，他们从宗教的理论去想，我们想的是，会是水的原因吗？2020年，他在八宿县读初中。

目 录

第一部分　冰川脚下

一

进村

我从拉萨城出发。

那是4月初。拉萨城里一派早春模样。中午的阳光，让人们暂时褪去早起时的臃肿，露出手腕到胳膊肘之间的部位，经过漫长的冬季，它们的确比之前白了些。

墨绿色的丰田4500跟所有车辆一样，以被限制的速度行进在几乎没有什么车辆的路上。

远远看去，像是无声地行进在一幅油画上。

司机说着黄色段子，额头上的沟壑在黑红色的脸上特别明显。

他把自己逗得张开嘴巴大笑的时候，脸上的皱纹让他看起来比他说的年龄要大上好几岁。

这个差距通常是5至10岁，这是在高原生活的人比内地同龄人看起来要大的正常范围，好像皱纹特别愿意长在高原人的脸上一样。

车内的同行人，是来自上海的一对情侣。他们怀揣着心事，很少言笑。空旷、辽阔和荒芜，没能打开他们的心结，所以他们也没有太多亲昵的举止。这让我在封闭的空间里少了很多尴尬。

清醒、兴奋、昏沉，还有头痛，随着海拔的起伏、路途的遥远以及常态的沉闷，交织存在。石头、秃山、雪山、小冰川、森林、河流、桥、悬崖、村庄、客栈，从拉萨开始的路上，新鲜感因为未知而越来越强烈。

4月，对于西藏来说，不是宜走的时节。西藏向来有"七八九，最好走"的说法，其他时节容易有泥石流、坠石、积雪、暗冰、塌方等，所有这些，我都遇上了。

我也眼睁睁地看着一辆车坠入两百多米深的河中，车上的十几人根本没有生还的可能。

早衰的司机，有着与外表一样沉稳的性格。他对那条路熟极了，知道什么地方会有什么样的危险。有时他会故意让我们紧张，说那是一种策略，为的是让看起来不适应高原的内地人时刻警醒着，不至于因为懈怠而丢了性命。

出了拉萨城，是林芝地区。

一百二十多万平方公里的西藏土地上，林芝有着最低海拔，也有着最为丰富的原始森林。如果你愿意，可以抚摸到太多叫不上名字的植物。

林芝是西藏的绿色之洲，每天从这里飞出那么多的氧气，源源不断地供给更广阔的西藏大地。所有关于西藏风光秀丽、旖旎的形容词，几乎都甩给了它。对于西藏而言，它太像是娟秀可爱的孩子误入了顽劣粗犷的群体。

与拉萨城的早春模样不一样，林芝显然已经进入了春天好长时间。

幼年时期的青稞，像是调皮的春水，随风起伏，那是比内地小麦要早万年的物种，它神通广大，且只有在高寒之地才可生长。桃花半落，树上、地上都是粉红。让你张开嘴巴忍不住赞叹的是，偏偏还有粉红的桃树种在了绿色的青稞地里。

空气湿润，小雨洒下，氧气扑扇着小翅膀。从空气稀薄的地带过来，在氧气面前，人们的幸福感会增加，因为呼吸的自由就这样造访了。

只是，渐渐地，路边开始没有田地，没有青稞，没有绿色，更没有粉红，又是山、石头、冰雪、河水，车辆也越来越少。

大石头悬空横在公路的拐角处，丰田4500也算灵活地拐了一个大弯。

眼前是一个雪白的苍茫世界。

初见藏东小镇然乌，还在飘着鹅毛大雪，这与之前的阳光、绿色以及粉红，区别太大。听说雪已经下了好几天，而且不知道会持续到什么时间。满世界的积雪，漫天飞舞的大雪，对于出生、生长在内地的我来说，这里就是一个冰窟窿。

这里已由林芝地区进入了昌都地区。然乌镇是昌都地区的"西大门"，南接林芝地区的察隅县，西邻林芝地区的波密县。所以，很多人经常因它的温婉而误解它的出身，也对它偶露的雄壮疑惑不已。提起它的行政隶属关系，人们经常挠头。所以，你经常会看到错误的隶属关系信息，那是对它有着一面之缘的人们，一厢情愿地归类。你知道的，这样的人不在少数。

这一路走来，像是从一个世界到了另一个世界，其实不过是两天两夜的工夫、800多公里的路途。但那种感觉像是，你在北方的冬天里一个小时之内吃了榴梿，喝了椰汁，又啃了柠檬。

然乌镇的早晨，是在女孩尖锐、惊恐、愤懑、带有哭腔的高音中醒来的。

她叫着"马桶没有水，马桶没有水"，藏族姑娘听见后，见怪不怪地提水上了三楼，把水放在她的房门口，转身走了。她呆站着，望着藏族姑娘的背影，心里肯定在抗议：我们住的是最贵最好的酒店，好不好？

后来才知道，即使是镇上最高行政级别的场所，也经常没水没电，更不要说一个酒店了。

这个小镇有着太多的不确定性。而正是这种不确定性让它有着无法阻挡的魅力，也让很多人从四面八方前赴后继地赶过来。跟很多只能浮光掠影的旅游景点一样，繁忙的城市生活让他们留给这个小镇的时间同样很短。

- 2 -

这是一个以旅游为主业的小镇，318 国道给它带来温存片刻的人来人往，只是游客很少会在飘雪的时间里来。

这个时节，我们的到来让小镇上的人感到疑惑，甚至都懒得招呼我们。很显然，他们没有做好这个时间接待客人的准备，况且，就四个人，也没什么油水。

6至9月是这个小镇也是整个西藏的旅游旺季，它给镇上每一家店带来繁荣，也让每一个淘金客在旺季结束后打点行囊，荷包满满地回到内地。

相比有着悠久游牧文化的当地人，淘金客反而更像是这片土地上的游牧群体，顺着金钱的气味，在内地与高原间来回迁徙。

在经商方面，有些愿意尝试的当地人看着外来人游刃有余，也试着去做，后来发现，他们没有像外来人那样挣到钱。他们习惯说，是因为自己不聪明，笨的；也会发牢骚说，你看看，西藏的钱，都让你们外来人挣完了。

那些外来的淘金客也根本没把当地人的从商当作一回事。

所以，跟西藏很多地方一样，然乌镇除了甜茶馆、必要的日用品商铺以外，全部都是来自淘金客的生意。他们带来了水果、辣辣的全部用面粉做成的面条，还有炒菜，他们也不指望当地人能给他们带来多么大的收成，他们看中的是川流不息的内地游客，那是他们远离故乡放在小镇上的取款机。

有时候，他们也欣赏、嫉妒绝大多数西藏人"只要有糌粑、有地方晒太阳就是幸福"的人生态度，他们认为那真是"会享受人生"。

欣赏，是因为没有竞争；嫉妒，是因为做不到。

小镇只有一条主路，所有的商铺、机构临街而建。一条路走下去，不到10分钟，整个小镇就被你走完了。

这个时节里，道路上积雪与冰混着，人走在上面要小心翼翼。大力蹚着不看脚下的，你就知道他在镇上有些日子了。车行其上，像是蜗牛，慢慢的，如果不仔细，甚至看不出它的移动，车身上面还有没扫落干净的积雪。

"尝来尝往"是镇上的新客栈，为了招徕客人，特意提前过来暖场，除此之外，再没有其他饭店可以提供早餐了。

娇艳的黄底配着"尝来尝往"四个大红的字，特别显眼，可能也因为整个镇上，除了素雅的白，再也看不到其他颜色了。

几张干净简洁的桌、椅，厨师兼着服务员，三两人便是一家店，服务员可能是亲戚关系，这几乎是西藏所有以招待游客为主营业务的小店的共性。偶尔实力雄厚的，会兼营客栈生意，因为吃完以后就是睡觉的问题了。即使最忙碌的季节，也是一天中只忙那么一会儿工夫，游客都是呼啸而来，又呼啸离去，蜻蜓点水一般。

很显然，"尝来尝往"力量单薄些，没有让游客可以睡觉的地方。老板的肤色还是内地的颜色，裹着厚厚的羽绒服，缩着肩，一副索然无味的表情。

似乎对这里不知所措，对别的地方又尚不知晓。

对于游客，镇上没有那么丰富的可选性，除了A，就是B，要么就是C，如果你都不想选，你就没得选。像是午夜散场的电影院外，仅有的三两家等着生意的小摊。

店里有两个男人坐着，早餐没有更多选择，他们吃的也是高压锅煮出来的面条。他们是四川人，年初来到镇上，给一家通信公司做基建工作。有别于餐馆老板的肤色，他们的皮肤已呈黑红色，嘴唇发紫，衣服也没那么厚，显然已习惯了这里的一切。

付钱离开的时候，矮个子男人拍拍手里的钱，看看老板，再环顾一下店里不多的人，说，在西藏，钱软得很。说完他转身走了，都没来得及听到老板的回应。

- 3 -

从然乌镇到来古村，没有班车，除非从镇上包一辆面包车。这使然乌镇附近村落里懂生计的人多了一种增加收入的方式。

来古村是然乌镇最偏远的村庄，旺季时节的包车费用需要300元，现在这冰天雪地的，镇子上也没有面包车可以包。

只能步行或者搭车。路上人烟稀少，往来车辆不多，风大，卷有尘沙，吹在脸上生疼。

搭车在西藏这片土地上再正常不过，也成了路上常见的风景。最重要的还是因为地广人稀、车辆匮乏，更没有固定班车往来。久居这片土地的人们，养成了在路上相互帮助以及学会求助的习惯。这个习惯传给了初来乍到的人，于是每个人都学会了。这是一门技能。

搭车的标志动作是冲着车来的方向竖拇指。对于藏族人来说，竖起拇指，再让拇指点头，就是求求你的意思。他们说，你看，他们那样，怎么好不停车呢？

凡是停车的，都是愿意搭人的。如果正好顺路，人尽管坐进去，或者把物件放上去。你不用担心，人和物件肯定会顺利地到达你想到的地方。

我曾经认为，这种基于信任的浪漫，在城市文明、商业社会里已是稀缺。为了验证这一点，回到内地后，就在北京，那么多的车辆来来往往，我站在路边，希望自己能像在西藏的土地上一样。

那也是一个冬天，手心、额头紧张得出了汗水，最终还是没伸出手来。回到城市里，我似乎也失去了对别人的信任。

正走着的时候，一辆大货车在后面按喇叭，留着披肩发、戴着墨镜的女人探出头来，用四川话问："搭不搭车？"

那是一辆体积庞大的工程车，庞大得我必须把脚抬得高高的，里面的人伸出手来拉我，我才能踏上去。这么庞大的工程车，我似乎只在西藏的土地上见到过。它从你身边路过时，你不由自主地会有一种压迫感，如果恰逢路窄且不平，你就要恐惧了。

女人往里挪了挪地方，让我坐在靠车门的位置。看我坐稳了，她开始剥核桃，把剥好的核桃仁全放到我手上，找话题跟我聊天。你几岁啦？为什么一个人？怕不怕？等等。

司机是个大块头中年男人，因为路不平，驾驶座上的他一颤一颤的。他打量我一眼，瞅一眼方向盘，眼睛看着前方说："你们年轻人什么后果都不想，那是因为你们什么都不知道。"我问他："需要知道什么？"他一副想告诉又不愿告诉的表情。

车行在路上，旁边是深深的湖泊，弯多、上升、路窄，不时能感觉到车身倾斜。也许是看到了我的紧张和害怕，他说："不用怕，这条路我走了很多年。"

他指着远处白茫茫的山说："现在走的路算是好的，我们还要走很长一段路，要翻过那座山，明天夜里才能到。你们来这里是体验生活，我们走这条线是生存，这里太苦了，你不一定能待得下去。"我问他："怎么个苦法？"他说："冷、海拔高、物质匮乏、不能洗澡，等等，所有这些足够让你身体不健康。"也就是说，对于外来者，西藏的天比西藏的人难相处。

这条路，我后来又走了两次，与第一次刻骨铭心的恐惧不一样，后两次竟成了一种再正常不过的寻常。相比以前，多少车辆、人、马在不可控的自然环境下，猝然消失，现在，这条内地与西藏互通物资的路径，其路况要好多了。

他们对来古村的名字不熟，我用了很多听来的形容词，也没有用。加上路上也没有路标，走着走着，他们说，再往前走，就没有村庄了。综合所有的判断，他们说，应该是在不知道的情况下，已经走过了。他们停下车，帮我找路边村庄的村民询问，村民指了指一个方位说："在那里，有点远，18公里。"

他们埋怨自己想做好事，实际上不知道是不是帮了倒忙。他们让我根据村民的指引，往回走，他们还嘱咐，一定要学会搭车，不要自己走。

我转身离开时，墨镜女人拉了拉我的胳膊，抓了一把核桃放进我的背包。她说："这是西藏最好的核桃，多吃点，不知道要走到什么时候。"

他们从车窗里探出头看着我，我回头，他们还在看，我不敢再回头，闷头往前走。

听到两声喇叭，他们是在告诉我，他们走了。

往回走的路上，无车辆路过，他们嘱咐我一定要学会搭车的叮咛，还有我暗暗下的决心，在肆意而为、随风扑面的尘土里，被吹得找不到一点点痕迹。

走到一个岔路口，岔路口拐进去的首要位置有处房子，飘着红旗。

飘红旗的院子门口有个牌子，上面白底黑字写着"雅卡村村委会"。一个藏族小伙子出来说，到来古村还有18公里，他建议我先随他进屋休息。

又是一个18公里。

从镇上出发时，已听到过两次18公里，而我距离上一个18公里，已经徒步走了4个小时。这里的人们对于空间距离上的精确没有那么在意过，有时会用时间来表示距离，你一直走就可以了。对于时间，他们也不会说小时，而会说一天一夜。

那是一个有床（两张）、炉子、柴火、炊具、桌子、电视的房间，看起来满满当当。炉子里燃着火，半截木柴露出炉膛。不像其他藏区那样用牛粪取暖，这里用的是木柴。温度与外面显然不是一个季节，眼镜片上立刻起了一层雾。

一个穿着黑色羽绒服、戴着黑色帽子、把自己裹得严严实实的小伙子坐在床边，手插在兜里，缩着肩膀，正在看电视里放的《北京爱情故事》。正好是男主角在街上一见钟情女主角的情节，他边看边笑出声。房间里电压不稳，他看一会儿就要用手动一下稳压器。他说，以前都看过一遍了，再看一遍。不知道是因为电视剧真的好看，还是除此以外再没有其他娱乐活动。

他是汉族人，江苏籍，大学毕业第一年，随女友一起援藏，原单位是八宿县人民医院，后被派到这里驻村。他原以为在西藏会有施展拳脚的机会，事实上，他认为他把这里想得过于需要他以及他掌握的学识了，不过"也快了，快回去了"。

如果你留意，你会发现这是西藏土地上的另一个特色。见到的每一个人，都有着强烈的倾诉欲望，即使是第一面，也好像你们早已很熟，熟到可以倾听他全部的人生。

可能是在空旷、荒凉的自然环境下，人们更容易舒散心中的情绪。作为他们人生旅途中遥远的宿站，西藏的功能就是承接以及修复。

一个在广州工作过，又在西藏生活了一段时间的湖南女孩，我们在北京首次见面，在三里屯附近川流不息的灯红酒绿里，就听到了她的故事。她说在拉萨人虽然很少，但感觉人与人之间的可能性很多，但是在北京，身边来来往往那么多人，感觉都特别远，说不上一句话，即使说了，也好像是打扰到了别人。

在快速说完自己的人生以后，她好像发现了这一点。我感觉自己好像做了错事。

就因为这，在那片土壤上收获了太多的故事，男女老少、爱恨情仇、生离死别、辛酸欣喜，细细品下来，就像自己在人生里蹚了好几个回合。

引我进屋的藏族小伙子始终低头用手机玩游戏，他说他女朋友就在来古村驻村，晚一点儿她会从县城里回来，并建议我就在这里等他女朋友的车子。

他们都有自己的事情要做。炉子里沉闷的噼里啪啦声、电视机的声音、看电视者偶尔的笑声、玩游戏的手机发出的声音，等等，它们让房间更显安静，安静得让人尴尬。

这种尴尬告诉我，在短暂、急速地表达完自己想说的以外，我们都不善于进行这种陌生的相处。相互告别时，他指了指前方说："一直走就是来古村了，还有18公里。"

我问他："来古村是一个什么样的地方？"

他说："夏天的时候很漂亮。"

对他来说，来古村也许是一个遥远得他也没有去过的冰川脚下的地方。

- 5 -

似乎又走了很长时间，天色渐渐暗了下来，走过很长一段前不巴村后不着店的路，以为要停了的雪，又纷纷扬扬飘了起来。我开始注意看路边是否有可以挡风休憩的山洞，隐约有感觉，这个夜晚可能要在山洞里过了。

但隐隐约约又看到了五星红旗，还有一缕缕炊烟。它们好像很远，但又很近，一点一点地拽着我往前奔的脚步。

边走边想，来古村可能真的就要到了。

那个不知边界的傍晚，苍茫的草原上落着高原上的雪，此时五星红旗带来的慰藉和感动，紧随余下的人生。

走近以后，跟上一个村庄一样，铁门，水泥院子，铁门上挂着一个牌子，上面写着"雅则村村委会"。院子里的房间亮着白色的光，在飘雪的苍穹间显得细弱，但是即使如此，还是能读出温暖。

应是听到了铁门被推晃的声音，一个人打开房门走出来。逆着房间里照出来的光，雪花一片一片看得很清晰。听说我要去来古村，他冲着我说，来古村大概还有18公里，明天有车去来古村。

又一个18公里。我距离上一个18公里已经徒步了两个小时。

他叫强巴顿珠，康巴藏族，然乌镇驻村工作队人员，26岁。他说，有人因为他的名字叫他巴顿，巴顿将军的巴顿。但是他不喜欢那种叫法。"如果四个字的名字不好记，你还是叫我顿珠好了。"他认为被叫作"巴顿"，是不严肃、不尊重，甚至是戏谑。

房间里烧着炉子，三两根柴放在炉子的铁皮上，顿珠说，湿了，烘一烘，再烧的时候就好烧了。可能因为看到多了一个人，顿珠出去又抱了一捆柴进来。与外面的风雪相比，这个漏着风的房间，暖和得像是南方小城的春天。

顿珠小学毕业时考到了天津的西藏班，西藏小升初考进内地班的概率几乎为百分之五，有的学校甚至地区经年没有学生考进内地班。在某种意义上，考进内地班，就像内地的学生高考进入了北大、清华等代表前途光明的学府。他在天津读了四年初中，其中一年主要用来学习汉语，后又到成都读了三年高中，大学考回西藏，毕业后顺利考上公务员。对于更多人来说，这是一个优秀的、不乏光鲜履历的藏族年轻人。

说起在内地读书的经历，他说，很辛苦，老师不会对你很好，跟同学又不熟，汉语一直学不好。13岁开始独立应对完全陌生的世界，语言、习惯、理念等都不一样，一个少年在那样的岁月里也慢慢熬出了坚韧。为了节约费用，他假期很少回西藏，父母也没到内地探望过，偶尔奶奶会带上妹妹走很远的路去邮局把奶渣、糌粑寄到学校。吃着这些带有家人、家乡味道的食品，在国内准一线城市里，他似乎也看到了自己与更多人的不一样。

我问他："当时有没有想过留在内地？"

他说："刚开始觉得生活各方面很便利，想过留下来，后来觉得不合适。"

"怎么不合适了？"

他指了指头说："总觉得这里转得慢，比你们内地人慢多了。"

还有半年，顿珠就可以结束驻村工作回镇上了。这两天，其他驻村工作人员都去县城买菜了，村委会里就剩他一个人。虽然与自己的出生地有着几百公里的距离，但都属于康巴地区，文化、习俗上的几近相同以致形成心灵上的共通。一个人守在飘雪的村落，我以为他会孤单，他反问："有什么好孤单的？"

驻村的半年时间里，顿珠遇到过两起来旅游的内地人的报警事件。一个是失踪了，家人报警说就在他们这里失踪的，他们就漫山遍野地找，后来才知道，游客去了另外一个地方，手机信号不通，没跟家人打招呼。另一个是一个女孩，很年轻，死在一个没人去的湖边，她父母过来把她的尸体接走了。在这个村庄里，处理村中事件，以及游客与村属地发生的关系，是他们驻村工作组的职责之一。说起这样的事情，他满脸疑惑："你说他们没事到处乱跑干吗？"

这个村庄，联通和电信都没有信号，移动的手机要放在特定的位置才会有信号。顿珠把手机放在靠近墙角的木板上，用免提跟一个人通话，听起来也有点断断续续的。他对我说："主要是让你听听明天真的有车会去来古村，不是骗你的。"

跟雅卡村一样，雅则村是从然乌镇去来古村必须要路过的村庄。西藏土地上，村与村之间，相隔甚远，你在这里经常会在苍茫的大地上走啊走，看不到任何人烟，两天后，突然出现几处房子，有炊烟升起，那种感觉像是海市蜃楼。房子也多分布散乱，如果你是开车，它们在你眼前一晃而过，你接着又要经过几天见不到任何人烟，只见高山河流的荒凉。

早晨10点左右，一辆面包车停在门口，下来几个年轻的内地人。他们受雇于北京的一家公司，来西藏测量村民住宅面积，准备给村民办房产证。

他们拍着身上的雪走进屋，房间里顿时热闹了起来。他们埋怨西藏这鬼天气，但又提到在西藏能挣到高工资。他们说，没有多出来的高工资，谁来这鬼地方？顿珠和另一个随行的藏族小伙子坐在床边泡奶茶，不说话，吃着自己的早餐。

在西藏，很多地方可以看到各种牌子的奶茶。简单，方便，倒进开水，就可以闻到浓浓的香味。没有人去看它的配料成分是否有营养、是否含防腐剂等，在有与无之间，那些"是否"都太奢侈了。

随他们一起坐进中巴车里，司机提前预防说，雪下得大，路滑，不好走，咱得开慢点啊。

路遇村民拦住车问：是卖手机的吗？测量队的人用藏语说：卖房产证的。村民站在车前没有走的意思，疑惑地重复着他们的话，面面相觑。房产证对他们来说，是太新鲜的名词。这是政府第一次开始对西藏农牧区进行房屋测量，不久以后，他们可以拥有自己的第一份房产证。

跟雅卡村到雅则村的路段不一样，雅则村到来古村之间，路不太好走。

平行、爬坡、居高、盘旋、陡峭。周边都是山，渐渐地，都是雪白，后半部分的路趋于平缓，旁边是深深的湖。

4月的来古村跟然乌镇一样，飘着大片大片的雪花。从关卡俯视，苍茫一片，偶有粉红或者天蓝色的屋顶，告诉你那可能是有人家的村庄。

应是已经进入了村庄的腹地，因为看到了相对密集的房屋。

司机指给我看那个屋顶已被白雪盖住的建筑。

裸露的墙体呈暗红色，大大的窗棂外面画有黑色和蓝色的框框，跟绛红色一样，它们是藏区随处可见的传统颜色，相比蓝或粉的屋顶颜色，它们要庄重多了。或许正是因为这颜色的传统和庄重，它们看起来似乎安守在这里已经几个世纪。

司机说，那就是学校。

学校里没有声音，也没有学生走动，一切很安静。安静得听得到雪落下来的声音，看得清雪花的样子。

那天雪特别大，雪以外的天地好像都不存在了。

司机按住把包已放在肩上准备下车的我，车里的人也不让我下车，他们说：你不用去驻村工作队和村委会报到吗？你以为你想在这里教书就可以的吗？

二
留下

驻村工作干部说，一个雪天，一个陌生人，推门问，我在这里教书，可以吗？他们说，他们也是第一次碰到这种事情，也不知道可不可以。为了知道可不可以，那些天他们打了太多电话，从村到镇到县再到地区，再从地区到县到镇到村。

驻村工作队是西藏自治区政府于2011年10月开始的干部进入基层"强基惠民"活动举措，这个举措要持续三年，队长由县处级领导干部担任，配以三到四名驻村工作队成员。

2011到2012年，来古村驻村工作队由时任昌都地区旅游局副局长的刘振担任队长（村民叫他刘局），另外三名驻村工作队成员分别是：时任昌都地区旅游局市场科科长的安三山（村民叫他安科）、昌都地区公安江措、然乌镇卫生所医生达珍。

达珍来自西藏日喀则地区，江措的家乡在昌都地区的另一个县，他们在内地读的大学，毕业后回到西藏。刘局，出生于江苏，定居在四川，工作在西藏；安科，贵州人，读书在西藏，工作在西藏。

在西藏更多的村庄里，因为驻村工作队的存在，外来人与村民才有可能进行正常的沟通，他们就是外来人想走进村里像村民一样生活的桥梁。

达珍就是雅卡村那个藏族小伙子的女朋友。

那晚我没有遇到达珍，她带着一个内地背包客去了来古。那个人在来古村住了多日，有一次没戴墨镜去了冰川，眼睛受伤后离开了来古村。她在来古村最后的时间里总是在哭着打电话，那被冰川刺伤的眼睛，时刻提醒她要为一时的疏忽付出代价。

直到学校有地方可以住的时候，达珍才回村来。刘局说，她是在给我腾地方。达珍回村之前，我一直住在村委会。每天看着他们开会、讨论，每天有村民走进来，表达他们的诉求。

测量村民房屋面积的工作人员持续在村子里待了半个月左右，他们每天忙得不可开交，虽然身边有翻译，但拿着村民的身份证、户口本时，他们还是发蒙。他们很忙乱的时候，我尝试给他们帮忙。

不大的房间里聚集着只会说藏语的村民，我听不懂他们说的话，他们也听不懂我说的话。但我们相互看得懂对方的表情和手势，无非就是：我拿来我家的户口本，你看看；好，我看看，等我给你登记结束后你再拿走；要不要照相？你坐好在这里，对，对，就这里，我给你拍照片；等等。

时间会告诉你，肢体语言，永远是人与人之间最美、最直接的沟通方式。没有距离，就是你我之间，简单而原始的相见。

长辈教的道理，到哪里都用得上，比如说，要有点眼力见儿。勤劳到什么地方都受待见，我的小勤劳就受到了来古村的待见。

因为我听到驻村干部对测量房屋面积的人说，村里想把我留下来。

站在村委会的院子里，指着村子里的上上下下，再跺跺脚下，刘局说：这些土地都是冰川消退后留下来的。到底多长时间了？没有人知道。

偶尔忙乱过后，刘局会以主人的热情与好客，帮我普及这个村庄的一切。

它有着太多的秘密和故事，看起来有点神秘，就像一个喜欢沉默的人。

没有人知道这个四周都是冰川，叫作来古的村庄究竟存在了多少年，它的诞生和童年起于什么时间。它像村里满脸沟壑的老人一样古老与神秘。它没有村志，它所隶属的然乌镇也没有这方面的记载和数据显示，老村主任群培更是说不出来。

能讲出来的故事是，两千年或者三千年前，这里是珞巴人的聚居地。有一天，一群粗犷魁梧的康巴人无意间打猎来到了这里，于是珞巴人被赶走了，康巴人在这里活了下来，而且地盘扩得越来越大，人也越来越多。没有史实资料能证明康巴人在这里比珞巴人活得好，但似乎所有村民都愿意这么认为。争强好斗、能歌善舞的康巴人又一次展现了他们顽强的生命力、永不停歇的征服欲望和充满技巧的生存能力。

人们习惯说来古冰川，但很多人并不知道来古冰川是一个冰川群，包含六个海洋性冰川：美西、东嘎、雅隆、若骄、雄加、牛马，它们是印度洋季风向青藏高原输送暖空气的主要通道。其中生成于岗日嘎布山东端长达12公里的雅隆冰川最为雄壮，它从海拔六千多米的主峰，一直延伸到海拔四千多米的来古村边。

来古，藏语之意：隐藏着的世外桃源。跟然乌镇与然乌湖之间的关系一样，人们不知道谁依傍着谁，这像是一个先有鸡还是先有蛋的争论。能知道的是，人们更多是奔着冰川而来，走近一看，咦，冰川脚下还藏着这么一个传统的藏族小村庄。

然乌，藏语之意：尸体堆积的地方。相传很多年前，有一场灾难，遇难者的尸体集中堆积在了一个地方，据说为了防止僵尸跳进房间，周边村民把房子的门槛建得很高。

然乌湖让路过它的人念念不忘，那是湖水颜色随季节变幻的湖泊，而湖水来自古老的来古冰川。积雪融流下来的水经过村庄，漫过田野、牧场，进入然乌湖，流向帕隆藏布江，再汇入雅鲁藏布江。

内地的人们往往更愿意探秘于雅鲁藏布江，惊艳于然乌湖，但很少有人走进来古村。就好像人们只看到初长成的少女，却往往看不到给她穿衣、喂饭、扎辫子的外婆。外婆总是悄没声儿地站在时光之外。

因着所有地理上的原因，来古村既有江南的秀丽，又有西部的雄壮。生活在村里的人们，有冰川带来的终年寒冷和湿润，也有草原绽放绿茵、放牧着的牛羊。

来古村是然乌镇辖下十个行政村中最偏远的村落，平日里鲜有人来，也是然乌镇中因虫草或其他原因纷争最少的村庄。即便在当地人眼里，它也像是一个远房亲戚家的闺女，长得好看，乖巧懂事，但离得远。

村子海拔4200米，比然乌镇的海拔高出300米左右。从然乌镇的方向过来，会路过一个高的关卡，站在那关卡之上，你看到的就是一个坑洼之地。这个坑洼之地承接也包容着各方之物，无论是携着雪花而来的冰川之风，还是经过玻璃过滤后依然劲头十足的高原阳光。行于村间，一个不经意的转身，你会发现你和村庄几乎完全被冰川包围着。

村子里有90多户人家、500多人，半农半牧，有固定住所，在草原上长年住着黑毡毛帐篷，以虫草、牛羊为主要经济收入，食糌粑，喝酥油茶，吃少量的菜。

村民世代聚居，都是康巴藏族，没有外来族系，虽然分布散乱，但鲜有迁徙。很少有村民会说汉语，对汉族人保留敏感和抵触。孩子出生在家里，由年长女性剪断脐带，名字则数日后由喇嘛所取。村里人人都有"高原红"，老人们都持有转经筒。

时间，让这里形成了一个尊严、高贵的社会。有古代风俗传统的支持，每个关系都有序、自然。风俗形成了，山顶、孤树、冰川，还有湖泊，都生出了传说，村庄就有了它的历史、节日和竞争，形成了秩序。

远离铁路和城市，这里的生活多少世纪以来都按同一条轨道运行，这里的人们从不认为它有多么单调和乏味。只有对生活有太多欲望的人才会有那样的感慨，比如刚进村时的我，难道不是吗？

它是西藏土地上再平常不过的藏族传统小村落。广袤的西藏土地上，有太多太多这样的村落，在今天西藏的角落里，你随处可以找到，就是它们点缀着西藏的美好、神秘、富有以及匮乏。生老病死、人情世故、藏语、佛教、信仰，以及附着其上的种种理念、习俗等，熟知又未知，它们相互交叉，混搭而成一个全新的世界。

对于同意把我留下来的人，同时又是村里的最高行政长官，刘局认为他有责任让我熟悉村庄，也有责任不让我知道整个村庄都在考察我。这是一段有趣的人生经历。你的一言一行都被别人观察，然后悄悄地在心里给你打个对勾或者叉叉。

而这一切，你都不知道。

-9-

连日飘雪。偶尔的放晴会让人惊喜。

移动电话的信号塔是太阳能供电，连着三天不见太阳，移动手机就会没有信号，这样一来，来古村就真的是座孤岛了。不过，来古村的天气也算是体恤村民，即使有太多的雪要下，也能见缝插针地让太阳露一下脸。因为海拔高，得到的能量足，所以，即使只有那么一小会儿，也能让停下来的电再恢复起来，但所有这一切并没影响到村里的生活。只有我这样的外来人会心生好奇和抱怨。对于村民而言，电没有那么重要。

与下雪时人们抱柴生火围炉取暖念经听雪不一样，太阳出来的时候，人们也跟着从房间里出来了。

混在村委会，太阳出来时，我们就拿出凳子，在水泥地的院子里找一个避风的地方，把雪踢到一边，露出的水泥地装得下一条凳子和两双脚就可以了。大家都裹得严严实实的，看不出谁是谁。

视野之内，不远处的平顶房子上，村民们戴着墨镜，喊着口号推着堆积在屋顶上的雪。那些有颜色的倾斜状的塑料体可以让雪雨落在上面时自然滑落，少的藏式传统平顶房在漫长的雪季给村民带来另一种劳动，但有活大家一起干的传统也给劳动增添了乐趣，村庄里响起他们一阵一阵的口号声。

刘局说，游客来村子里希望看到自然的藏式传统，现在藏式传统在村子里也越来越少，这么美的地方突然出现几个蓝色或者粉色屋顶，看上去不伦不类。所以，再有村民申请盖房子时，刘局就说，如果盖平顶的传统藏式房子，有奖励。即便如此，要费很多力气依靠夯土得来的朴实的平顶，也逐渐被鲜艳的塑料所代替。

村民家房顶的经幡随风呼呼地飘着，更远处是雪山、冰川，还有盘旋在空中的秃鹫，那是能闻到死亡味道的猛禽。晒太阳的人也不说话，都眯着眼睛看村民扫雪、孩童探头路过，听经幡呼呼，还有秃鹫的叫声。

凳上的茶凉了，重新再续上。刘局买来的咸味花生放在凳子的另一边。凳子长长的，有着因为岁月久远而得的颜色，像是北京旧时茶馆里的凳子，一个凳子上面能坐好几个人。我裹上江措的绿色军大衣，只露两只眼睛，两只手插进袖筒再放在胸前，像童年时爷爷的样子，再配上一双大头皮鞋。江措也是这样。只有爱美的达珍五官全露，但是也要缩着身子，双手环抱在胸前。

没过一会儿，就感觉不到太阳的能量了。刘局先皱眉，站起身，把板凳的一头抬起来说，起风了，进屋吧。我们几个跟着，抬板凳，踏着脚，吸溜着鼻子。

风吹得门吱吱响。

进屋，转头去院子里抱柴，要生火了，为了取暖，还因为做饭的时候到了。

- 10 -

村委会是一幢两层小楼。

刘局、安科住在一楼，房间兼做会议室和厨房。江措和达珍住在二楼，两人的房间相邻。除了晚上他们要上楼睡觉以外，二楼是个太清静的地方，甚至每走一步都可以闻得到尘土的味道，再往回看，能看得到脚印的痕迹。

从江措和达珍的房间，都可以清晰地看到窗外的佛堂，还有转经筒，那是西藏村庄的标配。每天都有人转经，每天都有人煨桑。白色的煨桑炉，已被点燃的松柏熏成了黑色，它们在村里驻守了太久的时间。

曾随刘局前去佛堂，远远听到里面传来诵经的声音，以为有人，但门是锁着的。刘局说，是放录音机的声音。

跟西藏很多地方的佛堂一样，村里的佛堂，女人不能入内。止步于房门外，立于院子间，那经声像是熟悉的老邻居，不紧不慢地来敲门。

在西藏的夜晚容易失眠，而且很厉害。在村里的每晚，都要看很长时间的星星，我几乎知道不同时间段的星星是什么样子。而其中，凌晨3点多的星星，最易让人心生"生命如此渺小，我愿随之而去"之感。它们密密麻麻，低低地垂着，好像一伸手就可以碰到。来古村处在观赏银河系宏大结构的绝佳地段，每晚，那条著称于宇宙的河，亮闪闪的，俯瞰着这个海拔四千多米的小村庄。这时的来古村，安静，白天积在角落里的雪，在星空下反射着白色的光。

有一晚，星空下，我跑到佛堂的院子里，坐在院子里一根横起来的木头上听里面传出来的诵经声。夜晚里绵绵不断的经声，比相熟已久的老邻居还要亲切。像什么呢？像妈妈要哄你睡觉的声音，软软地，温温地，在你耳边。

闭上眼睛，或者抬眼望向看似不远处的冰川，那个巨型"3"字在黑夜里泛着光。

这个叫来古的村庄，就像是宇宙间的一颗钻石，不管什么时间、什么角度，都散发着光芒。

- 11 -

刘局带我挨家挨户地走访。那么多的家庭要拜访，那么多的门槛要迈入。

我们每天行走在田埂山边。

村民在冰冷的河面上凿开洞口洗衣服，孩子们用石子、树枝嬉戏于河边。孩子们不怕生，用他们的方式拉我们一起玩石子。乡野中出生的孩子，就像他们出生的土地一样。我和刘局这样的外来人，对他们来说跟在河边捡到的圆形石头一样，是他们碰巧遇到的小玩伴，他们觉得这样的玩伴蛮有意思的，用他们再自然不过的纯朴和热情拉拢我们。

刘局说，你要熟悉情况，建立好感，你要敬畏、尊重，这是人家的村庄，人家祖祖辈辈在这里生活了那么多年，人家有自己的信仰、文化和习惯，如果你要在这里生活，你就要让他们接纳你。

刘局的藏语是多年西藏生活经验所得，但在村子里与村民对话时，多少还是有些生疏，与江措的滔滔不绝远不一样。不过那也是我能听到的有迹可循的汉式藏语。我似乎看到了在村子里与村民融洽相处的光明前景，那有迹可循的汉式藏语似乎就是我的未来。

有一天，完成走访，从河边回来，走在村里的主干道上，这条主干道被我们称为是来古村的"王府井"。待虫草挖出来以后，所有的商贸往来都在这条路上产生。虫草交易完成后，村民庆祝丰收，载歌载舞，每晚的锅庄舞会也是在这里，那时它又成了村里的人民广场。

一群孩子从对面的雪地里走过来，刘局指着我说："她 Gei Gei（三声、四声，老师之意。本书藏语读音用汉语拼音标注），可以吗？"孩子们仰起黑红的小脸，大声说："可以。"

竟然很整齐。

那时学校里有一至三年级，实际上只有两位老师，那就意味着如果不混在一起上课，总有一个班级是没有老师的。

村主任、村民，最关键是孩子们，他们的态度让刘局似乎看到了未来可能会很有意思的相处。

所有的故事开始拉开序幕。

有一天，刘局说，你可以留下来了，当来古村小学的汉语老师。

那段时间经常听到村主任群培的名字，但一直都没看到他。刘局说，村主任出村去成都看病了。

没几天，一辆面包车停在村委会门口。村主任群培在江措的搀扶下，从面包车里拄着拐杖一只脚用力地走了下来。

离村近一个月，群培回村了，这是群培离村最长的时间。

2011年5月，一次意外，群培摔断了盆骨，只做了简单处理，从那以后，他行走要拄着拐杖，每逢阴雨，就疼得厉害。刘局说，才50岁的人，不能就这么下去，要治疗。但群培家里没有钱。村民们捐了钱，刘局又从其他款项里支出一部分，江措就带着群培去了成都。

拍片、检查，辗转几家医院。江措给刘局打电话说，医生的意见是过了最佳治疗时机，但还可以治，手术加钢板以固定，国产钢板三万多，进口的七万多。江措问刘局：治不治？刘局说：听群培的。

带过去的钱不够进口钢板的费用，只够国产钢板的费用，国产钢板三年以后就得再换，进口的时间要长一些。刘局说，如果钱不够，就再想办法募捐，既然都那么辛苦地去了内地，就不能白跑一趟。

群培同意手术，决定用一个国产的钢板。

商定好的手术日期的前一天，群培对江措说，他要算一卦。

于是，成都武侯祠对面的一条巷子里，群培坐在藏族占卜大师的面前，群培问："我明天手术会不会顺利？"占卜大师说："前景不知道。"群培把占卜大师的话告诉了江措，同时说："手术不做了，回村。"江措的话对群培不再起任何作用。群培在电话里对刘局说，他考虑到两个方面原因：一是占卜大师说不知道，前景未知；二是现在做了手术，三年以后要换钢板，怎么办？

群培1959年出生，12岁学藏医，30岁当村主任，曾经当过来古村小学代课老师，这是他第一次去内地。他说："病不治了，就当旅游了。"

群培去成都的时间里，村里很多事情都没最终落实，刘局说村委会成员都说要等群培回来再定。

群培回来那天，村委会的房间里挤满了人，村委会成员和村民党员都过来了，"民生信息员""人大代表"等和很多再细小不过的事情，都等着他。

副村主任项巴多吉站在门口，他拉了拉裹在群培身上的西装，群培笑了笑。

群培的身材魁梧，肚子很大，从来没有看到他的衣服能够在肚子中间扣上过，都是衣襟顽强地横在肚子两侧，敞着，互相接触不到。即使下着雪，也能看到露出的肚皮，他从来都说不冷。

江措说在成都买的那套西装是最大号的了。江措指指群培的头和脚说："还理了发，买了鞋子。"

群培的头发自来卷，分布在头的两侧，头顶有一条"康庄大道"，闪闪发亮，那是群培最显著的特征。

旅游旺季时，群培更多时候是和村子里另外一个人驻扎在来古村的村口收门票，因此群培的汉语表达越来越好。曾有游客见过他，说门口的大叔很凶。

也有游客会在用木头横着夯起来的房子里与他彻夜聊天。见过他的游客对他黑得发亮的头顶印象深刻，经常会有游客在网上自由抒发进藏感受时提到那条有名的"康庄大道"。

来古冰川的门票每人30元，如果不住在学校或是有其他公事，车子不能进到村里，很多人因此在村口调头回去，也有一些人走了进来，他们看到了因为坚持才有的美丽。

来古冰川每年的门票收入，留下10%用以支付群培和另外一个人的劳务费用，其余部分全部上缴然乌镇政府，由然乌镇政府再给其辖区内的村庄平均分配。为什么再平均分配？刘局说，是为了平衡周边村子的想法，环境是大家的，美景也是大家的，游客要路过很多村子最终才能到达来古村。

2012年，群培从门票收入里得到的工资收入比以前要多一些，2013年又多了一些。刘局说，这些年他们的收入呈增长趋势，越来越多的人知道了来古冰川。

内地人一直想一睹芳容的米堆冰川，其实是雅隆冰川的尾巴，所有看了米堆冰川再看到雅隆冰川的人都认为，相比之下，雅隆冰川太壮观了。这就像是一个美人，背影婉约，容貌更有惊喜。

但也有一个事实，每座冰川每年都在以一定的速度消失。还有多少年它可能就没有了？谁也不知道。冰川群之一的美西冰川被认为是死亡冰川，为什么？因为没有人活着回来。

"每座冰川都有它的故事，"群培说，"说不完的故事。"

群培也有说不完的故事，有说不完的故事的，还有这个土地上的每一个人。

这是你走夜路时看到的一处房子，里面亮着灯，窗帘还没拉上。人类生活的不同剖面，像苍穹里闪烁的星星。

第二部分　春从夏始

三
虫草季

13

来古村，几乎每天都下雪的4月过去了。

5月间多雪，月底又有一场连续多日、没过膝盖的大雪。

这一切对于一直生活在村里的村民来说，再正常不过。但对一个刚进村的外来人来说，像是到了一个四季混乱，永远只停在冬季的世界。

春天呢？绿色呢？身体可以自如活动的天气呢？

幸好，6月来了。

生活开始每天都抛出珍宝。它们被编织进永恒的一刻。

阳光瞬间铺满了进入6月的来古。草儿从压在它们身上的积雪里钻出，一根根茂盛地往外蹿着。牦牛在返绿的草原上不紧不慢地低头啃嚼着，老人背着孩子守在路边的玛尼堆旁。

轻风吹过草地，牧人开始走向牧场。有孩子站在那冰川旁，唱着古老的歌曲。

所有的一切，显示着罕见的高原田园之美，它们似乎是世界上疗效最好的创口贴，具备了世界上最好的修复功能，所有因为下雪带来的寒冷瞬间不见了。

阳光和绿色下，来古的每一寸肌肤都闪着光芒，像是一个突然被妈妈穿上漂亮衣服的孩子，活蹦乱跳地奔跑在高寒之上，向每一个人炫耀来之不易的温暖和多种颜色的美丽。

来古之春，就是可以像拉萨那样露出胳膊肘以下部位的季节。它最温暖的时节，让你因为阳光的能量而有适可而止的裸露。薄毛衣，中午捋一捋袖子而已。

它也会在三个月后结束，然后进入漫长的严寒冬季。

- 14 -

5月中旬到6月中旬，是来古村学生为期一个月的虫草假期。

藏区地域辽阔，每个地方虫草的生长周期不一样，由此，孩子们虫草假期的早晚也有区别。

自从虫草被认为具有神奇的作用以后，虫草假就成了所有藏区农牧孩子都要放的假期，相当于内地学生的暑假。除了这个功能性的假期外，西藏孩子还有周期为两个半月左右的寒假，因为气候寒冷，周期要比内地寒假长很多。

除此以外，端午、中秋等节日对孩子来说，则是不重要的假期，有的会被学校直接忽略。相比而言，像燃灯节这样的佛教节日，以及附近寺院要做大法事的日期，在孩子们心中更受欢迎。

一根普通的虫草能卖60元钱左右。虫草已经成为藏区农牧家庭的主要收入来源。刘局年少起长于西藏，他说，那时西藏的人们还没意识到虫草的价值。内地商人过来，一根烟换一根虫草。对于今天来说，这样的故事太遥远了。

也许虫草经过市场检验，价值再次被估量时，有可能回到理性的那一天。而且，渐渐地，它们已不再是有为的藏族青年想要对外输出的产品，因为比起单纯的地域特色产品，浓郁而自豪的文化更值得宣传。

虫草假期很受孩子们的喜欢，既能帮家里赚钱，看到爸爸妈妈赞许的笑脸，又能跑到很远很远的山上再回来，刚好所有这些又发生在山花渐开树木始绿的季节。终于可以不用穿那么笨重的衣服了。

即使出了嫁，只要户口还在村子里，也就具备在来古村的地盘上寻找虫草的资格。上山、爬坡、越岭、吃糌粑、喝酥油茶，无论下雨、下雪，都在外面寻找。

虫草生长周期短，时间过了，它们就烂在土里，对于村民来说，就没有任何价值了。

来古村的虫草质量在整个虫草市场中算上好，因为海拔高，又处于冰川带，那是大自然赋予这个地方的礼物。

山山水水、牛牛羊羊、帐篷和房屋、积雪和太阳，所有这些，装点着来古村孩子的童年时光，与更多西藏土地上的孩子一样。

这个对于孩子们来说欢乐更多一点的假期，于2014年正式消失，取而代之的是暑假，也不知道未来有一天会不会恢复。

2012年6月15日，是孩子们的虫草假即将结束的一天。

刘局说有些家长认为孩子上不上学无所谓，开学时可能会不让孩子正常上学，也有学生放假自由惯了，会认为翻山越岭、风餐露宿找虫草比上学有意思得多，所以有必要去做家访。

- 15 -

我们选择去洛松玉珍家。

村里的路要爬坡、下山，从村委会到洛松玉珍家要走过一段上坡的山路，再走过一片田野，那时有一种植物长在里面。

刘局让我猜那是什么。

在波密的时候我们已经相识，那是幼年时期的青稞。因为地理以及气候的原因，比起波密，村里的青稞要晚一个周期，大概一个多月。

我们小心翼翼地走在田埂上，星星低垂，那一段接近3里的山路，大概要走半个小时。露水已经生起，它们掉落在我们膝盖以下的部位，顺着缝隙，渗进了鞋子，凉凉的。

洛松玉珍的爸爸是来古村下面五个自然村之一的嘎达村民小组的组长，他说小孩子挖虫草比大人要多得多。那一天，洛松玉珍挖了五根，爸爸挖了三根。

跟村里更多人一样，洛松玉珍的爸爸汉语不好，洛松玉珍做翻译，嫁到外面的姐姐也回村了。每一个上山挖虫草的人都是天黑以后才到家，他们要把更多的时间放在挖虫草上，村干部说稍微来早一点，都找不到人。

洛松玉珍家的房子有两处，一处旧的，一处新的。新的房子应是还没有入住，高高的有两层，她爸爸把我们引进新房子，生火取暖倒酥油茶。

洛松玉珍的姐姐原来是村里数得着的好姑娘，漂亮、聪明、勤劳能干。她18岁嫁了出去，听说嫁到了县城里，村里人议论说算是嫁得比较好的。

昏暗的灯光下，她忙里忙外，一副懂礼数周正得体的模样，但有一种拘谨如影随形。可能也正因为勤劳和能干，不那么清楚的视线里，也能看到她与年龄不符的粗糙和衰老。

江措说，村里的年轻女孩都这样。

高海拔的阳光和空气滋养了她们，让她们浑身充满了佛经似的庄严与诗意，拥有热情洋溢的笑容，深邃立体的五官，平坦、自然的心态。花一样的高原红，也让她们的皮肤过早地失去白皙、娇嫩和柔滑。

洛松玉珍还有一个哥哥，在来古村附近的修登寺里做喇嘛，那是然乌镇最大的寺院，建在进村路上高高的地方。

西藏每个村庄都有一个小寺院，村里人一般称为佛堂。每个镇会有一个大寺院，它们都建在一定区域内相对较高的地理位置，以显示和证明它们的居高临下。这是西藏历史文化的体现之一，也因此产生了布达拉宫那样的建筑。

刘局说，西藏最理想的家庭模式是：三个儿子，一个在家侍奉老人，一个在正式单位工作，一个出家当喇嘛。洛松玉珍的家庭模式看起来，正走在理想的路上。

洛松玉珍的爸爸是村里能干的人，他新修的房子高高的，村里也只有少数人家才有。他还有一辆从外面买来的二手面包车，旅游旺季时，他从镇上拉客人进村，这也是家庭的重要收入之一。

洛松玉珍的爸爸跟我们保证会让洛松玉珍准时到学校，他说，就算洛松玉珍挖得比大人都多，他也不会耽误她上学的。爸爸的这些话显然已超出洛松玉珍的翻译能力，江措在旁边帮忙翻译。每当爸爸说到洛松玉珍的名字，她就害羞地笑，看我们一眼就低下头，她扎起来的马尾正好对着站在她后面看着她笑的爸爸。

洛松玉珍的爸爸有一张典型的康巴汉子的脸，颜色也是，灯光下，轮廓明朗、清晰。那样的轮廓，配上什么样的五官都会好看，更不要说笔直高挺的鼻梁了。

洛松玉珍读三年级，她的汉语是班里最好的。在语言不通的地方，这样的学生，会让我们迅速成为朋友。

她像是一条小鲶鱼，带着我在来古村的孩子里面钻来钻去。钻着钻着，就看到了五彩斑斓。

村民卓嘎的家在学校旁边，那是一栋传统的藏式平顶房子。

房顶搭着青稞架，外面有牛棚。因为相邻，她经常趴在学校的墙头说她想说的话，偶尔笑起来，声音清脆响亮，整个后山的草草木木都被惊动了。

因为"妈妈的姐姐在拉萨"，卓嘎曾有过在拉萨打工的经历，是村里为数不多的见过世面会汉语的女子。

卓嘎不知道她是哪一年出生的，只知道"狗的"（属狗），小她两岁的老公是"虎的"（属虎），儿子则是"猪的"（属猪）。

18岁那年，卓嘎去拉萨找"妈妈的姐姐"，"妈妈的姐姐"给卓嘎找了一份工作。那份工作就在布达拉宫旁边的照相馆里。卓嘎说，工资不多的，不够生活。

后来卓嘎还去过一家甜茶馆，每天扫地、擦桌子。

23岁那年，卓嘎回到来古村，与小她两岁的老公结婚。老公是虔诚的佛教信徒，素食，仅喝牛奶。儿子达娃群培，3岁，喜欢去外婆家蹭饭，什么都吃，江措从外面买来的鸡爪子，他一边说辣，一边说好吃。

卓嘎能干，治家有方，老公又是有修为的修行者，村里人都认为卓嘎嫁得好。除此以外，卓嘎还被公认为是来古村最聪明的女人，她做的饼子也是全村最好吃的，被称为"来古第一饼"。

最早认识卓嘎是在村委会。她几乎每天都会背着翠绿色的塑料水桶推门而入，身子轻轻一斜，水从背上的桶里缓缓流进地上的铁皮桶里，一滴都不会洒出来。

来古村有自来水，那些水跟游客一样，每年也只在六到九月才有，其余时间村民都要跑到山上挑水。作为来古村唯一的女性村委副主任，卓嘎显然知道如何与村委会的人打交道。

卓嘎的汉语几乎是村里最好的。

语速慢下来，我们能保持最起码的沟通。卓嘎经常会扯着我的衣服问："你的冷吗？"我再扯着她的衣服说："我的不冷，你的冷吗？"卓嘎每次说汉语，都会带有"的"音，这也是会汉语的来古村人说汉语时的特色。卓嘎说她没上过学的，所以，汉语只会说一点点，但不会写的。

作为村里汉语最好，也最愿意沟通的村民，卓嘎身上有一种能力，那种能力让我看到了与每一位村民相处的未来。

- 17 -

卓嘎邀请我们跟她上山挖虫草，她站在学校门口对我说："莉莉，去看看，看看你没看过的。"

后来，很多村民都像卓嘎一样，走过来邀请我，像带一个刚进动物园满脸好奇的孩子。他们总是说：来，喝你没喝过的；来，吃你没吃过的；来，玩你没有玩过的。

跟卓嘎一起从学校出来，一个老人坐在学校前面的路边。卓嘎指着她说："她好得很，她不去挖虫草，她给很多家带小孩的。"

那个老人坐在离玛尼堆不远的地方，手里转着佛珠，眼睛闭着。过一会儿，眼睛微微睁开，四处看看，看到十几个学前孩子都在附近，就再闭上眼，嘴里念念有词。

跟在卓嘎身后走了很久，走过一片很长的平缓的草原，再走一段陡急上升的山路。卓嘎始终走在我们一行人的最前面。山路两旁，粉红、深红的杜鹃含苞待放。卓嘎的时间是用来挣钱的，其他村里人都已经到了可能有虫草的地方，而她因为我们还在路上。刘局、安科、江措，每个人都走不过卓嘎。卓嘎好脾气地走一走，停一停。

终于到了可能有虫草的地方，卓嘎双膝跪在地上趴着，手里握着一把尖锐的刀。我们每个人都学着卓嘎的样子，卓嘎说不那样的话看不到虫草的。那是一个求的姿势，不知道实际上它有没有那种意思。

卓嘎发现了一根虫草，叫我们过去看一看，她放了头巾做了标记。她说，就在这里，看看你们能不能看到。我们四个人都睁大眼睛，但没有一个人把它找出来，直到卓嘎用手指指着。虽然同样生在西藏，江措也没挖过虫草，在这一点上，他跟我们一样，都只看到过作为商品流通在市场里的它们。

虫草的颜色和土很像，那是它最好的保护色，不起眼，灰灰的。可能它自己也不知道怎么就那么受欢迎，突然间漫山遍野的人都在寻它，甚至有人因为它而流血丧命。

卓嘎小心地把尖锐的刀插进虫草旁边的土里，尽可能插得深一些，再轻轻一掘，虫草随那块土就起来了。卓嘎小心地把它从土里提出来，再小心地把土从原地方按下去。

刘局解释说，这样是为了生态环保，保护原有的植被不因为挖虫草而被破坏得太厉害。卓嘎的说法是，有人挖完后，明年周边会再长出虫草，有人挖完后，以后就不长了，这跟手有关系。我理解的是，跟怎么对那块土壤有关系，如果你善良以待，宇宙与天地自会给你回报。明年你来到同一个地方，还有属于你的虫草等着你。

除了想说那一年家庭收入少以外，更多是想表达"你看看，其实我很善良"之意。

那一天，我们四个人一根都没找到，卓嘎一个人找到了好几根。

卓嘎饿了，找了几块石头，摆成一个圆形，把随身背的小锅放在上面，又随手找了几根小柴，一个露天的小灶就搭起来了。卓嘎在上面热了酥油茶。她喝一口酥油茶，掰一小块带来的饼子放进嘴里。

高高的山上，只有它们可以补给能量。刘局口头上表达我们不应该分食的意思。但很显然，走路、上山已让我们严重透支了体力。我们跟着卓嘎一起分食她的补给。

天气变化无常，正就着露天小灶吃饼时，下雪了，山风猛烈地吹过来。而来的时候阳光还充足、强烈。刘局说，山上下雪，村子里就是下雨了。刘局让卓嘎跟我们一起下山回村。卓嘎说她不回去，她要继续去找虫草。另外一个村民也找到我们休息的地方，卓嘎跟她一起爬向更高的地方找虫草。我们下山了。

顺着上山时的山路往下走，回头时，卓嘎和那个村民在风雪里佝偻着身子趴在山体上。她们的衣服是灰色的，只有那颜色鲜亮的头巾看得出有两个活人在移动。

一路上山到达有虫草的地方，三个多小时，下来两个半小时，如果卓嘎爬到更高的地方，找到虫草的时间成本更长。

抛开价值，跟卓嘎上山的时候，会很奇怪一根虫草怎么就那么贵，回来的时候不再那么想。

- 18 -

跟虫草有关的段子很多，它们流传在乡野、山间，还有城里人们的餐前饭后。

江措说，虫草丰收以后，最偏远村庄的人会涌向城市，他们拿着虫草换来的金钱，"啪"的一声甩在平时不去的饭店里，说一句：县长吃什么，我吃什么。他们会买六千块钱一条的裤子和一万二千元一根的腰带。准备回村时，只能走进最破的饭馆，对老板说：来一碗面、两双筷子。我们问："为什么是两双筷子？"江措说："那是因为他们要两个人吃一碗面。"

不过，来古村没有人这样。最主要的原因是，来古村相对来说要保守传统，金钱带来的冲击没有那么大，最重要的是金钱没有那么多。另外，来古村距离可以消费的地方很远，没有那么多的可能性影响到它。

但是会有商人循着金钱的气味，带着大大小小的包裹进村，选一个地方搭上帐篷，不急不躁地等候村民把钱递过来。只有他们知道，除此以外，来古村的人们没有更多途径通过购买的方式接触到外面的信息。

实际上在虫草这个产业链条里，跋山涉水挖虫草的人们处于链条的最末端，他们也知道自己挖来的东西走了几个环节以后会有五六倍的翻涨，但那对于他们来说是太遥远的事情。一根虫草能有几十元的收入，已成了他们一年中最大的期盼，也构成了年收入中最重的一笔。

这年收入中最重的一笔钱，他们会用来做什么？跟很多藏区人一样，来古村村民也没有那么强的储蓄概念，现实中也没有途径让他们可以有机会让钱生钱，或者让钱静静地待在一个地方，除非是放在家里的卡垫底下。

镇上倒是有一家20平方米左右的邮局可以储蓄，直到2013年那家邮局有了第一台取款机，用一块塑料布盖着，没多久，因为雨雪的原因，它就坏掉了。而之前使用最多的是来往的游客，它最大的功能也是为了游客们的应急。

村民们的收入，主要用于与信仰有关的事情，比如附近寺院的修葺，比如去拉萨或者其他圣地朝佛。用刘局的话说，一年的收入都在里面了。

年复一年。

四
挖完虫草就上课

全国上下的村小合并运动也影响到了西藏，但与内地很多地方不一样的是，地域辽阔的西藏，村与镇之间往往隔着很远的距离，且路途艰难、荒凉，更小的孩子显然还没有足够的生活自理能力，让他们得以脱离家长去镇上读书。

如此，势必会有更高的失学率，这也许是很多西藏村小得以保留下来的原因之一。

不过，村小里往往只有一至三年级的学生，四年级以后都要到镇上读书，这是截至2012年9月的情况。2012年9月以后，来古村村小只有一、二年级。2014年，村庄里再也没有小学生，全部都到镇上读书了。

村庄里原来的小学校址，用来"收拢"喜欢漫山遍野跑的学前孩子。可是，这样的意愿过于乐观了，山野里跑惯了的孩子不会那么轻易就被拢到校园里。

所以，你会发现学前教育在西藏农牧区，还是镜中之花。对于村里的学前孩子来说，漫跑于山野还是校园，前者的吸引力更大一些。

来自山野的孩子，最愿意亲近的还是山野。也许你会有疑问，他们真的不喜欢便利的城市？那是因为你没有看到他们跑在蓝天白云下欢快的样子，没看到他们仰面躺在草地上咧开的大嘴和雪白的牙齿，没看到他们站在草原上，张开双臂，闭上眼睛享受一切的那个真实自然劲儿。

- 20 -

来古村小学里，2012那一年，有两个编制内的老师——罗布和米玛。

他们经常认为，是因为他们在八宿县没有关系，所以才会被分配到这么偏僻的村子里。罗布说他们来的第一天，校长把他们送过来，打开宿舍门的第一眼，校长忙不迭地说，以后你们有任何要求，尽管提。罗布说，那是因为学校环境太差了，连校长都看不下去了。

罗布来自拉萨市的贡嘎县，学的是音乐，2011年大学毕业，曾经在一个电影里当过临时演员。他说，他从来没想过要当老师。他是来古村小学的主要负责人，是我和米玛的领导，是整个学校里最有权力的人。

米玛来自拉萨市内，2011年毕业于昆明的一所学校。他们都是第一年当老师。米玛经常挂在嘴上的一句话是：这一年赶紧过去吧，我们就能回去了。问他回哪里，他说回然乌镇。江措问：然乌镇与来古村有什么不一样？为什么不是想回拉萨？我想那是因为米玛知道回拉萨的可能性太渺茫，他在这个村子里唯一能看到的希望就是然乌镇。

米玛长得好看，罗布唱歌好听，这是两个藏族老师给村民的印象。

罗布有一个声音强大的音箱，只要下课，就把它打开，整个来古村都可以听得到那歌声。他自己也经常在校园里唱歌，唱汉语歌，也唱藏语歌。他经常唱的汉语歌，有一句歌词是：你终于成了别人的小三儿。他喜欢唱的那首藏语歌，老少皆宜，孩子们也一样喜欢，并且唱得很好。这个能歌善舞的民族，似乎任何一个人都有属于自己的歌舞，随时随地想唱就唱，想舞就舞。

他们欢乐的音乐声，经常让刘局和江措站在村委会的院子里，望向学校，赞赏着说，嘿，两个老师真洋气。村民也这样想的吧？每当音乐在村里欢快地响起的时候，他们就知道，嘿，老师们下课了，孩子们要回家了。

罗布和米玛喜欢吃火锅，他们托人买了很多袋"小天鹅"火锅底料，把很多菜放在里面，一次火锅连着吃好几天。我说："火锅这么隔夜对身体不好吧？"罗布说："这么冷只能吃火锅，温度低，能放很多天，火锅最方便。"他和米玛有分工，所以，经常能看到米玛蹲在教室外面洗菜，罗布在房间里烧炉子、做菜。

他们一直住在一楼，就是罗布认为校长也觉得不好意思心怀愧疚的那个房间。除了老鼠太多以外，其他都还算好。直到村里很快入冬后，他们觉得太冷了，就搬到了位于教室上面的房间里，烟囱也顺着伸了上来。除了听到的风声更大以外，相比一楼，二楼倒是要温暖很多，而且，老鼠也没有那么多。

虽然抗议说隔了好几夜的火锅不好，但当他们让我跟着一起吃的时候，我还是毫不犹豫地拿起筷子就吃。菜捞出来放在米饭上，碗里立刻变成了红色。

米玛平日里看着不爱说话，但饭桌上他不时地抖出段子，有时会一脸坏笑地说："罗布晚上敲你门的时候，你不要给开啊。"

我问罗布："罗布，米玛是什么意思？"他偏着头说："你猜？"我没猜到，他故作神秘地一直没告诉我。

直到有一天，他对着电话，弯着腰，右手从上到下挥舞着解释说："罗布就是宝贝。"像我一样，对方没有因为他的用力而真的就相信"罗布就是宝贝"。

不过，罗布真的就是宝贝的意思。

- 21 -

罗布和米玛对于我到村里来的事情，充满了疑惑。他们猜测了很多种可能性，最后得出的答案是：你肯定是失恋了。

村民们跟老师不一样，他们不会像罗布那样想这可能是个失恋的女人，但会想到别的，总之村民想到的原因比起老师们想到的深邃多了。

刚开始看到一个汉族女人总是在村子里晃荡，穿的是游客的衣服（他们把户外装看作是游客的标志），还总也不走，他们聚在一起时就嘀咕：这汉族女人要干吗？是好人吗？后来听说是老师，再聚在一起的时候，看我一眼，再看一眼学校，嘀咕道：为什么是一个不会说藏语也听不懂藏语的老师？她怎么教？能教出什么来？嘀咕完了，就四散离去。

有一天，卓嘎把村民们聚在一起的嘀咕描述给江措听，江措笑得都快背过气了。江措再讲给我听，那时我和村民以及学生都已经学会了全世界通用的语言——肢体语言，配上点滴积累的对方的语言，我们可以进行正常的沟通。江措说，他们显然没想到其实人与人之间的距离没有那么大，也没想到语言并不是通往心灵的唯一桥梁。

罗布让我教一至三年级的汉语。

我接触过五年级的藏族学生，虽然他们已有了一定的汉语基础，但还是不能把"星期三"说成"周三"，不能把"笤帚"说成"扫帚"，关于某个事物，必须要说他们从书本上学到的书面用语。

所以，面对一年级的孩子，我该怎么办？我把顾虑抛给罗布。罗布说："别看我们是藏族，我们也听不懂来古村的话，我们跟你一样语言不通。"我本来的意思是想商量一下，可罗布的态度很明显，我没有选择的余地。

跟汉语有不同的方言一样，藏语也有方言一说。不同地方的人，相互听不懂，村里的话，更不容易懂。所以，每支驻村工作队里，都会配有"听得懂当地话"的人。江措就是那个"听得懂来古话"的关键人物。每逢开会，他把村干部的话翻译给刘局听，再把刘局的话翻译给村干部听。因此，江措是知道来古村故事最多的人。

但是，他把它们当作秘密，不愿意讲给我们听，最后将它们带出了村。不知道那些故事在江措的人生里究竟留下了什么样的痕迹，它们是否开了花。

罗布和米玛的语言系统与村里语言的关系类似内地的南方和北方，南方说北方口音太重，北方说南方是蛮子。

而同样来自康巴地区的江措与来古村语言的关系则类似于江苏话和浙江话的关系，相互间能懂得。

- 22 -

孩子们6月18日开学，这是他们这学年的第二学期，与内地孩子统一的9月1日开学不一样。

我由此正式进入来古村小学的教学时光。

一年级两个孩子，取名小宝班；二年级14个孩子，取名二宝班，包括另外一个村的两个孩子；三年级7个孩子，取名大宝班。

一年级从拼音开始，我在黑板上板书，他们跟着我读，针对这两个学生，主要依靠手势和肢体语言，那时他们已有了半年的汉语学习基础，相对后来汉语书写零起步的一年级孩子，他们的情况要好多了。

二年级孩子最多，每个人都有自己非常鲜明的个性，因此，给他们上课是最累的。与一年级的累相比，他们有了相对多一点点的汉语基础，虽然他们依然是什么都不会，但是我说的意思，他们能懂，他们想表达的，我也能懂，主要还是靠肢体语言加手势。比如他不会说喝水，但他会比画着喝水的样子。

三年级，他们对于情景对话已经掌握得很好了，配合适当的手势，一堂课就很轻松。比如我把他们的藏语书和汉语书举起来，相互指了一下说："以后我教你们汉语，你们教我藏语，好吗？"他们齐声说："好。"

刚开始上课的第一天，我连着上了三个年级的课。一天下来，整个人的状态就像是雪中的来古村，白茫茫一片。

一年级的巴登、二年级的罗布措姆、三年级的洛松玉珍，是各自班上的灵魂人物，因为他们的汉语相对来说是各班上最好的。就像驻村工作队对于我留在来古村一样，他们是我想与更多孩子友好相处的坚实桥梁。虽然越来越发现有时语言对于交往并不那么重要，但也不得不说，如果想建立一种关系，语言在刚开始的过程中确实有着不可或缺的地位。

- 23 -

刚进村的时候，驻村工作队给了我一本《藏汉对照日常用语》，除了"吃饭""喝茶""再见"等，更多是"你家里有几头牛、几只羊、几个孩子"等家庭情况的询问。

我以为它将启开我通往藏族文化的神秘大门，每天得空就看着上面朗读、背诵，每次听我按照上面标出来的汉语来说藏语，他们就哄堂大笑，尤其是江措。江措说如果村民知道我说的是藏语，他们会很生气，生气我怎么将他们的语言说成那样了。

我捧着那本小册子，已经持续念了两个多月。

江措说我读出来的藏语不像是藏语，就是音调很重的汉字不知道有无意义有无章法地排列在一起，像是一个什么都不懂的孩子进行汉字造句，语句不通。从书上学来的藏语用到现实里时，即使之前已能背诵，但用的时候还是说不出来，要看着小册子说，而且是单方面地说，因为你听不懂对方的上一句，对方也不知如何回应你的这一句。只有一句别人能听懂，就是"Ya Mu"（三声、四声），即我最能掌握的"再见"之意，再配上挥一挥手。

但是如果我仅知道它的这一层意思，真是太浅薄了，事实上，这种浅薄如影随形，在后来的岁月里，它们带来了太多啼笑皆非的误会。

- 24 -

来古村的雪季漫长，几乎从这一年的十月到第二年的五月，雪季过后的六到九月就是雨季了，人们习惯说来古村只有雪季和雨季，也就是只有冬天和夏天。来古村的雨、雪、晴，都有一个特点：持续，多达半月。

来古村除了下雪就是下雨，冬天一过就是夏天。刘局说，与他们以前所在的四季分明的西藏的城市相比，还是有很大差别。

这些天村里阴雨，已半月有余。阴冷、潮湿，但是草儿却生长得很好，满山显出生机，粉红、嫩黄点缀其间，只看这些，你会以为身处江南某一个春天的乡间。

学校里正在盖新的教室。罗布说将来孩子们会到新的教室去上课，学校盖好后，村里所有年满三岁的孩子都过来上幼儿园。

盖房子机器的声音很响，惹得施工人员每次看到我们都说不好意思。机器声音下，他们的说话声音要提高很多分贝，我凑着耳朵上前去，也经常听不清楚。这跟孩子们跟我说话时一样，他们踮起脚尖，凑着上来，我也弯下腰，把脑袋伸过去。

西藏建筑周期短，下雪降温后就干不了了。人和机器都抓紧在能干活的时间里，调动所有紧张、忙碌的神经。所以，即便是下雨，机器也在雨里忙着它能忙的，轰隆隆、轰隆隆地响个不休。

因为学校修葺，厕所不能用，于是学校左侧卓嘎家的厕所成了来古村小学师生解决问题的地方。学校楼上也有厕所，但要在学校里走上一段，再爬楼，所以，第一选择还是卓嘎家的厕所。

卓嘎家开了一个藏家乐，她家的厕所分"男""女"。所以，经常能看到孩子们站在厕所外面排队。卓嘎家的厕所是村里除了村委会和学校以外，唯一一个分"男""女"的厕所。聪明的卓嘎家还有很多来古村的"唯一"或者"第一"。

她带来了拉萨生活留给她的痕迹，又保留着出生地带给她的传统。

- 25 -

来古村打算给跨墙头上厕所的异乡人一个下马威。

学校与卓嘎家，一堵准备推倒的墙横在那里，墙的外面用很多块石头垒起来，如果不走那堵墙，要绕很大一个圈。

下雨，双脚从墙这边，顺利地过到了墙那边，并且踩在了垒起来的石头上。这时，感觉到了下面的石头不稳，我正准备做出反应时，重重地摔了下去，右腿着地，整个人躺在积水的地上。想站起来，但是疼得厉害，根本就站不起来。我喊很多人的名字，雨声很大，被摔后的声音很小，没有人听到。躺了很长时间以后，我终于用一半屁股坐了起来，慢慢站起来，扶着墙一瘸一拐地走到客栈的大厅。

来古村小学的二层是来古冰川公益客栈，由一个喜爱旅游的内地人捐建。听说他第一次走进来古村时，感叹村子真美，但是有颇多不便，最大的不便就是游客们没有住的地方，而且学校也在一片土墙之间，看起来很值得怜悯。于是他捐建了这个地方。这个上面是游客住宿的房间、下面是孩子们教室的建筑物，不久后就矗立在了村子里。很多人慕名前来，主要是奔赴客栈。它是一个奇怪的结合体，对于很多人来说。每年也都会有志愿者过来，每个志愿者服务两个月，这是捐建人与上海一家公司达成的协议。与我同时期相处的志愿者叫桂鹏，他是曾在哈尔滨读书、上海工作的四川人，住在我的隔壁，我们要在一起吃饭两个月。

桂鹏看到我扶着墙狼狈地走过来，不知道是怎么回事。看到有伤，他拿碘酒帮我擦拭，又把我扶进了房间。

我的房间里有张桌子，是学生上课用的那种黄色小桌子，还有抽屉。每天我都要腾出一点时间坐在桌前，抬眼，即是冰川，如果打开台灯，这个位于村中较高海拔的房间里，倒也添了些温馨的味道。摔伤那天，房间里除了雨声，就是安静，还有不知所措的眼泪，以及因此而生的泄气等情绪。

天慢慢暗了下来，孩子们放学了，他们就在我的窗下排着队走过，耳边意外地没有罗布放的音乐。以往每到放学时间，爱唱歌的罗布都是要放音乐的，声音很大，周边都能听到。

桂鹏他们陆续过来敲门，说把东西放在门口了。推开门，门口放着药、绷带、米饭，还有他们特意从八宿县城里为了过端午节买来的粽子。卓嘎的酥油茶也装在一个保温的小瓶里，之前她也在门外说，什么时间想喝就喝，不凉的。

第二天，比正常时间晚一点起来给孩子们上课。

一瘸一拐地进了教室的大木门，扶着墙走进一年级教室。看到我进来，巴登一下子从座位上站了起来，他屁股下的凳子被他用力推到了后面，他快步从课桌前走到我身边，扶着我慢慢走到黑板前面。

后来好多天，知道有汉语课，孩子们就提前好长时间站在我门前，扶我慢慢走下楼梯，走到校园里，再走进教室。

楼梯有点窄，是木头悬空的，孩子们一个在前面用手搭着我的胳膊，一个在后面扶我。还有孩子站在下面仰头看着我们就这样一前一后、一上一下地走在楼梯上。

如此这般，持续了快半个月，虽然我一再说"不用了，老师没事"，而且后来也没那么严重了，但孩子们丝毫没有要放弃的意思。

直至我跟他们一起跳绳，我说"你们看，老师好了吧"，他们才真的相信。

- 26 -

自从孩子们开学后，我就搬到学校里住了。

达珍也从男朋友次旦所在的雅卡村回来了。她是一个美丽的藏族姑娘，身材娇小。她有一段时间身体不好，需要吃药，也因此推迟了与男朋友的结婚日期。她的皮肤相对很多藏区姑娘来说已不算黑了，但她还是希望自己更白一些，所以她经常用一些粉状可以增白的护肤品，涂上去，看起来真的要白很多。

学校里住宿的环境比起村委会要差远了，因为是木头房子，漏风，于是我在房间里搭起了帐篷。

在村委会可以占用他们的资源，偶尔饭后，我装作可怜兮兮地试探着问：能再加点饲料么？意思是，想吃个水果。终于有一天，江措被我的虚伪给气着了，冲着我喊："想吃就吃，说那些废话干吗呀？"我以再快不过的速度，把他们放在柜子最下面的苹果拿出来，一口咬了下去。我虚伪，且喜欢吃苹果，成了江措对我的印象；而江措的直接以及不耐烦，也成了我对他的印象。

在村委会里，每天早晨我都是在他们叫"起床了，吃饭了"的声音中醒来。在学校里，我远远没有这样的待遇。我每天都要第一个起床，把教室的门打开，孩子们才可以进来。后来学得聪明了，直接把钥匙从窗户上丢下去，孩子们拿着钥匙自己去开门。再后来学得就更聪明了，那就是教室的门再也不锁了，孩子们直接走进教室。

所有这一切，在开始上课半个月后全部完成。跟刘局他们一样，我也感叹自己的进步速度，入乡随俗的能力进一步得到验证。

五
赛马节

平日里，我和桂鹏在一起吃饭。

我们做饭的工具是一个藏式炉子和村民送的柴火。藏式炉子，长长方方的，每一个环节都经得起推敲，时间长了，它们浑身都是黑的。因为要有取暖功能，每个炉子的顶端都有一根竖起来的烟囱，烟囱是铝制的，它们也没被主人安排在房间里绕上几圈，而是直接竖着伸出窗外，每当房间里点上柴火，外面就升起袅袅炊烟。长长的炉膛上面会有数量不一样、大小不一样的用于放锅的地方，圆形的灶孔越多，炉子的体积就越大。炉膛上面的圆形灶孔，如果锅等厨具不需要放在上面的时候，就有一个圆形的铁盖子盖在上面。炉膛的下面是一个封闭的空间，用于盛装柴燃烧后的灰屑。炉子体积的大小、身上花纹的精细或者粗糙，以及功能的多少等，就是家庭综合实力的展现。

不管怎样，它们就像是一个吉祥物，安守在每个家庭的房间里。只要有它在，就是人间的日子。

有了炉子和柴，就有热水、热饭了。更多时候，我负责烧火，桂鹏负责炒菜，我们分工明确。我们第一次用它们的时候，因为掰柴火，我的手血流不止，桂鹏则被熏得满脸都是眼泪。我们的炉子容易让房间里都是烟，我们不知道原因在哪以及如何改进。后来我们学到了一个办法，就是尽量都猫着腰，低着头，烟往上走，它们就熏不到我们了。但即使这样，只要开火，每晚睡觉前的洗脸水都是黑色的——深黑色。烟熏不到，但烧柴产生的灰屑，悄没声儿不知道就落在你哪里了，你会觉得你身体的每一个角落里都藏着污垢，幸好，始终寒冷的天气也是我们的保障屏，因为要穿得很厚。

刚开始，我们都把这种原生态的生活看作是浪漫，一种与原有生活完全决裂的浪漫。这是所有事情初级阶段都会产生的不切实际且没有任何意义的想法，就像有游客知道我们每天不仅吃喝用的是雪水，竟连洗碗的水都是雪水时惊呼的那样，哇，好浪漫呀。

真正的生活是，我眼睁睁地看着桂鹏的厨艺以一顿一个台阶的速度飞快地进步，直到有一天，我完全抛弃了"老干妈"，那些要专门跑到35公里以外的地方买来的"老干妈"。很长一段时间里，把它放在米饭或者面条上面，就是一顿美味的饭了。

桂鹏的厨艺进步了，我的烧火技术也有了大大的提升，除了那些不易痊愈的伤口外，手上不再添加新的伤口了。时间的力量就这样彰显了。

另一个让人高兴的是，我们都是愿意进步的孩子。我希望能学到厨艺，桂鹏也希望学会烧火的本领。我们不希望在这个村庄里我们是仅会一种生存技能的汉族人。我们有太多可以进步的空间，我们都这样想。

上进的结果是，我学会了在高原上炒菜和用高压锅煮面条，桂鹏学会了用柴生火。他在一天晚上兴奋地说："我们的生存能力提高了档次，再也不是以前的段位了。"因为他负责炒菜，唯一的围裙就被他穿在身上，到我需要系着它来学炒菜的时候，它已经看不出来是什么颜色了。

那台藏式炉子是来古公益客栈的，听说买的时候花了好几千块，在县城里转悠了好些天才寻到的。我们用的柴火都是村民送的。没柴的时候就告诉江措，江措再找村主任，村主任再找村民。

建设新校园的施工队住在楼下，与我们不一样，他们用的是煤气灶，这是来古村最先进的灶具，是村里的唯一一个。后来的事实证明，他们错了，这就是不懂生活的结果。我们没柴烧热水的时候，偶尔会找他们借热水，每次去的时候，他们都围坐在一起"哧溜哧溜"地吃面条，借着借着，我们都不好意思了。因为每次煤气用完，他们要到200多公里外的八宿县去买气，他们说，每次都折腾得没有一点脾气。

再后来的一天早晨醒来，住在楼下的他们也生起了火。炊烟向上，直接来到我和桂鹏吃饭的客栈大厅，桂鹏起身把玻璃关上，还是一样把我们熏得流眼泪。有一段时间，我们边流眼泪边吃饭。桂鹏找施工队的负责人汪老板说："你们还是用煤气灶吧。"汪老板说："煤气用不起，买来买去太麻烦了。"

他们也是买村民的柴，村民给学校送柴便宜，一捆10元钱，这是村主任群培特意交代的，不能收太贵，也不能不收钱，他们砍柴也像找虫草一样需要翻山越岭。汪老板他们买，就要贵一些。

- 28 -

村里的白天，很静。

你悄无声息地踩到一堆牛粪，村民也悄无声息地走在路上，远远近近的这一切，像是一部无声电影。

村里的牛粪没有异味。经常还有人专门去捡牛粪，甚至不用工具，直接弯腰用手捡起来。捡回家放在一起晾晒着，等有一天用在地里，来年青稞会长得更好一些。西藏有些地方取暖是直接烧牛粪的，也是直接用手拿起、掰开，放在炉子里。与木柴不一样的是，牛粪很容易就烧透，且更加干燥。

即使再安静，你也能听到一种声音，就是阳光落到村庄上的声音，有时甚至还能听到冰川变化的声音。早在刚到来古村的时候，卓嘎就指着那远远的东嘎冰川，大意是说：冰川是随时变化的，你看，这一会它就有好多种样子。刘局也说：你看，你仔细看，它们有时候像猫脸，有时候就是狮子头的样子。

来古村真正的晴天来临，久经阴雨天的你会发现，需要适应期。这是西藏的动人处之一，它的天气跟它土地上的人一样，直截了当。阴天，就下雨，下雪；晴天，就有蓝蓝的天，白白的云，清爽的风，明亮的太阳。

海拔4200米的阳光，穿透力极强，所有的人都享受着大自然给西藏高原山脉里小村庄的一切恩赐。它让人们的情感，瞬间转化为愉悦和热爱。

这几天，村里的主干道上及其周边，开始热闹了起来。

几顶新添的帐篷，还有露天的摊位，它们就在村委会靠左面的空地上。摆摊的都是外来人，在这里兜售衣物、孩童玩具，甚至还有生活用品。他们带来的衣物全都堆放在一张铺在地面的布上，每一个想买的人，都要弯下腰翻翻拣拣，像内地商场里需要打折处理的廉价商品摆设的样子，也像是流动花车放大的固定版。

天黑以后，露天摊位的摊主去村民家借宿。搭着帐篷的摊主则在里面掌起灯，白底带花的藏式帐篷前停放着摩托车，需要低头弯腰才能走进去。也不时有穿着绛色僧衣的喇嘛流连在门口，他们应该是村里的人，偶尔回村来。围在外面的老人说，每年这个时间，这些商人都会到像来古这样的村庄来赚钱。村民们也喜欢。

在村民看来，那些摊主，像是通往外面世界的一个窗口，他们带来了外面世界的气息。外面究竟是什么样子？外面又是什么味道？它们就是那些摊主的样子，那些商品身上的味道。

商人会在这里连续待好几天，偶尔白天的某个时刻，帐篷的前面就像是儿童小乐园，很多孩子聚在那里玩耍。对于物质匮乏的村中孩童来讲，他们能一下子看到很多好玩的东西，他们漫山遍野高兴地喊着，卖东西的来啦，卖东西的来啦！当然是用藏语说，是江措翻译的。

挖了虫草以后，村民手里有钱了，可能因为偏远，交通不便，一些商人仿佛看到了村民手里拿着钱正茫然四顾发愁如何将它们花掉，于是他们带着一包包、一捆捆的衣物来到村子里。平日里不出去、见不到更多物资、也需要一些衣物装扮的村民，依着自己的所需，满足了商人们前来的目的。

夜深了，帐篷里还点着灯，里面的说话声清晰地传了过来，还有他们映在浅色帐篷上的影子。

这时，来古村就是马贡多村：每年到了三月光景，有一家衣衫褴褛的吉普赛人到村子附近来搭帐篷。他们吹笛击鼓，吵吵嚷嚷地向人们介绍最新的发明创造。最初，他们带来了磁铁。一个胖乎乎的、胡子拉碴、长着一双雀爪般的手的吉卜赛人，自称叫墨尔基阿德斯，他把那玩意儿说成是马其顿的炼金术士们创造的第八大奇迹，并当众做了一次惊人的表演。

- 29 -

卓嘎说，赛马节就要开始了。

六月底七月初，这个本为村民休闲、交流经验的集会，某种意义上已演变为庆祝虫草丰收的节日，草原泛绿，野花渐开，虽然需要厚衣着身，但不得不承认，似乎从这时起，四季本不鲜明的来古村，开始有了春天的味道。不过村民们认为这是来古村的夏天，他们经常对外面的人说，夏天的时候来啦。

已经连着下了一个星期的雨，担心赛马节会因为天气原因而开不成，我把这个担忧说给刘局听，刘局转来村主任群培的话说，从他懂事起，赛马节肯定都会是晴天，不管前一天下多么大的雨。有一年，赛马节的前一天在下雨，赛马节那两天，晴空当头，赛马节结束后又下大雨。我在的那一年，后来也成了"有一年"。那一年也是这样：前一天在下雨，结束后在下雨，甚至比赛那两天的夜里也在下雨，但是那两个白天，草原上阳光普照。

比赛前的一天正好是周末，孩子们放学排队回家。走出校门后，巴登又跑回学校，仰起脸问："莉莉老师，你的，明天的来吗？"一旁的江措说："他是问你去不去赛马节。"

这个阶段的我们，孩子、村民，还有我，正处在一个相互试探、磨合的阶段，我们对对方都很好奇。他们没有对我很亲密，我也不知如何对他们亲密，我们处在亲密前的那个时期。

- 30 -

赛马节第一天的早上，很早，学校门口的路上，村民们穿着崭新的藏族服装，走在去往牧场的路上。马儿身上的铃铛一路响着，穿着藏装的孩子们坐在大人牵着的马背上，唱着藏语歌曲。每匹马儿都被打扮得很漂亮，鲜艳颜色的布条被系在马头、马尾上。

跟着他们一起去牧场——距离学校徒步一个半小时的地方，那是村子里牦牛的生命之地，也是守着放牧生活方式的村民的聚集地。它在我们外来人的眼里就是草原，村民叫它牧场，有时候卓嘎跟我说起它，想解释它的时候，就说赛马节的地方。

桂鹏牵着马，我坐在马背上，一路上走得摇摇晃晃、小心翼翼。据说这是一匹老实得只会顺从的马，江措特意把它找过来，他认为，它配我们足够了，也许还能产生成就感。桂鹏第一次牵马走在那样的山路上，我是第一次骑马走在那样的山路上，而那马遇到我们也是第一次。所有的第一次结合在一起，碰到陡峭的地方就成了恐惧。所以，当汪老板骑着摩托车从后面赶上来时，我决定改坐汪老板的摩托车。与骑马的结果不一样的是，当车子从水里蹚过时，鞋子、裤角被溅起的水打得湿答答的。

牧场上有很多人、很多摩托车，为了比赛场的整洁有序，摩托车停得很远。6月底的牧场已绿草茵茵，每个人都穿得鼓鼓的。

牧场上搭满了帐篷。驻村工作队的军绿色帐篷与村民们白底带花的帐篷区别开来，不时有村民走过来，摸摸军绿色的帐篷，说几句藏语就走了。江措说，他们是在夸这帐篷好，他们还说这帐篷下雨天肯定不漏雨。

桑曲背着尼龙袋走进驻村工作队的帐篷，他说他把他老婆的新藏装带过来了，他让我穿上。桑曲，1983年出生，当过两年兵，他是来古村的村委副主任，他爷爷是来古村的前任村主任。学生尼玛是桑曲哥哥的儿子，有一天，我问尼玛：知道爷爷与来古村的故事吗？不知道是因为听不懂，还是因为不知道，尼玛直摇头。

村里流传着一个说法，说桑曲一直想当村主任，他曾经写信给有关部门，以其掌握的对群培不利的证据，控诉群培作为村主任是多么不负责任。后来，有人就信里所提及的事情做了调查，认为桑曲夸大其词，不了了之。但有一点可以肯定，桑曲希望自己能自由掌控与村庄之间的关系，而这种想掌控的欲望，在来古村其他村民身上鲜有。

桑曲拿来的藏装是连体的，这是昌都地区女式藏装的特色。不同地区的服装也不同，跟语言一样。正是这样不同的区域文化，让人窥见了藏族文化的博大精深。所有的不同结合在一起，构成了那个区域的历史和生命。

衣服颜色很鲜艳，翠绿色，还有搭配的头饰，是粉红色的头巾。村里的每个女人都戴头巾，年长的老人除外，用它们包着头，围着脸，颜色跟衣服一样，都很鲜艳。但是我不会穿。

丁增卓玛叫来了同样都是三年级的次仁卓玛、洛松玉珍，她们拉着我走进帐篷，叽叽喳喳地说着什么，我也听不懂。她们不同分工，胳膊、头、腿地帮我穿上了，完成得熟练极了。给我全部穿上以后，转着圈地打量几番，几个小家伙对视了一下，好像放心了一样，前拉后推地把我带出帐篷。

帐篷外面很多人，女人围过来，会说汉语的说好看，不会说汉语的就只看，有赞叹的感叹词，几个人凑过头来看着、说着。

有人拍了我的屁股，回头，一堆男人坐在那里笑。我用汉语大声问：干吗呢？换来的是更多更大的笑声，笑得我都恨不得找个地缝钻进去。

孩子们过来表示要跟我合影，拉拉我的胳膊，指指我的相机，我像是动物园里被人拉着合影的猩猩。刘局说，村里男人说了，这个汉族女人，黑黑的，也不难看哩。

刘局开玩笑说："下次得有长得白的汉族女人来村里，要不然，他们会认为汉族女人都跟你一样黑，这就麻烦了。"

在后来的岁月里，关于我的性别，他们越来越忽视了，他们给我搬来一个特别显眼吓人的身份：来古村的知识分子。我真希望能是女知识分子。

丁增卓玛她们觉得不过瘾，又让桂鹏把借来的已经穿在身上的男式藏袍脱下来，给我穿在身上，这次，她们给我配了条天蓝色的头巾。那藏袍太大了，穿在身上，肩膀在哪里都看不到，她们围着我看了一圈，几个脑袋凑到一起嘀咕了一下，估计也是看出来不合适了，就又给我换上了那件翠绿色的。

- 31 -

赛马节也是村子里男人和女人比赛的节日。男女老少都穿着盛装，都穿着自己的民族服装。赛马节，好像就是为了展现女人漂亮、男人勇敢、孩子机灵的节日。

两天时间里，女人会换好几套衣服，都是藏装，会戴上很多饰品。男人也像他们的马一样，骄傲地昂着头，大幅度地摆动着身体，走在熟悉的人群里。孩子们也穿得五颜六色，戴上饰品，还有护身符，聚在一起，互相拿着胸前挂着的饰品进行比较。孩子们喜欢拍照，特别喜欢，看到你拿着相机，他们有点争先恐后，这时的主角不是他们的脸或者故意做成的手势，而是举在手上的或绿或蓝或红的饰品。

群培说，赛马节不仅是来古村的传统节日，还是西藏其他地方的传统节日，时间大概都差不多，都是在虫草期过后。群培的解读是，村民们为了庆祝收获，聚在一起喝酒、聊天、骑马、摔跤。它仅是一种社交娱乐活动，还是有别的意味？这些产生时带有其他意义的传统，在久远的时间长河里，渐渐被崭新的生活和人们赋予新的与以往不一样的内容。

有一匹好马和一套好马术的人们，在这个时间里让自己和马在熟悉的人面前来一次灵魂对话：我们是否听得懂对方的语言，我们是否是对方灵魂的另一半，我们是否相互可以完成驾驭。

骑在马背上，从地上捡起石头，扔向摆放在木头之间的白布，同时看谁最先到达预设的终点，石头能碰到白布，才有资格来比赛谁的马跑得快。有些马跑起来，完全没有束缚，它会驮着它的主人冲向人群，人们吓得四分五散，过一会儿再笑着重新坐在一起。

巴登的爸爸骑着一匹没有马鞍的马疾驰过来，所到之处，大家惊慌失措，为他和他的马让路。骑马比赛的，不仅是那些大男人，还有正在上学的小男孩。骑马驰骋对于村里的男人来说，那是先天就具备的本领。扎西四郎11岁，穿着镶着红色金边的白色藏装，左手马缰，右手马鞭，身体偶尔前倾，又准又快地跑过。江措竖着大拇指，大声冲着他喊："好，康巴汉子。"

坐着看比赛也有规矩，男人坐在最前端，女人和孩子靠后面坐着，不能乱了方寸。大家都盘腿坐着，女人戴头巾，男人戴帽子。

在草原上上厕所，能做的就是走得远一点，再远一点，然后就地解决。这时，你会发现拖地藏袍的好处。丁增卓玛带我去上厕所，遇到一个可蹲下来的凹处，她说："可以了。"我说："不可以。"再往远一点走去，丁增卓玛说："可以了，真的可以了。"我说："不可以，真的不可以。"她一脸困惑地在"可以"与"不可以"间，跟着我走了很远。

在平坦的牧场上，根本就做不到完全"可以"。江措取笑我："要是有时间，你要不要翻过那座山去撒个尿啊？"

达珍穿着汉族衣服，笑话我说："我们藏族都想穿汉族衣服，你是汉族想穿藏族衣服，都反过来了。"

达珍建议我们可以找一找"村草"。

我认为的村草是笑容开朗的男人，每次看到他，他都在笑，可能他的表情无论怎样都是含着笑意的。有一种人就是这样，容易让人产生愉悦感。达珍说她心目中的来古村的村草是抛弃一个叫仁青的姑娘的男人。

村草有了着落，村花是谁？安科建议搞一场"村花大赛"。

江措说："你也来参加吧？"我问："给奖吗？"刘局说："如果你答应再支教一年，会给你一个安慰奖。"达珍说："你只会烧火，封你为烧火西施吧。"

他们还是认为我只会烧火，他们从来都不愿品尝我炒的菜，哪怕是一口。他们说，看那样子就不好吃，根本就不需要再去品尝。

江措说，驻村工作队三个男人，有三个村花的人选。

安科认为是仁青，一个单亲妈妈，村草抛弃的那个姑娘。

脑子里闪现出跟刘局一起见到的仁青，她带着女儿在哥哥牧场上的黑色毡毛帐篷里，手忙脚乱地给我们做酥油茶，刚沏好的酥油茶，成片状的灰絮落在上面。仁青红了脸，说："脏了，我再给你沏一杯。"

刘局认为是抛弃仁青的男人的姐姐，个子高，有昌都女人的特色。

据说曾有摄制组选村草的姐姐出镜来古冰川风景宣传片，听说在镜头里，她一袭藏装，身材修长，长发编成很多辫子散落在肩和背上，捧着一条洁白的哈达走在湖边。所有镜头前的人都说，漂亮极了。再看五官，鼻梁高而挺直，额头饱满，眼睛深邃。

江措认为是另外一个单亲妈妈，生了两个孩子以后，男人不知所踪。据说男人离开她的原因是：女人觉得自己长得漂亮，脾气太大了。我看见过她一次，确实漂亮，也确实有一种特别骄傲的神情在脸上。

与她们两个相比，仁青柔弱很多，五官清秀，举止温婉，像是江南女子。跟卓嘎一样，仁青也有着一段来古村以外的生活时光，她的姐姐在拉萨，她在拉萨打过工。来古村村民在外面结婚的很少。到了婚育年龄的仁青回到了村子里，被比她小8岁的村草追求。一个叫央金卓嘎的女孩得以出生，小伙子听到一个说法，说孩子不是他的，于是，仁青被抛弃了。

跟很多西藏家庭一样，都是孩子到了上学年龄，再去补齐所有证件和手续，包括结婚证，所以，这场感情以仁青成为单亲妈妈收场。

离她孤身带女儿的不远处，曾经的追求者，也就是村草家，正在盖房子。很多人都说，小伙子家境不错，人也不错，就是他爸爸不太好，小伙子又特别听爸爸的话。

达珍心疼仁青，对她格外关照。达珍说仁青的故事就是：有爱情的地方，就会有伤心。浩瀚的生活里，那个叫爱情的东西到底处于什么样的位置，深入生活的仁青比刚进入生活的达珍知道得更多。

- 33 -

晚上，我们住在草原上军绿色的帐篷里。

刘局说，这是为了满足我和桂鹏野外露营的心愿。

经过一天的喧嚣，村民们都回家了。村委会的人留下来捡垃圾，刚长出草的草原上，总有人们丢下不愿带走的东西。草原上长着一种草，据说对高原土壤不好，偏偏生命力还特别顽强，一有机会，就呈疯长之势。它们似乎从不担心它们的命运以及对环境的影响，只管自己无休止地展现蓬勃的生命力。刘局说，科研人员正在研究一种不让它们疯狂生长的办法，不知道什么时候能研究出来，那样，西藏草原上的生态链就好了。

捡垃圾的人来告别，草原上的夕阳下，他们洒脱利落地翻身上马，渐渐远去。

所有人都走了以后，周边突然间安静下来。刘局带我和桂鹏走访村民的帐篷。

常年驻守的帐篷周边都围着柴火，风吹雨打太阳晒，它们已是黑黑的颜色，围成一个大大的圈，似乎在守护着帐篷，同时也守护着帐篷旁边的牛羊。

帐篷里有着简单的生活用具，石头垒起来的固定三角形被当作炉子，炊具也被熏得黑黑的，甚至有点变形，但都少不了一样东西，那就是做酥油茶的木桶。村子里几乎每户村民都用电壶代替了它们，它们在整个西藏地区慢慢地已经成为不方便用电或者专门吸引游客好奇眼光的地方才用的工具，但不可否认的是，传统木桶做出来的酥油茶更好喝。

还有孩子，很小的不会走路的孩子，一个人被放在帐篷里，看到外人，也只是眼睛眨一眨，没有任何害怕的意思。

桂鹏想找开水吃方便面，开水有，但是没有筷子，村民从外面的柴火上掰了两根树枝，桂鹏接过来，很豪放地就吃起来。

远远的山上，成群的羊被人赶下来。羊的动作很灵活，它们似乎可以从山上垂直而下，而人却要寻找已成形的山路。成群的牛则是更趋安稳地在草原的一端，鲁钝地守着嘴下的那块绿色。有人来唤自己家的牛回帐篷，牛就动作缓慢地走在主人的前面。河里的薄冰开始化了，厚的，你还可以踩在上面，作为跳板，从这边到那边。

深夜外面开始下雨。伴着啪啪的雨声，还有动物的叫声，不知道是猪还是牛，他们安慰我说肯定不是狼。村边的山上还是有狼的，村民更多是听到过它们的声音，看到过它们的脚印，只有年长一些的人见过。但关于狼的事情，他们像这个村庄一样沉默。

我们三个人睡在帐篷的三个角落，下面铺着村民送过来的卡垫，再钻进带来的睡袋里。我们三个人的睡袋都是信封式的，就是头上面还有一个盖子，我们就像是躺在信封里的那张信纸，睡袋有效地把我们的身体与外面的冷空气做了隔离。雨下得很大，打在帐篷上，落在仅隔着一层帐篷的外面，不禁让人担心雨水会渗进来，担心第二天的赛马节活动怎么再继续。

第二天早晨醒来，太阳又出来了。真的像群培说的那样，来古村的赛马节，白天从来不下雨。经过一夜的雨水，牧场更显清新，到处生机勃勃。

赛马节的第一天，除了赛马，还有摔跤，两个人抱着抢，看谁先被抢倒，抢倒的那一刻其实是两个人都倒了，只是要看谁倒在地上，谁倒在人上。第二天的主要项目，一是一干人聚在起跑线上，看谁先爬到预设的终点；二是唱歌，只有这时，女人才有出场的机会。长袖、藏衣，围观的也多是妇女儿童，男人都去一边喝青稞酒找乐了。还有一个衣着潮流的藏族人举着一个机器对准所有唱歌的人，卓嘎说：“他在录像，是村子里的喇嘛从外面请到的。”除了村主任需要偶尔出去开会，在与外界精神文化沟通的层面上，喇嘛俨然是村里与外面世界的出入口。草原上的歌声被录下来后，会进入条件好一点的家庭。卓嘎家就有一台VCD机，一天她拿了一张盘放在VCD机里，是赛马节上唱歌跳舞的景象。

玩了两天，一拨人开始打点回家，拆帐篷，背卡垫。一拨人骑着马再找战场，他们把新的战场选在距离村子更近的地方，观看比赛的人没有宽裕的地方，只能坐在山腰上。村委会的人和村里的党员又在捡拾被丢弃的不可降解的垃圾。

我想借扎西四郎的马骑着回村，他的爸爸项巴多吉同意了，扎西四郎不情愿，把马鞭一扔，一个人走了，剩下我和他爸爸尴尬地笑着。后来有一天，和扎西四郎混得很熟了，我问他以后舍不舍得把他的马让我骑。他把身子扭到门外边说，好。扎西四郎在然乌镇读五年级，他说他在来古上小学的时候，上课的地方是在老的村委会——一个四周围墙已倒塌的土房子里，那时候的老师是村主任群培，就他一个老师。

后来我是跟着村里另外一个叫西热的村委副主任的马回去的。比起桂鹏牵着的那匹，这匹马要活泛得多，甚至有些生猛。西热抄的是近路，近路的代价是陡峭。每次下坡，坐在马背上的感觉就是垂直向下，姿势必须由原来的身子僵硬地矗在马背上，变为弯下腰来趴在马背上。所有能做的就是紧紧抓住缰绳，再紧紧地蹬住脚蹬子。几次想说下来自己走，就是没好意思开口。西热好几次回头冲着我笑，因为牙龈的萎缩，露出长长的牙齿，中间缺了一颗牙的缝隙，看起来更加明显。西热会的汉语不多，每次回头就说，不怕啊，不怕啊。

河水从不宽的河床里急急地流过，那是冰川融化的雪水，河心有着光滑、洁白的石头。山间的尘土，陡峭的山坡，顽劣的马，笑着的牵马人，听不懂的语言。

这是那天夕阳下回村的景象。

- 34 -

如果说，在此之前，村民对我和桂鹏这两个外来人，是带有疏离感的客气，那么，在此以后，我想我们与村民之间的关系有那么一点点改进。

与孩子们的亲疏远近，其实很好掌握。他们就像是一个空空的透明的杯子，很容易装下任何人和事。如果你是彩色的，你可以看得到他们心中彩色的你；如果你是黑白的，你也能看到他们心中黑白的你。你同样也可以看到彩色或者黑白的他们。

孩子们可以在瞬间喜欢上你，但是成年的村民不一样。

卓嘎可以带我去看虫草，但不会在我面前说起青春时期的拉萨时光。卓嘎会远远地和村民聚在一起讨论我，看我一眼，把头伸到一起，说几句话，再看我一眼，再说几句，说完以后，四散离去，但不会走过来，把村民们那些善意的猜测和疑惑说给我听。仁青也一样。

所有的前者出现在此之前，所有的后者，都在此以后慢慢地改变。在这个村庄里，我们越来越被纳入到他们的圈子里了。而对于还不能跟他们正常交流的我们来说，这是一个奇迹。

赛马节产生的效应就是，在我离开村庄两年后，每到赛马节时，总能收到很多来自村里的电话，生硬的汉语传过来，他们问："马都比赛了，你还不来吗？"

六
村里的客人

- 35 -

赛马节结束了，村民们从聚众狂欢中醒过神来，接着过每一天再正常不过的日子，念经、干活、带孩子、赶牦牛。

我和桂鹏也开始常态的生活。我给孩子们上课，带孩子们玩耍，桂鹏就在客栈里等游客。

七月刚到，看来古冰川的人比六月多了起来。教室的楼上是客栈，所以，在给孩子们上课的同时，偶尔会遇到来自五湖四海的游客。他们来住宿，还喜欢直接进课堂给孩子们拍照片、发东西。每次我们都会劝阻说，不可以直接给孩子东西。他们认为我们是在不好意思，说，没关系的。

半个月的时间里，桂鹏每天都希望有很多游客过来，这样他就能有收入，客栈有收入，村子也就有了收入。但很显然，六月来到的游客数量没让桂鹏过足瘾，那时他永远想象不到将来有一天他会对着每天都住满客栈的游客说，不要再来了，再来就受不了了。

等游客的日子里，桂鹏有他的小故事。

一天，桂鹏与刘局、江措描述他等客人时的心情：远远地看到两个人，以为是游客，结果是藏民。江措在一旁听得不高兴，逼着桂鹏问：藏民怎么了？藏民怎么了？

江措，我和桂鹏给他的评价是，康巴男人的外形，苏南女子的心。一次我们讲听来的"红景天"名字的来历：红军行于藏区山中，高原反应、生病，遇当地土著喂奇药，顿时生机勃勃，为了纪念，将那奇药取名"红景天"。江措听完后，斜着眼睛看着我，重复着："土著？藏族人都是土著？"关于这个词语以及它被演绎的各种含义，我解释了很长时间，江措始终都没再搭理我。

跟我曾经的表现一样，桂鹏那天也拼命地解释："藏民没什么，藏民挺好的，我不是那个意思。"江措问："那你是哪个意思？"桂鹏说："我的意思是说，那个藏民太洋气，穿得跟游客一样。"

江措始终没再搭腔。

那时的桂鹏以及我，都带着深深的已固定成形的思维模式，若有若无地带着些许优越感。更多时候，我们没有意识到，或者也不愿承认，但它们就在我们的骨子里，如同咳嗽对人的身体一样，越想掩盖可能就越暴露无遗。

但我也看到，两个月后桂鹏离开时，他身上若有若无的优越感已很难再察觉，我也看到那天早晨他离去时的不舍和难过，以至于他说他第一次流下了到来古村后的眼泪。后来的时光里，他跟我一样，越发不明白：那些可恶可笑的优越感究竟从何而来？在这样的自然之下，我们何以优越？

他渴望的艳遇没有发生，但是发生了一些别的事情，让他始料未及。

我们把能走到来古村的游客称为资深驴友，如果他们还能住上几晚，混迹于村民、商铺和孩子间，对他们自己来说，应该是不错的人

068　/ 来古记 / 冰川脚下的藏地生活纪事

生阅历。事实上这样的游客不多。我和桂鹏有时也在想：这些人他们在城市里是一个什么样的人群？桂鹏说，应该是习惯去商场，还喜欢走街串巷吃小吃逛地摊，习惯住五星级酒店，30块钱男女混住也不亦乐乎，去公园、景点，也自己开发野外路线的那些人。

村里陆陆续续来的游客，每一个人都带着故事。他们与这个村庄的关系，也成了故事。

一天，客栈里来了两位年长者，他们在客栈外面的路上就喊着桂鹏的名字，桂鹏满腔成就感地几乎飞奔出去。

那是两位62岁的老人，一着红色冲锋衣，一着墨绿色冲锋衣。他们从成都坐火车硬座到西宁，再坐火车到拉萨，走了八一、波密，去了米堆冰川，后又到了来古村。

两位老人说，他们之所以没有选择自驾、飞机、卧铺，就是想知道自己还能吃多少苦，受多少罪，就是想挑战自己。他们都有"知青"经历。红色冲锋衣说："刚下乡的时候，一个人在陌生的村庄，想看书，没有，赶上'破四旧'，很多书都被处理了。而下乡的那个村要买废纸，于是，就在那些买来的废纸里，寻找可以看的书。"墨绿色冲锋衣说："下乡做知青时，每到晚上，就会泡上一杯茶，坐在能看到成都的山坡上，就那么看着，看着，直到十点多，村民们都睡了。这种情愫直到下乡半年以后才有缓解。"他们帮我们烧火、做饭，说是找到了知青下乡时的感觉。只是当年没有木柴，只有稻草，打成结的稻草。

他们说，那时环境的艰苦不算什么，心里最慌的是未来渺茫，不知道将来要去哪里做什么，不知道未来的生活会是什么样子。那种对于未来的恐惧，每天占据着心灵，侵袭、吞噬着早晨见到阳光时的明朗。很多时候，人的心情更偏灰暗，像傍晚的夕阳一样。

但是他们现在倒是很羡慕我和桂鹏此时在村里的生活。喜欢看书的红色冲锋衣说："你们在这里多好啊，这里有很好的创作素材，到处都是啊，比如桂鹏日益渐长的厨艺，比如冰川下的孩子。"两年后，回过头发现村里的生活就是"冰川下的孩子"。

他们俩离开村庄的时候，因为生病，我没能及时起床。我听到他们在门外交代桂鹏说："她实在不回内地的话，你多做一点有营养的给她吃。"他们还把随身带的一些药留了下来，还有一瓶"老干妈"，他们说："反正也快要回内地了，到处都能买得到，而村里就不一样了。"

有一个来自云南昆明的游客，他看到蹲在柴房里洗衣服的我，悄悄走过来问：多大啦？问的时候，还蹲下来，把手伸进水里，试试水有多凉。他说他女儿一直有去当志愿者的想法，他始终没同意，因为心疼女儿，怕她吃苦。他离开村庄的时候，专门跑过来往我外衣口袋里塞了300块钱，我刚要推辞，他把手指放在嘴边告诉我说："不要说话，不要让别人听到。我也没带什么东西来，你有时间出去就给小孩子买点需要的物品。"

一年后，我收到了他从昆明寄到村里的信，他在信里说了一段给村里小孩子的话。他说，故乡是一个人一生中遇见的最美的地方，还说"让我在梦里看见你们的笑"。

这样的客人很多，他们进村来，善良的本性会让他们产生怜悯，恨不得马上就能做些什么。刚开始的时候我也是，还有一些一厢情愿，随着时间的流逝，所有的情感都落了下来。直到有一天，我发现我本来就是这个村子里的人，他们是我的家乡人。

有一天，村里来了一个中年商人。

他指着开进来的车，还有象征着他在另一个遥远的地方的社会地位、经济状况的所有物件，说："我走过西藏很多地方，第一次走进来古村，来古村那么美，我想收养一个村中的孩子。"

他希望收养一个女孩，三四岁的。他一再保证说，会给很好很好的生活条件。在他看来，他似乎是在拯救一个女孩的一生，但是我们不这么看，村里那些符合条件的女孩也不会这么认为。

他留下地址、电话等等。跟他轻飘飘地离去一样，写有地址、电话的那张纸也轻飘飘地飘在来古村的空中。

来古村的孩子就在自己的村里长大。江措说他们不会轻言舍离故乡。

又一天，几个游客过来，他们心事重重地坐在客栈里，看着贴在墙上的冰川照片纠结。想去，但不想走路，有马可以骑，但是马到的地方，距离真正的冰川还有一段距离。怎么办？他们发愁，愁完不能近距离地看到美景，又为西藏和来古村发愁：西藏这么多湖，为什么不在湖上放一些船？这里为什么没有网络？这里的马为什么不能把人直接送到冰川上？他们认为，如果这些都有了，这个美丽的村庄就能富裕一些。

他们看着山上黑黑的像一棵树的物体，像当初的我一样，兴奋地说："你看，松树，会移动的松树，你们这里的松树会移动吗？"当初是刘局，这次换作是我，平静地说："那是牦牛。"

他们几个不听劝，自顾自地跑去了不安全地带。刘局、群培深更半夜组织村民去寻找，实在没有办法，还报了警。然乌镇派出所所长冲着冰川上移动的小黑点大声喊："你们没事来西藏添什么乱？"刘局说这样的事情太多了，但是深夜村民走冰川也有生命危险。

来古村没有洗澡的地方。有一次，客人们从镇上洗澡回来，随行的姑娘一身清凉装，短裤、凉鞋、短袖，一年四季冬装的来古村里，男人们的眼睛都直了。

- 38 -

进入7月以后，游客慢慢地多了起来。三两天就会来一拨，与之前一周来一个人、两个人的频率和数量不一样。

桂鹏对游客的期盼也慢慢淡了下来，好奇心不再那么强烈。他在客栈做掌柜，要负责游客的吃、喝、拉、撒，还有玩。大学毕业后他就直接工作——当一群孩子的数学老师，对于如此照顾陌生人起居的生活模式，应是第一次接触。

游客到村里的时间不固定。无论是深夜还是凌晨，突然出现在走廊里的脚步声，就像是金刚的声音，体积庞大，步子沉重，还有开门、关门的声音。偶尔还有推拉箱，它们在木头上的声音原来是那么沉闷，沉闷得似乎有着永远走不完的又不得不走的路。那些上、下楼梯的声音，没有时间段地吱吱直响。

每个游客都是一部历史。他们带着自己的习惯、执念、故事急匆匆地进来，又带着它们急匆匆地离开。很快地，到过的地方，见过的人，发生过的事情，都消失在他们浩瀚的人生里。他们的闯入，对于那个地方也一样。

偶尔也有例外。

只有在电视上才能看到的穿着清凉短裤的姑娘，在村里的短暂出现，一直到很久以后还是话题。这个话题有点像是冬天的柿子树上唯

——个还挂在枝头的柿子。

- 39 -

我在来古期间，或者说在西藏期间，更多是与生病、不适相伴。不明白自己的身体出了什么问题，每隔一个月就要爆发一次，平日里则零星不断地咳嗽、气喘。刘局说那是身体有隐疾，到高原以后就爆发了，是一种慢性的身体不适在高原的反应，也就是慢性的高原反应。

我没把他的话当回事，以致很长一段时间，经常深夜咳着醒过来，然后再也睡不着。透过没拉上防雨罩的帐篷向外面看去，大大圆圆的月亮、亮亮闪闪的星星，清澈无比地嵌在青蓝青蓝的夜空中，被它们赶到一边的云彩则优哉游哉又很矜持地漂浮着。这些是童年时才会有的夜空。

开始吃药，吃各种抗生素，按照说明书，掐着点吃，比如上面说每隔六小时吃一次，有时熬到凌晨就是为了"每隔六小时吃一次"。

桂鹏他们都认为，不能再这么吃药了，要给身体找一个处理的方法。于是一个上海籍的妈妈寄来的中医方面的书派上了用场。无心插柳柳成荫，这本书竟然成了我和学生们的生理课本，那标满穴位的人体图，所有的男生女生坐在一起看，每个人都那么好奇。

二年级的课堂上，孩子们写作业时，我坐在窗棂内侧的木板上，把书拿出来，听说有些穴位一按就可以止咳，我想按图找到那些穴位。罗布措姆提前写完作业，没声响地来到我跟前，我正在看的是张男性人体穴位图。罗布措姆"A Ma"（一声、一声，吃惊之意，类似"妈呀"）一声惊呼起来，我赶紧用手把人体图盖上，再把书合上。

那感觉就像是妈妈发现女儿正在看儿童不宜的东西一样。在很多时候，作为已是成年人的老师，我只有在上课的时候才是一个大人。其他时间里，他们是大人，我就成了需要被关照、被指引的孩子。但此刻，罗布措姆认为我是一个犯了错的孩子。

她的惊呼声引来其他同学，他们都停下手里的笔，扭过头奇怪地看着我们。当然，他们不像怕罗布、米玛那样怕我，可以说，他们一点都不怕我。他们扭头看我和罗布措姆的感觉，就像是如果我不让他们看到我们在做什么，他们就不转回头。

我把大的彩色人体图拿起来，打开在他们面前。他们看到以后女生都像刚才罗布措姆一样，惊叫了一声，赶紧蒙上眼睛，男生没有惊叫，但是都低下了头。接着，他们都不写作业了，几个胆子大一点的，直接走到我身边，也不说话，就像看着一个奇怪的东西。那个奇怪的东西不仅仅是那张人体图，还有他们的老师。他们在奇怪：她在干什么？她看的是什么呀？

终于，罗布措姆不再害羞，她问："莉莉老师，女的有吗？"我说："有。"我把书里那叠着的女性人体穴位图拿出来，展开。所有的小女生都放下了眼睛上的双手，用藏语叽叽喳喳，我听不懂。

只听懂了一个孩子的话，那是与罗布措姆同龄的在县城读三年级的朗加曲措。她是罗布措姆嫁到八宿县城里的姨妈的女儿，县城有暑假，她便随妈妈回到来古村。她跟罗布措姆挤在一个桌子上听课。

朗加曲措用汉语对我说："我们学校也有。"再用藏语跟那些孩子说，可能也是同样意思的表达，于是那帮女生围着她"A Ma"一声，接着就是她们小女生的对话。她们都你拉一下、我扯一下的，朗加曲措好不忙碌。朗加曲措说："她们问我，我们学校里的老师怎么讲这个？"

接下来，那张人体穴位图就在不同的性别间被传来传去，很快也就坏了，直到后来它们有了躲不过去的遭遇：有一天被孩子们烧毁了。

- 40 -

朗加曲措来了以后，在班级里是最活跃的。以前孩子们的坐标是罗布措姆，现在朗加曲措瞬间取代罗布措姆成为二年级的孩子王。但罗布措姆似乎也固守着二年级第一女生的姿态，平静地告诉所有人：即便如此，朗加曲措也只是来古村的客人，而她，罗布措姆才是主人。

课堂上，我刚在黑板上写好一个字，朗加曲措就举手说："老师，我知道。"全班孩子的目光一下全落在她身上。以前上课时，我对孩子们说："有问题举手好不好？"他们齐声回答说："好。"但是有问题的时候，他们都忘了举手的说法。再后来，我们所有人都习惯了，习惯了他们不举手。

朗加曲措一来，像是一个清新的粉红小精灵落到我们一群蓝精灵里面。她刷新了很多东西，带来了县城里藏族孩子的气息：她的皮肤质地细腻，衣服干净，小手光滑；她每天都换一个小发型，她还会对着大人和同伴撒娇，她有着来古村孩子不一样的样子以及表达方式。

她会跟着我来到房间，看着我的帐篷说："呀，老师，晚上能不能跟你睡呀？"我说："可是帐篷太小了呀。"她说："哎呀，那我下次再来的时候，你能把它变大一点吗？"她再来我房间看帐篷变大没有的时候，我把床铺好，那晚就和小屁孩一起在床上蒙着头睡了一夜。因为房间是用木板搭成的，它似乎没有经过村民建设房屋时的全部程序，所以透过那些缝隙能很清晰地看到外面，更不要说无处不在的风了。

我的那顶单人帐篷，下面铺了厚厚的毛毯，上面再盖着厚厚的被子，只够一个人躺进去，翻身似乎都成了问题，更不要说四肢自由地伸展了，每次进出都先拉开那个小门。江措从来都说那就是一个饺子，而孩子们则是一副这个东西好奇怪的表情，然后转两圈，摸一摸就跑出去玩了。他们有的是时间住在大大的帐篷里，对于帐篷，他们没有朗加曲措那样的好奇心以及强烈的参与欲望。终于有一晚，朗加曲措如愿以偿，一个人睡在了帐篷里。

朗加曲措经常会带着一帮学生坐在我房间里，几个孩子大眼瞪小眼地相互看着，打量我的房间，再打量我，再面面相觑。过了一会儿，她走到我背后说："老师你看书累了，我给你按肩膀，我在家里就是这样给爸爸按摩的。"那几个孩子好奇地看着她，也跑到我背后，我一个人根本就不够他们用。

如果一天没见到，再来学校里时她就趴到我怀里说："老师，一天没见你，我每天都在想你。"接着就撒娇说："老师，你长得像娘娘，头发像奶奶。"我问她："为什么呢？"她在我怀里翻了个身说："不知道。"

- 41 -

周末的午后，朗加曲措带着罗布措姆来找我说："老师，带你去一个你从来没去过的地方。"我问她："那会是一个什么样的地方呢？"她说："我也不知道，就是，就是采蘑菇的地方。"

刘局掐指算了算说："正是采獐子菌的绝佳时间，过了这段时间，就没有了。"我们两个大人跟着两个小姑娘翻山越岭去采蘑菇。

一到山上，两个小姑娘就兴奋得过了头，见到蘑菇就采。很快，她们的袋子就装满了，我和刘局的袋子还空着。刘局说："来，来，我看看你们采的都是什么？"看了战果后，刘局把她们袋子里的蘑菇几乎倒掉了一大半。她们一脸惊诧地看着，想阻止的时候已经晚了，只能生气地瞪着刘局，满身都是情绪。刘局摆弄倒出来的那些蘑菇说："这些不可以。"又指着自己采的说："这些才可以。"她们还是不满地嘟着嘴。

刘局解释说，很多蘑菇没有可食性，虽然也不能确定是否有毒，她俩采的那些都是寻常可见但不知道能不能吃的。发现新的可以采摘的蘑菇后，刘局把她们叫过来说："看到没有？就采这样的。"刘局教她们采的主要是长相憨厚的獐子菌和秀气可爱的黄色扫把菌。

獐子菌大多长在大的松树下面，刚破出土，露出小头，嫩得很；而颜色鲜艳的扫把菌多生在矮小的松柏丛里，有的已经败了，就像用了很长时间后的扫把，向外面散开，没有生命力的样子，有的刚刚露出头来，还带有一抹白色。

她们再聪明不过，等她们也像我们刚才那样掌握了规律以后，我和刘局几乎就采不到了。最后，她们的战果比我们的要丰厚得多。

下雨了，我们找不到更近的回村的路。罗布措姆熟悉地形，带我们来到河边，告诉我们："要想不被大雨淋，最好是蹚水回村。"罗布措姆负责带着我，刘局负责领着朗加曲措，最后落汤鸡一样地回到学校。村里的河水来自冰川，膝盖以下部位凉得好像失去了知觉，给她们烧了热水泡脚，她们跟没事人一样，笑着跑开了，说不凉。

采来的蘑菇，清理、洗净，敞开锅盖烹饪，无论汤品，还是菜品，都鲜美无比。刘局解释敞开锅盖的原因，那是因为新鲜的菌里有需要挥发掉的不好的东西。

江措和达珍在已经吃过一次以后，看到它就想吐，只有我和刘局持续地认为它是美味。刘局说他小时候长在西藏，放假的时候经常去找獐子菌，他认为这是西藏最有特色的美味之一，因为有季节性，而且特短，所以只有在西藏的土地上，甚至也只有在昌都地区某些地方才可以吃得到。当然也有人将它们晒干、包装，卖到外地。刘局说，那口感完全不是一回事了。

朗加曲措、罗布措姆把采来的蘑菇送回了家，又跑到学校里来，还带来了很多学生。大人、孩子围着热气腾腾敞着锅的劳动成果。从江措那里知道，被刘局倒掉的两个孩子采的蘑菇也是可以吃的，村民会把它们晾干储存起来。所以，实际上两个小姑娘没采错。

柴房里快没有柴了，江措对一旁的朗加曲措说："莉莉老师快没有柴火了。没柴火，你们的老师就会被饿死。"朗加曲措转身跟其他孩子用藏语说话，几个孩子都很严肃的样子。不一会儿，他们都出去了。我问江措："怎么回事？"江措坐在一旁拍着大腿笑，说："他们把我的话当真了，以为你真的要饿死了，现在他们都回家拿柴火了。"

獐子菌快可以吃的时候，门外站满了背着或者抱着柴的孩子。

朗加曲措在来古村没待多长时间就回县城了。就像是每个人的童年里都会有那么一两个洋气但又转瞬即逝的小女生一样，我们一群蓝精灵中没有了粉红精灵。

每个人表面上都没感觉到有什么不一样。后来有一天，我无意中翻到她的照片，她在一群孩子里笑得前仰后合，特别显眼。

七
我穿了，你穿了吗？

- 43 -

收到了很多寄给孩子们的包裹。

罗布说，村子里讲究平均主义，每个学生分到的东西一定要都一样。

村子里的平均主义，刚进村时刘局就强调过，如果被村民发现别人有的他没有，就会有不满的情绪产生。来古村的平均主义，跟村子的年龄一样神秘、古老。每个人都说他有我也得有，但是为什么他有我必须也得有，村子里的老人说不出来，成年人讲不通，孩子们也就更无从说起了。

我们把所有物品都摆出来，发现如果分成23份，每一份就太少了。于是，罗布建议说，实在不行就举行唱歌比赛，谁唱得好，谁就拿东西走，唱得不好的，就没有东西。我们暂时把衣物分成了10份，每一份都虚张声势地摆在显眼的位置，像一座小山，每一座小山面前再配搭上一些学习文具，比如铅笔、作业本等很实在的东西。

比赛刚开始，孩子们还有点扭捏，真正有一个带着唱起来时，后来的孩子们，一个比一个唱得欢，但也有无论如何都不愿开腔的。

三年级的索朗卓玛，被认为是来古村的女高音。她站在黑板前，一开嗓就是清亮的"天上飞的是什么，鸟儿还是云朵，我把自己唱着，你听到了没"，这是内地流传很广的一首歌《天籁之爱》。在凭着它夺得第一名后，她又唱了藏语版的《两只蝴蝶》。

二年级的巴登扎西边唱边跳，他的活泼让所有学生和老师都给了他掌声，荣获第二名。

第三名？就没有了。

比赛结束后，获奖名单上的孩子，屁颠屁颠地跑上前抱着东西就往家里跑，10份物品瞬间被拿走。没拿到东西的孩子，有点落寞地看着那些孩子乐哈哈地几乎夺路冲出教室。

罗布把没拿到衣服的孩子留下来问："知道为什么没有拿到东西吗？"他们看着已跑到外面的孩子，再看看我们，低着头不说话。罗布用藏语跟他们说："回家要告诉家里人，东西不是分的，是奖的，唱歌好的才有，唱歌不好的就没有。"我们一直担心家长会过来质问我们：为什么别的孩子有东西而我的孩子没有？很显然，我们的担心多余了。

所有的学生走了以后，我把特意留下来的次仁卓玛叫到了房间，将提前留下来的一件红色小棉袄在她身上比画了一下，很合身。她有点意外，一脸不知该怎么接受的表情，但小女孩的本性又很自然地流露了出来，感觉到衣服的好看，悄悄高兴的那种。所以，意外变成了抿着嘴悄悄地笑。她说了声"谢谢"，这次嘴巴没抿起来，而是吐了舌头，小舌头尖伸在嘴边，也一样地害羞。

她含着笑把衣服装进书包里，蹦蹦跳跳地跑开了。次仁卓玛的衣服是学生中破得最厉害的。我之前对学生家庭做过简单了解，说到次仁卓玛时，卓嘎说她里穷，爸爸手不好，姑姑是矮的（侏儒），没有人去挖虫草，没有人去干活。群培给的学生家庭情况统计资料上显示：次仁卓玛家庭年收入中下等。

第二天一早，次仁卓玛就穿上昨天给的衣服第一个到了学校，衣服颜色很鲜艳，她的小脸也在鲜艳中一下活泛了起来。她趴在门外面叫我，我让她进来，她抿嘴笑着摇头。我走出去，她把书包从背后取下来，掏出了一个塑料袋，里面包着糌粑、酥油和牛奶，说："妈妈说莉莉老师衣服给，妈妈说莉莉老师糌粑吃。"

她的意思是：妈妈说，莉莉老师给了衣服，所以给莉莉老师牛奶和糌粑。

藏族孩子说汉语，说出来一般都会是汉语里的倒装句。次仁卓玛是学生中愿意表达但是汉语又很不好的那一个，她有着村里女孩少见的羞羞的女儿态，常常会不自然地低头、抿嘴、搓衣角。我回来后的一天，她打来电话，用一句完整的汉语说："莉莉老师，当我的老师可以吗？"我说："我就是你的老师啊。"她说："没有了。"她的意思是：我没在村里，没在她身边。

没有其他容器，村民们都把牛奶装在各种喝完了的饮料瓶子里。次仁卓玛给我的牛奶，也装在一个饮料瓶里。那是我收到的学生送的第一瓶牛奶，不知道应该怎么喝，一直放在墙角里。在终于知道应该怎么喝并且喜欢喝的时候，我把它拿出来倒进铝制的小碗里放在火上，煮开的时候里面有结块，奶的颜色也是黄色，它被我放坏了。

牛奶因为是现挤的，所以，要把它在火上煮沸。在内地，每次喝牛奶我都有不适感，因此固执地认为在西藏也不能喝牛奶。在卓嘎说了多次"来古的牛奶和你们那里的牛奶不一样，真的不一样"以后，我才开始尝试。我喝后没有任何不适，反而很舒适，舒适得似乎听得见身上的每一处骨骼因为它的滋润而生长的声音。

从此，它成了我只有在村里才会有的好运气。

学校的厕所还没有修好，卓嘎家分"男""女"的厕所还被孩子们霸占着，好在卓嘎从来没说什么。

像往常一样，卓嘎又在村子里拖着长声地呼唤，她那是在让牦牛回家。与其他家不一样，卓嘎家只有一头牦牛，卓嘎经常指着它说：我们喝的牛奶都在这里了。有时，她还会唤着"A Bu"（一声、四声，男孩、哥哥之意），她是叫在外面玩耍的儿子达瓦群培。达瓦群培不像牦牛那般听话，经常叫不回来，那是因为小家伙又跑到外婆家蹭饭了。

牦牛回了家，卓嘎到学校里来。正生着炉子的房间里到处都是烟，呛得她一进来就流眼泪。我让她弯下腰来，我们坐在烟雾之下聊天，卓嘎几次想说但又不知怎么说的表情，让我不知道什么地方做得不妥。

"厕所里都是石头。"卓嘎说。我听清楚了，但不知道这句话与我以及孩子们有什么关系。"厕所里都是石头，不好扫的，他们都用石头。"卓嘎解释了一下。

当明白卓嘎的意思时，那一刻的羞愧难当，我不知该怎么表达。

第二天孩子们都来学校的时候，我把次仁卓玛叫到房间，拿出手纸问："用这个吗？"次仁卓玛低着头，脸扭到一边说："不用。"我说："以后用，好吗？"她点头说："好。"再上课的时候，我把手纸放在教室里，指一指厕所，说："以后用这个，好吗？"他们异口同声地回答："好。"那卷纸用得快得很。

村里三家商铺都没有手纸卖，要到镇上才有。曾经我跑到每个商铺，拿着手纸问："有没有？"所有的人对老师转着圈儿地要买手纸的事不理解，奇怪地看着。

我对罗布说："我们一起来监督吧，尤其是女孩子。"罗布说："我早就知道孩子们上厕所用石头，跟他们说了不让用，他们不听的。有一次看到一个女生从地上捡起一个东西走向厕所，我大声说了一句，她把石头放下就跑了。"

与罗布产生的第一个分歧就在此。因为罗布用学校不多的经费给孩子们买可乐喝，而他买可乐的时候知道孩子们上厕所用石头的事情。

我把这件事情说给江措听，江措说："我没觉得有什么不妥。石头用了这么多年，有什么？"我说："为什么不买手纸帮孩子们养成习惯，而是买一听可乐喝几分钟？"江措说："那是因为罗布觉得可乐对于孩子们来说也很重要，他们平时喝不到。"和江措的这场讨论也很不愉快。

应该买可乐还是手纸？这个问题，我到现在也没想明白。

只是那场讨论后，每一个教室里都专门有一个地方放手纸，从刚开始每个人举手上厕所，需要提醒他要拿手纸，到后来孩子们上厕所前直接先去扯手纸，只用了很短的时间。一卷一卷的手纸用得特别快，不是孩子们用得勤，而是每次撕扯的时候，会扯很多。调皮一点的男生会把撕扯它们当游戏，就像猫咪把卷纸扯得满房间都是一样。所有小女生使用起来却都很秀气，甚至有点小心翼翼。

- 45 -

天色黑了下来，桑曲急匆匆跑到学校，站在下面喊："莉莉，你的我家里去。"我问他："怎么了？"他说："卓嘎在家里疼得哭。"这个卓嘎是桑曲两岁的女儿小卓嘎，在西藏，很多人的名字都是一样的。我简单问了情况，说是下午带生病流血的小卓嘎来过学校，桂鹏给伤口做了处理。

桂鹏没在学校，我只能找来外用药品跟着桑曲去他家。

小卓嘎躺在角落里，哭得嗓子都哑了。我问桑曲："到底是哪里病了？"桑曲把她抱起来，她哭得更厉害，不想让爸爸抱。桑曲把她的两条小腿分开说："屁股，上厕所疼的。"那是两岁女孩的私密部位，透着血渍，泛着白色，从后面到前面再到两条大腿。

用碘酒消毒时，小卓嘎挣扎抗拒着，疼得不让碰。我问桑曲："多长时间了？"桑曲说："不知道，刚开始她哭，不知道为什么。"我问："上厕所用纸吗？"桑曲说："不用。"

处理好以后，小卓嘎安静下来。我说："找套干净衣服换上吧！"桑曲用藏语对老婆说了一句，她从外面拿来一套小衣服，把小卓嘎抱过来打算直接给套上。我问："内裤呢？"

"什么？"桑曲奇怪我的用词。

我说："就是穿在最里面的衣服。"

桑曲摇摇头说："不知道的，不穿的。"

我问："你们自己穿吗？"桑曲说："我们也不穿的。"

我说："要给女孩穿的。"桑曲说："好的好的。"

第二天中午，江措对我说："小卓嘎病情加重，桑曲骑摩托车带她去八宿县人民医院了。"不知道到底什么环节出了问题。我心里怕怕的，赶紧给桑曲打电话，桑曲在风中大声地说："小卓嘎牙齿疼，脸肿了。"

再上课时，我把次仁卓玛叫到房间里，拽出内裤一角问："这个穿吗？"次仁卓玛摇头。

没多久，内地寄来的卫生纸和内裤陆续到了村里。

把卫生纸和内裤以及保暖衣搬出来，放在教室门口。孩子们排着队，像每天放学前那样，男女各一队，从低到高。看着摆放在门口的物品，巴登扎西用腿在原地画着圈地唱歌，这种时候他总是最活跃的一个。血液里流淌的自由，骨子里的喜歌善舞，让孩子们随时随地都可以边歌边舞，对于他们来说，让他们唱歌跳舞是一种肯定和奖赏。

"莉莉老师，那是什么？"巴登扎西指着还在包装袋里的迷彩色和粉色的内裤问。邮寄的爱心人士特意交代：男生是迷彩色，女生是粉色、乳黄色和绿色。

我说："那是内裤。"

"内裤？"巴登扎西重复了一句，迷迷瞪瞪地看看其他同学，再看向我，鼻涕又快落进嘴里了。

我把内裤取出来，拿出一条迷彩色的递给他，所有孩子们的目光看向他。他将内裤套在胳膊上，跳着舞着表演起来。

按照男生迷彩色，女生粉色、黄色、绿色地分下去，每个人两条，男生笑，女生羞。男生举着内裤在两手间舞着，像是一面小彩旗，女生将它放在胯间疑惑地比画着。

我和罗布做了分工。他教男生，我教女生。

一共15个女生，每人拿着一条内裤，晃晃荡荡上楼。进到房间后，只有二年级一个叫边巴的女生跟着我进来，我问："她们呢？"她指一指外面。剩下的那些女生在门外面排起了队，还你推我、我推你的。我说："都进来吧，都进来，我们关门。"

她们都挤进来，小木屋顿时没有了空隙。我踮起脚，斜着身子把窗帘拉下来，罗布正带着一群男生从窗帘下面走过，他们要去教室里学习穿内裤。

我把洗了晾着的内衣从外面拿进来，罗布措姆摸着绣在上面的凸起的花朵说："漂亮。"

怎样才可以让她们正确地穿起来，以后还会持续地穿呢？我把内裤放在手里比画着说："小的放前面，大的穿后面。"她们根本就没看，好像我拿着内裤在那里比画本身就是一个让人害羞的笑话，她们就是笑，捂着嘴别过脸地笑。

"好吧，"我把自己外面的衣服褪下来说，"像老师这样。"

罗布措姆是最大方的女孩，但是她也转过头去。看她转头，其他女孩子都低下头，偶有一两个女孩子，偷偷地瞄上一眼，再赶紧低下头。她们窃窃私语，发出一种吃惊的声音，然后我听到一个声音说："我们不穿的。"

剩下我一个人穿着内衣站在那里愣着。

第二天，课间活动。

次仁卓玛叫我跟她们一起跳绳，又跟以前一样，我没跳几下，就气喘吁吁地坐在窗台上，看着她们跳。

次仁卓玛走过来，挨着我坐下来，挽起我的胳膊，怯怯地叫了声：莉莉老师。接着她撩了撩上衣，从裤子里面揪出一件小衣服。她是告诉我，她穿了昨天发的内裤。我指着还在跳绳的丁增卓玛、扎西旺姆问："她们呢？"次仁卓玛摇头说："不知道的。"

我把丁增卓玛叫过来，带到学校一旁的角落里问："昨天的，穿了吗？"她笑了一下，甩开我跑开了，一会又跑了过来，把最里面的内裤小心地揪出来，给我看。等我看到了以后，她又跑开了。扎西旺姆、索朗卓玛和其他女生也都跑到我身边，我问："你们穿了吗？"罗布措姆反问："你穿了吗？"我说："我穿了。"然后露出一点给她看。她们开始松动。扎西旺姆先是露出她的小粉红，其他几个女生也陆续露出来，赶紧再盖上，然后，就低着头笑个不停。

索朗卓玛说："妈妈说了，一个这里穿，一个放家里，然乌穿。"（三年级考试结束后就去然乌镇上读书）

她们认为看到了我的内裤，也让我看到了她们的内裤，公平了，就一哄而散。

洛松玉珍也穿了，并且揪出一小段让我看。在很久以后的后来，她看着我晾在外面的内衣，就说："这个我知道，这个我也知道了。"

我们这些女生在这方面终于达成了某种一样的成长。

我把洛松达娃抓过来问："昨天的，穿了吗？"他被我窝在怀里，挣扎着要向外跑，边挣扎边说："没穿。"丁增卓玛扯了巴登的衣服说："莉莉老师，他穿了。"巴登也扯着丁增卓玛的衣服说："她也穿了。"洛松达娃终于从我怀里挣脱了出去，被巴登扎西抓住，把里面的迷彩内裤揪了出来，说："莉莉老师，达娃穿了。"所有的男生都聚集过来，笑成一团，互相证明对方其实是穿了的。

我们这样乱成一团，又被罗布看到。

每次，罗布都要找一个机会，很慎重地跟我说："莉莉老师，不要对他们太好了，不听话，要打的。"我说："不可以打的。"他说："这些孩子不一样，不打不听话的，不打也不做作业的。"我说："他们很听话的。"每次，罗布都很无奈地摇着头走了。

关于这一点，我和罗布经常会有不一样的观点。他认为，如果总是惯着他们，那他们就会不怕老师，如果不怕，那么他们就不会听老师的话。

　　伦敦奥运会开幕式，像平铺直叙的家庭伦理剧里，突然爆发了战争的插曲，让在村子里的我们觉得我们与这个世界竟然有关联。

　　村委会有一台电视机，看起来像是高科技产品，合起来就是可以拎起就走的箱子，打开插上电就有声有色。一天，刘局指着它说："太阳能的，贵得很，上面还写着'党中央赠'。"除了偶尔"斗地主"，村委会的多数娱乐都来源于它，每天晚上，达珍、安科准时坐在桌边看《媳妇的美好宣言》，后来是《新女婿时代》。

　　村委会里有很多旧报纸，有藏文版，也有汉语版，有中央级大报，也有地区党报，它们抵达村里时往往都推迟一个多月。里面有一个关于西藏的新闻，大意是：科技发展了，牧民放牧时都有"马背上的电视"随身携带。我问："也不知咱们村委会房间里的这台是不是？"刘局指着报纸上的图片说："人家那个比我们这个更高级。"

　　那晚我和桂鹏被邀请到村委会看伦敦奥运会开幕式。因为时差，开幕式开始时已近深夜。

　　我们几乎熬了一个通宵来看开幕式。那晚开幕式的亮点是什么，早就不记得了，记得的是那天早晨刚刚醒来的来古村。

　　刚醒来的来古村，经过夜晚的休整，每一寸肌肤都湿润着，树上的露水欲滴，草叶尖尖施展腰身，晨雾缭绕。一只小猪寻找食物般地拱着地过来，嘴里还哼哼着。一匹马在不远处悠闲地摇着尾巴，那个静谧的夜晚，它应是吃足了这块土地专为它准备的夜草。稍远一点的冰川，静穆、端庄，好像泛着光。我们看到的最早醒来的来古村，它带着纯洁的气息，稚气无邪，犹如初生婴儿般又无比惊艳地展现在我们面前。

　　站在村口，对着来古村，桂鹏张大了嘴，过了好一阵，他像突然醒悟过来一样，说："来古村好漂亮，什么时间都这么漂亮。"他甚至想张开双臂表达他赞美的激情。

- 49 -

早早地打开学校大门，在这个冰川脚下的山谷里，我尽职地做好山村教师的工作。每一件事情再具体细微不过，它们凑着凑着就凑成了每一个与众不同的一天。

学校前面，老村委会背后的山丘上开始升起烟雾，那不是炊烟，是早起的村民在煨桑。煨桑用松柏，挑日子，是藏族千百年来祭天地诸神的仪式。每逢藏历初一、初八、初十、十五、二十、二十五、三十，是"Cui Song Dui Song"（一声、一声、三声、四声，意即：吉祥如意的好日子），男女老少清晨起来，三三两两早早就奔赴已被熏成黑色的煨桑炉前，点燃松柏。结束后，再围着佛堂转，嘴里念念有词。平常日子里，像是轮班一样，每天都有人，煨桑炉上空似乎永远都有烟雾。

他们从柴房里抱柴，先把稍细小的柴放进炉膛里，再把松柏点燃放进柴火间的缝隙里，最好是下面，而且不要动。不一会儿，满炉膛的火就烧起来了。刚开始我们在村里时能得到村民的柴，但没有松柏，松柏是后来才有的。

上午来了10个孩子，下午来了11个。罗布和米玛都不在，学校里就我一个老师。我走在通过方形窗户透过来阳光的走廊里，深一脚浅一脚，脚下是硬硬的高原泥土，三个班里都有学生在，每隔一会儿，换一个班。

这里就是一个王国，而我就像是个国王。

孩子们做完作业后，我们一起玩游戏。村里能供孩子们玩的东西不多，对于男孩子，就是冠以各种名目赋予某种意义的疯跑，后来有了篮球、足球，对于女孩子，则是跳绳和跳皮筋。

我们最初的游戏多倾向于群体参与性游戏，就是每个孩子都能参与进来。

先是僵尸游戏，我第一个扮演僵尸，在限定的范围内，动作生硬地跳向每一个人，他们惊慌失措，四处逃散，被我抓到的接着扮演僵尸。孩子们似乎很喜欢这样的游戏，后来我不参与了，他们自己玩。只要我听到校园里响起一阵又一阵尖锐的带着惊恐的叫声时，就知道他们又在玩僵尸游戏了。

课间活动的跳绳、跳皮筋，为了争取到更合适的伙伴，他们开始有了竞争意识。由此会带来一些小争吵、小矛盾，还有打着手势比画着的小告状，不过，过一会儿也就都好了。在这样的活动中，我就成了奖品，就是谁表现得更好，我就跟谁一起，结果是我成了游戏失败的最大原因。因为我根本就跳不起来，拼着命跳了几下，也要喘成猴子样地坐在一旁。即便如此，没争取到我的小团队往往都有失望的表情，嘟囔着小嘴，一脸不情愿。

跟真正的皮筋不一样，村里的皮筋没有弹性，就是绳子、布条系起来的。所以，每当跳起来的时候，撑皮筋的人都要弯一下膝盖。这样的跳（孩子们称它为"跳"），有一首固定的歌，那就是《找朋友》。洛松玉珍从来都没有怯场、羞涩的时候，一群跳的女孩子当中，她的声音尤其清脆："找啊找啊找朋友，找到一个好朋友，敬个礼啊，握个手，你是我的好朋友。再见，我走了。"

相比内地版，多了一句"再见，我走了"，特别悦耳地响在村子里。

有时还玩躲猫猫的游戏，这个躲猫猫就是屋里一群孩子，屋外一群孩子，中间是那扇门。屋里的不让屋外的进来，屋外的想方设法要进来，两方力量都在使劲。这个游戏简单粗暴，容易发生意外，就是当门被打开的那一瞬间，会有孩子容易被扑倒。但这个游戏像僵尸游戏那样受欢迎，因为气氛热烈，每个孩子似乎都处在一种非常兴奋的状态。这样的游戏结束后再上课时，他们一般都很安静，似乎刚才的狂热已把他们身上的尚武因子消耗个精光。

还有唱歌跳舞，不过，这个时候，他们还很羞涩。除了固定的几个一直很好以外，其他人的潜能一直都不好看出来。后来的时光就像是酒，烈酒，把这些樱桃、梅子、苹果，还有枸杞，一个一个地都泡出了味道，每个孩子都争先恐后地展露出他们与众不同的属性。

这一天主要玩的是躲猫猫游戏。三年级的其美次仁果然又摔倒了。在知道引起了老师和同学们的注意，并且被老师抱起来坐在老师的腿上时，他哭着哭着就又笑了。当老师把他的鞋子脱下来看是否扭到脚的时候，我哭了。

其美次仁的鞋子是双单鞋，鞋帮破了，里面进了水，还有土，袜子已看不出原来的颜色，混着泥，又湿又重。

八
考试

- 50 -

时间很快，孩子们就要期末考试了。

具体日期没定，不知道是哪一天。罗布说，考试后，三年级和二年级的孩子都要到然乌镇读书了。

可能知道离别就在不远处，丁增卓玛把作业本拿过来，让我把手机号码和名字写在上面。次仁卓玛、洛松玉珍，一个一个孩子都拿着作业本过来了。在作业本上写完以后，他们拿走我红色的油画笔，把电话号码再抄在胳膊上。

洛松达娃则一直跟随在我身后。

- 51 -

考试的那天早晨，罗布和米玛早早地站在教室门口。他们平时没这么早。

罗布说："考试后，现在的二年级和三年级都要去然乌镇读书了。""那考完试后就直接过去吗？"我问。罗布说："不知道。""考试后孩子们要放假吗？"我又问。罗布说："不知道。不过，今天是上课的最后一天，今天考试。"

罗布说："等会考试的时候，你可以进去考场，学生不会的，可以告诉他。"我问："真的可以吗？"他说："可以的，大家都认识。"他说的是监考老师。

中午的时候，学生来叫我说：罗布说考试了。

三年级 7 个学生要统一去镇上考试，剩下一、二年级共16个孩子集中在一个教室里考试。孩子们看到我走进去，一个个可怜巴巴地看着我，看到他们面前的卷子，都是白卷。二年级学习一向不错的罗布措姆和扎西旺姆，也是白卷，她们小声叫着我的名字，并把卷子向上摆着。在罗布措姆的卷子上，我帮她写了第一道题的看拼音写汉字。后边的边巴，一直拽我的衣服。

孩子们都着急了。

监考老师问："这些都教了吗？"我说："都教了，孩子们平时学得也很好啊！怎么会是这样？"监考老师说："没关系，其他课都是这样。考试只是看看学生的底子，不会的，以后再教嘛！"

很多题目，即使很明显地示意，孩子们还是不明所以，比如说连线，用手比画着，这个连着那个，只有一年级的巴登和二年级的拥宗懂了。

罗布走进教室说："莉莉老师，可以教，但是不要出声。"

考试很快就结束了，它在孩子们的心中好像没有产生任何涟漪，就是陪老师一起玩的游戏。而对于我，则又回到了当初刚进村时给他们上课的感觉，白茫茫一片。

- 52 -

孩子们落在白纸黑字上的考试，让我意识到课堂上的"会了吗？""知道了吗？""懂了吗？""对不对？"等得到的肯定性回答，那只是对疑问句最正常的反应。也让我开始反思，对于孩子们来说，他们真正需要的是什么？是某个字的书写顺序，还是某个字的读音？抑或是某首读起来很顺溜但不知意义为何的诗？

这个村庄有着偏僻的地理位置，有着多少代人一直坚持的信仰、文化，也有着日日月月累积下来的习惯，所有这一切，得以让他们在这个几乎被冰川群包围的洼地里世世代代地生存下来。村子里全部是藏族人，没有外族人口。他们坚持着自己的母语，汉语在这个村庄里没有地位，孩子们和家长也并不认为它应该有地位，它就是一个外来调剂品，有它可能会对将来与到村里来旅游的汉族人打交道有好处，没有它也一样地挖虫草、找贝母、养牦牛。

村子里会说汉语的人不多。群培因为是村主任，要跟外界交流，所以会说一点点汉语。他应该是村里能说汉语的年龄最大的人了，是50岁左右的代表性人物。卓嘎是中年阶段会汉语的代表性人物，接下来是村里那几个从初中退学回来的少男少女，尽管他们也是连着两句就说不下去了，再接下来就是来古村的学生了。

看藏语频道，听藏语歌，学校里也都是藏语，汉语老师只有在必须说汉语的时刻才说汉语，其他一切过渡性的词语也是藏语，数学也是藏数。一切环境对于汉语的学习是习惯式的封闭，也就是说没有语言学习环境，就像是内地偏离城市的孩子学英语一样。而实际上，这是西藏更多村小或者是乡镇完小普遍存在的现象。没有人说这样不好，也没有人说这样好，但未来的现实是，会有越来越多的只会说汉语的人来到这个偏僻的村庄。在传统与现代、当下与未来、保守与开放之间，每个人都有他内心衡量的标准体系，只是他们未必愿意吐露出来。

所以接下来，思考孩子们真正需要什么，对我来说更重要。但不管未来如何，母语的学习与掌握，永远排在所有语言学习的第一位。

- 53 -

要考试的不是只有孩子们，桂鹏在孩子们考试的同时，也经历了一场考试。志愿者服务期满，他即将出村、回城。

我几乎都没来得及回望，两个月的时间很快就过去了，每天在村子里，从来都没有过紧迫感。更多关于时间的提醒，都来自外面，就像桂鹏在上海的单位轻轻拨一个电话说："桂鹏，你要回上海了。"

与桂鹏相处的时间不长，我们戏称为山村里的相依为命。他说他每晚都听着我的咳嗽声入睡，我说我每晚听着他的鼾声才觉得踏实。房间相邻，木头房子，不隔音。缝隙处，灯光透过来，可以不用再点灯。那时身边至少有一个人与你共同呼吸，后来很长一段时间，那个与我共同呼吸的是老鼠。

他在隔壁轻轻叹了口气。我问他怎么了，他说他喜欢上这里了，但又快要离开，想申请再留两个月，领导不允许。来古冰川公益客栈的捐建者与他所在的单位有一个合约，桂鹏是第三任掌柜，大家习惯称他"小三"。他也很喜欢这个称呼。他说，看到工作单位征询志愿者的信息后，他第一时间报了名，通知被选上的时候，高兴坏了。从出发到抵达，他对他的志愿者生活充满了各种期待，甚至希望或者以为会有一场艳遇。

桂鹏所在单位的领导进藏接桂鹏回上海，同时送过来一个女孩，人称"小四"。他们开玩笑说，"小三"上位，"小四"过来了。这是只有我们才懂的语言，卓嘎听得一愣一愣的。

那天的晚饭在村委会，刘局他们做了很多好吃的，还备上了酒，为桂鹏送行。那顿饭吃得有点闷，达珍一直没作声。"小四"后来说，达珍肯定特别不想让桂鹏走，吃饭时，感觉她心情不好，都要哭了。

沉闷的酒桌上，桂鹏提出："不说别的了，我就顺时针打一圈吧。"他从右边的安科开始，刚从县里回来坐他左边的江措纠正说从他开始才是顺时针。刘局和安科对桂鹏的领导说："这里的冬天其实不算冷，有太阳，比内地还暖和。"桂鹏说："我们莉莉听得最认真了。"除了喝酒的话以外，这是桂鹏那晚最故作轻松的一句话了。他们以前都让我跟桂鹏一起回去，因为他们总说冬天太冷了，冷得让人受不了。

整场送行，大家都在努力克制情绪，生怕一个不小心，哪根弦断了，谁都不想露出一点点眼泪即将迸出的样子。因为大家知道，如果不是有意安排，相互见面的可能性几乎没有。我与桂鹏间的分别，没有那么伤感。分别的伤感，主要来自于和这段跟世事相距甚远的岁月的分别，与西藏的分别。我们所有人都看到了桂鹏的伤感，我们伤感于桂鹏的伤感，更伤感于不久后的我们必不可少的伤感。

与西藏的分别有别于跟其他地方的分别。这个世外的高原深山，总让你感觉那是另外一个世界，遥远的不在同一种可能性下的世界，以致每一次与它的分别，都像是生命里的最后一次。

- 54 -

桑曲也要给桂鹏送行，他让我们一起都去他家，他说："你到我家里去，就不咳嗽了。"

桑曲的家在距离学校1000米左右的地方，要走一条上升的小路，进一个院子，拐一个弯，迈过一个高门槛，再低头走进有点昏暗的房间。

两个老人，桑曲老婆，还有孩子坐在房间的地上，这是村里再正常不过的居家方式。大家都是盘腿坐在地上，少数会铺上卡垫，卡垫多半给客人用。相比之下，每次去卓嘎家，都是坐在榻上，这是曾经的拉萨生活留给卓嘎的痕迹。

锅在炉子上冒着热气。桑曲说："我们还没吃饭，等你们。"桑曲打开锅，把包子放在一个木制容器里让我们吃，酸酸的奶渣配着白菜。江措说他从来都不吃奶渣包子，他觉得恶心，他认为只有老一代人以及偏僻的村子里才吃这个，还把它当成是好东西。牛奶提炼出酥油后，剩下的奶水，如果放进酸奶种子就是酸奶了，但这种酸奶往往稀薄得像是汤水，不好喝，没有口感，如果烧开煮沸过滤再晾晒，那就是奶渣了。村民们习惯吃奶渣，它已经成为无论大人还是孩子的零食，西藏任何有交易的街头都可以看得见穿成串的白色奶渣。

桑曲每次看到我咳嗽，都说要给我贝母。给大家发完包子以后，他站起来，从墙边的柜子里取了贝母，指着它们说："这个不能吃多，吃多了头晕。"他又从里面找了几颗小的，交到一直坐在炉子边的老人的手里。

刘局问："这个老阿妈是谁？"桑曲说："老婆的妈妈。"老阿妈接过桑曲递过来的贝母，把它们放在地上，一边用手挡着那些贝母，一边用一个木头做成的像擀面杖一样的东西在那里捣。她也咳嗽得厉害，头埋得低了又低，几乎要垂到地上，垂到那些她正在捣的贝母上。

桑曲说："两年多了。"桑曲是说他老婆的妈妈的咳嗽。我问："吃贝母了吗？"桑曲说："没有。"

"那吃别的药了吗？"

桑曲说："没有。"

桑曲从一旁取来了绿色的雪碧瓶子，里面是牛奶，倒了一些在铝制的碗里，放在炉子上。牛奶热了，贝母在老阿妈的手里也成了粉末，桑曲让我学她的样子，用舌头舔一点粉末，喝一口牛奶，再舔一点粉末，再喝一点牛奶。他说："吃几次就会好了。"

老阿妈比画着，桑曲翻译，意思是前不久她摔了跟头，摔得很厉害。她摸着锁骨，露出疼痛的表情。我说回去找膏药给她。

桑曲的女儿小卓嘎坐在我腿上，吃着包子。她用包子蘸牛奶吃，这是孩子们习惯的吃法。村里，包包子是宴请客人的隆重方式，牛奶和包子在一起吃，是值得炫耀的吃法。再普通不过的食物，在村子里的我们看来，都可以心满意足。

昏暗的灯光下，桑曲给桂鹏系了一根哈达，边系边对桂鹏说："以后过来啊。"

桑曲用可乐瓶子装了一瓶牛奶，用纸包了一些贝母，说："这个带回去，治咳嗽，要分五次吃，吃多了，会头晕。"

提着桑曲的路灯，我们一行人走回学校。灯很亮，照亮了弯曲的山路。桑曲在我们身后，目送我们。我们走了很远，回头望，那路灯还在。空旷的夜晚里，他对着我们喊："以后来啊。"

来古村到然乌镇的路在修，只有早晨7点前和晚上7点后才放行。桂鹏和他的领导需要6点多就起床，赶在禁行时间之前出去。

那天早晨，桂鹏的领导，就是那个从上海到村里的人，他在走廊里来来回回地走着，咚咚咚咚，他穿的是硬硬的登山鞋，踩在木头地板上，声音特别响。他一次又一次叫着桂鹏的名字，桂鹏可能睡得太沉了，没有听到。

他从刚进村的那刻起，就带着急于离开的表情，美丽的景色看完了，那就赶紧走吧，赶紧走吧。

桂鹏回到城市里，晒黑了的皮肤很快又变了回来，甚至比以前更白，他想拥有古铜色皮肤的愿望最终没实现。

桂鹏刚到来古村的时候很白很白，江措说："不出三天，颜色就会变。"第五天，江措对桂鹏说："你已经变黑了。"但他依然不像他想要成为的康巴男人的样子。

回到城市里的桂鹏，就是一个城里人了。对于他变得更白的皮肤来说，那段经历好像突然失去了踪迹一样，他想留一点纪念，都不知道该从何找起。

我回到北京后，各种现代即时沟通方式，让我和桂鹏之间，虽然没见过面，也不特意说话，但感觉就像是天天见面一样，虽然相隔千里，从来没有觉得遥远。在西藏就不一样，回到西藏城市工作的江措也有即时沟通方式，但感觉总是隔得很远，虽然相比桂鹏，我和江措还会通话、聊天。

无论遥远，还是咫尺，那段共同在村里的生活经历，像是一个秘密武器，不知怎么地，就把我们给连起来了。不管它在我们的人生长河中，如何短暂，如何不起眼，其间又有着怎样的摩擦和各种大情怀、小情绪，它或多或少地改变了我们以后的人生。

九
洛松达娃和锅庄

- 56 -

收完虫草以后，村子里的主干道上每晚都会有锅庄，热情洋溢的藏族歌曲，点燃了寂静的来古村夜晚。

每晚洛松达娃都跑到学校问：莉莉，跳吗？我说不跳的时候，他不开心，一个人转身走了。我说跳的时候，他就坐在一旁安静地等我。

客栈的大厅里有很多人，他们忙着吃饭、聊天、喝酒。我坐在炉子前面烧火，洛松达娃坐到我旁边。炉子里的火忽明忽暗，若隐若现。与束起的头发相比，我左鬓角的头发显然短了些，它们散落下来。洛松达娃将手伸到我的脸边，把散落下来的头发掠至我耳后，轻轻地，慢慢地，一根不落，还一脸欣喜，仍不忘悄悄地说漂亮。这是他掌握不多的汉语形容词，我甚至想问他：知道漂亮是什么意思吗？

他不时把柴掰断，递给我，然后一起看着炉膛里的火，旺了一阵，熄下去，再旺一阵，再熄下去。旁边再大的热闹跟我们都没关系。我们也不知道该说什么好，就干脆什么也不说。

洛松达娃的汉语是比较好的。可能因为他觉得自己长大了，是个男人了，所以很多时候，不知从何生起的羞涩会跑到他的脸上，他不愿说太多的话。

这个三年级的10岁男孩有着跟别的同学不一样的细腻。他是三年级的班长，在课堂上很活跃。他的身体也是最差的，后来他生了病，经常往返医院、学校以及村里。

刚到学校，遇到生病的第一个孩子就是洛松达娃。课堂上，作为三年级班长的他不知怎么地就蔫了，当时他指着肚子说疼。接着，很多学生都说肚子疼。罗布集中统计报告给了然乌中心小学的校长。

几天后的一个黄昏，校长带着镇卫生所的医生驾车前来，他们把肚子疼的孩子集中在学校门口。寒风中，每个孩子露出胳膊，打了一样的针。我问医生："孩子生了什么病？"医生说的话我没听懂。我问罗布，罗布也没明白。就在我们都糊里糊涂的时候，他们已经离开学校了。再不走，天色就更晚了，山路危险，他们总是有点担心。

不过，打完针以后，孩子们也真的好了，不再有人嚷嚷说肚子疼了。

接着，是我又生病了。

在我们正在上课的时候，洛松达娃捧着一只碗，小心翼翼地走进教室，把它放到我的桌子上。那是一碗还冒着热气的水，里面漂着几块不知从哪里找来的橘子皮。他比画着喝的手势，意思是：喝完这个，你的感冒也就好了。

我一直想知道他从哪里找来的橘子皮。

真正意义上学会"你好""再见""吃饭"以外的藏语，是洛松达娃和他的妹妹措姆教给我的。

那天，洛松达娃、措姆想去村口找爸爸。在村里，信号不通，交通不畅，如果想念，就要翻山越岭，这是再古老不过的方式，我们相伴前往。

一路上，洛松达娃像个大人一样问我，也问措姆："Ga Zhi Gao（一声、四声、一声，累不累之意）？"措姆就说："Ga Me Zhi（一声、三声、一声，不累之意）。"到了村口，看到了牵着马守在售票处的爸爸，洛松达娃趴在河边喝了水，措姆吃了群培递过来的一块风干牛肉，然后说："莉莉老师，我们回。"

那天回来的路上开始下雨，洛松达娃说："跑吧！"我们三个人手牵手地跑。雨下大了，而我根本就跑不动，洛松达娃背起我的包先跑回学校，他知道老师的包里有手机、相机，他把包放在学校后，又找来了伞和雨衣接我和他妹妹。其实措姆完全也可以像哥哥一样早一点跑回学校，她却一直陪着跑不起来的我。

那晚，我送他们回家，走过泥泞，还有路边那么多的松树，下了两个坡，终于到了一个藏式小院子。跟所有村民的家一样，简陋，但是特别干净、整洁，每次看到他们的干净和整洁，想想我那什么都有的房间，都会有好一阵子的难为情。洛松达娃说："等妈妈来，老师再走。"措姆出去找妈妈，洛松达娃在雨中爬上梯子，望向妈妈可能来的方向。

妈妈从外面回来了，措姆拉着妈妈的胳膊，洛松达娃拉着我的胳膊，我们一起进屋。洛松达娃家的房子是新盖的，平日他们都住在旧房子里，客人来了才会被带进新房。妈妈从外面抱来松柏、柴火，炉子上放了一些白色的小东西，上面还带着黑色的土。

炉子点着以后，妈妈就用手把那些白色的小东西和黑色的土相互剥离，一起移到地上。洛松达娃拿起几颗白色的小东西给我看，它们像是放大版的薏米仁，又像是缩小版的大蒜。洛松达娃说："这是贝母。"

贝母，那是村民靠着这块山水的又一个收入来源。贝母像虫草一样长在土里，不过没有虫草的时效性那么强，这也可能是它没有虫草那么昂贵的原因之一。虫草挖完后就是寻找贝母的时间了，村民们也像挖虫草时那样踩着露水出去，再踏着露水回家，虽然也是那么忙碌，但没有找虫草时那种箭在弦上的紧张。

贝母时节，卓嘎经常站在学校门口用一种淡淡的口气说："我去找贝母了。"挖来贝母以后，村民将它们放在炉子上烘干剥离腐土，有的会放在阳光下晒一晒，晒干了以后再装起来，过一段时间就会有商贩过来收。村民们总认为贝母越大越好，而商贩的标准是规格越小越匀称价格越贵，总体下来悬殊不多，每斤贝母大概六百到八百元的样子，这样的价格比起虫草来说差得太远了。但刘局说，从居家生活中的实际效果来看，其貌不扬、价格不贵的贝母才是一味不可或缺的良药。

洛松达娃家的贝母不是很多。此时，在我们几个人中间，显然有些寂寞。这个与学生以及家长在一起的雨后傍晚，没有太多的话，也不知道从何说起，就不尴不尬地相互看看、笑笑，再看看、笑笑。

洛松达娃又像个大人一样把我送回学校。踩着比来时更加泥泞的路，他指给我看路边似乎更绿了的松树，摘下不知名的野果，放进我手里。

看着雨里的我们来来回回，刘局说："看你们这样送来送去的。"

那一天从洛松达娃那里以及整个场景中学到的第一句藏语帮我慢慢地打开了神秘的藏语大门。所有其他的词语，比如"冷""饿""疼"等都可以放在"累"的那个词语上，其他的都是疑问句要有的元素。

58

村子里每晚的锅庄晚会还在持续，摩托车上的音箱放着音乐，男女老少围在一起跳。刘局说，曾经想把村民的这种能歌善舞充分利用起来，找资金买了演出服，对村民说希望他们把歌舞练得再规范些，他会联系需要演出的地方，这样他们就有收入了，但是村里人不同意，所以也没做起来。

外面又在下雨。

早一点的时候，洛松达娃过来问我说："莉莉，晚上跳吗？"我说："跳。"他说："我来。"我说："好。"

以为孩子的愿望又要落空了。11点多，我正准备睡觉时，洛松达娃来了，说："莉莉，跳。"我说："下雨了。"他说："现在不下了。"

我想说太晚了，不去了。犹豫的时候，人已经迷迷瞪瞪地跟着洛松达娃去了村中心跳锅庄的地方。他带我随人群一起跳，每个人都热情洋溢，围成一个大圈圈。不一会儿，我们失散了，他碰到桂鹏，仰起脸问："莉莉呢？"桂鹏纠正他说："是莉莉老师。"但下次他还是问：莉莉呢？

锅庄晚会是村里每个人的盛会。在这个距离海平面4200米的高原一隅，有那么一处亮着灯光很多人笑着跳着的地方，他们有多少欢乐在这个夜间向四周的黑暗传递？

我总认为这应该也是青年男女表达爱意的时刻，但跳锅庄的姑娘依然蒙着口罩，戴着头巾，虽然像锅庄一样热情，但像夜晚一样神秘。

没有观众的锅庄，就不是真正的锅庄。总有那么一些人不愿意跳，而是立于一隅，饶有兴致地观看，时而交头议论，时而捧腹大笑。还有人顺着树干直接爬到低矮的房顶上，双腿放下来坐着，或者两只胳膊放在膝盖上蹲着看。他们点燃了每一个跳锅庄的人更大的热情。

看到了站在人群里观望的卓嘎，卓嘎指着边跳边舞的妈妈说："我们的妈妈喜欢跳舞的。"很多村民表达"我"时习惯说"我们"。刘局说他的一个同事经常说"我们女朋友"，实在忍不住了，刘局对他说："女朋友是你一个人的，不是我们的。"

那晚的锅庄舞会跟往常一样，持续到下半夜。以前睡得早的时候，偶尔一觉醒来，外面还有音乐声。有时锅庄舞会结束后，还要开村民大会。

来古村的村民大会，很多都是在深夜进行，我已多次于深夜中碰到散会的村民，不知道是什么原因。他们开会的地方是老村委会，就在学校的对面，也是原来来古小学的所在地——一个破败的土墙院子和用木头垒起的房子。驻村工作干部所在的地方是新村委会，两层白色的小楼，我们说那是来古村的"白宫"，是村里最高行政所在地。在新的小学校盖好之前，那里是村里最好的建筑。

夜已很深，应是凌晨两点左右，村委会门口又传来摩托车发动的声音，突然间很集中，然后逐渐散去，应该是会议结束了。

村民们三三两两回家，老婆坐在老公摩托车的后面，行驶一段有石子的坑洼山路，才能看到卡垫上熟睡的孩子，也没有时间亲近孩子，就和衣躺在炉边也睡了起来。

西藏与新疆一样，和内地几乎有两个小时的时差。太阳起得晚，落得也晚，一切事宜平均要晚于内地两个小时，比如这深夜开会，还有人们的上班、孩子们的上学。

59

罗布和米玛也会去锅庄晚会。他俩都不跳，因为他们自认为没有江措跳得好。对于舞蹈和歌曲，江措永远驾轻就熟。

这三个正值荷尔蒙分泌最旺盛年龄的男人，经常混在一起。时间长了，也就有一些小分歧。

江措说罗布玩游戏时喜欢耍心眼，他总输。米玛不爱说话，江措说什么，米玛都会听他的。

在距离城市很远的村子里，在内地读过书、受过高等教育的年轻人，他们需要更多的东西来消耗他们每天都满满即溢的荷尔蒙。他们能做的是坐在一起大口大口地吃着连煮了好几天的火锅，玩传统的藏族骰子游戏。罗布和米玛共同居住的楼上的房子里，每一次把碗盖下去的时候，伴随着一声长长的吆喝，整个木头楼都要颤一下。大多是江措和罗布一起玩，米玛躺在床上。

更多时间，米玛偏内向，很多见过他的女游客表示喜欢他，因为他长得真好看。如果一起玩耍娱乐过，女游客又会倾向罗布，因为罗布的外向以及嘹亮的歌声。

他们还喜欢说笑话，黄的。村子里没有更多可以让他们说完黄笑话后产生心理愉悦感的女性，我就成了靶子。很多时候，我装作没听见，后来为了应景稍作附和，再后来发现我远没有接招和附和的能力。相对于他们的需要释放，我太死板和没有趣味了。

一天，正在跟孩子们一起跳绳，罗布从我们身边走过，说："一看莉莉老师的屁股，就知道……"我站在原地看着他，他笑，看我还看着他，他哈哈几声，怕被打似的快步走开了，边走边说："要开得起玩笑嘛。"

火辣辣的火锅，就着各种火辣辣的荤味。罗布说，刚到来古村的时候，有人说来古村的美女很多，但是，这里的美女包裹得太严实了。

所以，我和达珍有理由怀疑，他们去夜晚里的锅庄舞会，是为了能看到美女。但是我们不说出来，我们躲在黑暗里，看着他们搜索、试探性的目光，偷偷发笑。

刘局说："西藏人喜欢开玩笑，老师们跟你开的玩笑还是轻的，属于不痛不痒的。来古村村民开的玩笑你可能会受不了，不过你也听不懂。"

接着，他说起一段往事：有一次，村里来了一队考察、研究来古冰川的人员，晚上没地方住，他和安科一起带着两位女队员去村委副主任项巴多吉家。项巴多吉的老婆用藏语问他："这两个女队员什么时间走？"他说："明天就走。"项巴多吉的老婆就问："她们结婚有孩子了吗？"他说："没有。"项巴多吉的老婆说："那就这么让她们走了？"她转头对安科说："给她们种上，再放她们走。"安科的脸红了，他也笑红了脸说："幸亏女队员听不懂藏语。"

广袤无垠的土地上，四周人烟稀少，似乎只有最原始的东西才能激发人们心中的那些活泛，似乎也只有它们可以让不知下一秒即将如何的生命绽放那么一点活色生香。

也正因为如此，只有在藏族的土地上，才有锅庄这样热情洋溢的群体性舞蹈。

十
考试后的散养

- 60 -

期末考试成绩很快就出来了，镇上一共11所小学，来古村小学一、二年级的语文考试成绩，倒数第一。

这个结果，是米玛得知来古村小学的数学成绩全镇第一的时候告诉我的。

只不过，我们所有人都没有把它看得那么重要。有一点可以肯定的是，孩子们的汉语口语表达能力肯定会远远好于其他学校。

倒数第一耶！虽然我们没有很当回事，但是在听到这个结果的时候，我们还是都愣了愣。罗布和米玛心想的是：你不是汉族的吗？我心想的是：怎么回事呢？

孩子们考试后，与内地不一样，没有长长的假期，只有短短几天的休息。二年级和三年级的孩子都要去然乌镇，升为三年级和四年级，学校里只剩下原来一年级现在升至二年级的两个孩子——巴登和尼玛。

一年级的孩子还没有正式入学。

61

即使是只有两个孩子的学校，我们也正常上课。但开始不断地有原来二年级和三年级的孩子由家长带着到学校里来。他们看到我，转身走了，他们找来江措，由江措带着找罗布。罗布、米玛和村民交流也有障碍，罗布经常说自己听不懂学生家长说话。

江措说，学生家长来送孩子留级。原本二年级的次旦留在二年级可以理解，但是原本三年级的措姆和其美次仁，也想留到二年级。

家长认为，他们的孩子还太小，不希望他们去镇上读书。罗布说："那其他小孩也很小，都去了。"家长说："我们已有一个孩子去镇上读书了，再多去一个，就多花一个孩子的路费，太花钱了，不去然乌镇。"罗布给校长打电话，得到的指示是：原来的二年级学生次旦，三年级学生措姆和其美次仁都可以暂时留在新的二年级里。

去然乌镇读书，每次来和去，都是20个孩子挤在一辆林芝地区报废淘汰过来的面包车里，副驾驶座上再坐两个孩子，一趟一个孩子最多20块钱。罗布说，家长不愿承担路费，说如果再让他们的孩子去然乌，就让学校掏路费。

还有其他孩子散落在村子里，偶尔趴在玻璃窗上眼巴巴地看着我们上课，罗布和米玛不在的时候，我就让他们进来一起上课。瞬间，学生多了起来，好几个没有上学经历的孩子都坐在教室里仰着一张张小脸。

对于孩子上学的事情，刘局从进村的时候就一直在说。召开村委会、党员会以及村民代表大会时，刘局说："要让孩子们好好上学。"有一次一个村民问："好好上学以后干什么？"刘局说："工作。"村民们对工作这个词没有概念。刘局就说："像江措、达珍一样。"他们懂了。刘局又问他们："你们是希望自己的孩子在村子里像你们一样，还是希望他们能像江措、达珍那样？"村民说："希望能像江措一样。"

就这样，刘局给江措找到了他在来古村最有意义的一件事情，即来古村孩子未来的目标。刘局说，村民不想让孩子们读书，那是因为看不到目标，也没有方向，他们不知道孩子们读书的未来以及结果是什么，看到了方向以后，他们就不会拒绝。

刘局驻村以前，村里最高文化程度为初中，驻村那一年，也就是2012年，来古村7个初中毕业生中诞生了第一批高中生，是卓嘎的妹妹和另外一个女生。

但是有一天卓嘎说："读高中的妹妹要回来了，不上学了，因为学不会，每天都哭的。那时我们都骂她，让她上学，结果也没用。"最终只有一个女生继续在昌都地区读高中。卓嘎的妹妹回村后的第二年就嫁人了，嫁给村里的一个小伙子，一个与她同龄的姑娘向我描述这件事情时说："老师，他们相爱。"

对，那个16岁的姑娘用的是"相爱"。还是一个太阳晃晃的白天，她用手遮挡着阳光，不让它晒到脸上。

那一批回村的初中生中有仁青姐姐的女儿，漂亮、高挑。我问她："怎么不接着读书？"她说："帮爸爸妈妈。"我问她的妈妈："17岁的女孩能帮您什么？"她说："捡牛粪！"另外两个男孩，跟卓嘎的老公学念经，还有两个男孩，一个是群培的儿子，一个是次仁卓玛的哥哥，我问他们："初中回家干什么？"他们说："我们也不知道了，挖虫草、盖房子都可以。"

62

在黑板上写下"偷得浮生半日闲"后，我们决定放一场电影。学校里没有电源，只有我的房间里有，一群孩子奔向我的房间。

先看了《鼠来宝》，孩子们笑得厉害，特别好玩的地方还有掌声，即使有哪一个真需要走开了，也得让我一定要暂停。其美次仁看得最认真，这个平日里很少笑的孩子，几只外国的小老鼠，把他逗得拍着大腿张开大嘴地笑。又看了《蜘蛛侠》，他们喜欢武打动作片，调皮的尼玛以前看过，知道武打动作镜头在哪里，于是他就不时地移动鼠标，移到合适的地方就停下来，那一帮孩子们笑完了，他就接着再移动。那几个第一次看的，被尼玛移动鼠标的小手惊得一愣一愣的。

看《天堂电影院》时，巴登、尼玛、其美次仁开始心猿意马，不时地跑出去，一会说去厕所，一会说去罗布老师那里。后来，他们干脆就一直在外面，能听到他们从我的房间路过，咚咚地跑下去，再咚咚地跑上来。

原来那么大的观影团队就剩下两个女孩：措姆和次旦。尼玛不时地会跑过来，两个女生就关门不让他进，感觉到可能抵制不住他们的时候，措姆就向我求救。终于挤进来的尼玛说："你这里不漂亮，罗布那里漂亮。"说完就跑，他说的是电影。我们跟着他到罗布那里，罗布正在放枪战片，激烈的声音传得很远。紧接着，两个女生也是一会儿要上厕所，一会儿要喝水，观影团队中的最后两个也叛变了。

没有武打，没有枪战，没有西藏元素，他们都看不下去了。

笔记本电脑的屏幕太小，孩子们聚在前面，总有那么几个要特别费力气。曾有人问我学校需要什么的时候，我说，要是有一台投影仪就好了。后来有一天，一个人在学校外面喊我的名字，一群孩子随我下去，我们搬上来一台投影仪，是那个人委托来西藏的朋友帮我们带过来的，从贵州带到了来古村。当我和孩子们表示感谢并送他们一行离开的时候，他们潇洒地挥手说："就此别过，不送。"他们挥手的那个动作，被小尼玛学了好几天。

因为没有电，那台投影仪在学校没有办法使用，而我的房间也太小，是发黄的木头，不是白墙。

投影仪被江措拿到了村委会。村委会的院子大，江措希望院子成为村里的露天电影院，并且广而告之，村委会要放好看的电影了。于是那天，夜幕刚刚落下的时候，村委会院子里的长木凳上倒是真坐了好几个人。虽然对来的人数不满意，江措还是放起了电影，村委会的白墙也很给力。只是放着放着，江措再一回头，院子里的凳子上就只剩下一个村民缩着脖子看着墙壁不出声地笑。虽然还是来古村的夏天，但是白天都要穿冲锋衣的夜晚，尤其是冰川群里的风吹过来的时候，别提有多么冷了。而且电影是汉语的，除了那些动作，其他村民也看不懂。从那以后，江措就彻底放弃了露天电影院的想法。

一次我再去村委会，听到房间里有声音，推开门看到每个人都没对着电视，也没对着电脑，而是一脸严肃地对着墙壁。墙壁上人影晃动，比起笔记本电脑，即使房间里那已不白的墙，也成了它们更大的舞场。

来古村在晨曦中醒来，草儿慢慢舒展，牛儿羊儿马儿开始精神饱满，整个村庄像是睡熟的孩子缓缓睁开眼睛。流淌的河水是它的生命之源，草原是它平坦的小腹，而那颗正在升起的太阳就像是它的眼睛。

今天只来了一个学生，巴登。外面的阳光有点强烈，我们就在教室的走廊里踢足球。

我在走廊尽头的这一头，对着靠近教室门口的走廊那一头的巴登，大声问："巴登，准备好了吗？"巴登说："好了。"

"好的，接球。"我用力向他的方向踢过去。

他接过后，也像我一样，脚踩在球上，对着走廊这头的我喊着："莉莉老师，你准备好了吗？"

我说："好了。"

他也说："好的，接球。"然后就用力踢过来，我再踢过去。

我们就这样来来回回地踢着，踢得满身是汗。

有时踢出去的球会从他身边溜过，还会转个弯，直奔校外。脚把握不住球，他用手举起扔向我脚的方向。

巴登调皮，他甚至一次用三个球：一个篮球、两个足球。只要用力不是那么猛，球就会在一个垂直的水平线上直溜溜地过去，用力稍猛，球就会左右拐啊拐，一拐就碰左右的墙，碰墙以后就会反弹，甚至会直接弹到你刚开始跑的位置。

学校狭长的走廊是我们的足球场。这样的踢球成了来古村小学的保留节目，更重要的原因是不容易有伤害，不容易砸到玻璃。但是如果没有老师，只有孩子在一起踢，那就有伤害了，玻璃也会被踢碎。

与第一次只有巴登一个人相比，后来的队伍强大、壮观多了，几个小男生用尽了各种防守姿势，尼玛手脚并用，趴在地上，像一只蛤蟆。即使他们防守再强大，有时候球依然可以穿过他们，还会有一个右拐弯，又去了校外。

在村里，所有的球，都可以变成足球。所有的场地，瞬间都可以变成足球场。

学校里后来有了篮球架，相比孩子们的身高来说，篮球架太高了，它们应是成人的玩具。

- 64 -

这段时间是散养的时间，对于我和孩子们来说。

我们总在一起疯玩，我们不认为写字笔画顺序很重要，也不觉得在他们这个年龄写比说更重要。我们不希望他们能勉强写出来但是不会说，更愿意他们会用口语表达某个意思但是不会写。

这段散养的时间，我们都做了自己想做的事情。作为村里最高行政长官，刘局就像是个监工，监察我们的一切。

有一阵子没听到罗布的歌声了。以前每到下午放学时，罗布就唱着歌从教室里走出来。他偶尔还弹奏电子琴，那是学校里最高级的电子设备，孩子们不会玩，更多是罗布在用。罗布高亢的歌声，配着电子琴声，弥漫在学校及其周边的空间里。

这个傍晚，罗布的歌声再次随着下课铃声在学校响起。小四跟在他后面说："罗布，罗布，你唱得真好听，像是机子里放的一样。"

罗布热情地看了她一眼，转身走了。

小四，这个姑娘籍贯上海，她父母都有下乡的经历。她喜欢做汤泡饭，就是炒好的菜和米饭混在一起再加水烧煮，经常是剩菜和剩饭一起，当它们在炉子上冒泡泡时就可以吃了。她说，这是来古村版的汤泡饭，要是在上海，讲究得多了。

　　自从桂鹏走了以后，楼下施工队的汪师傅就不再到楼上来。偶尔，推开那扇推拉门，汪师傅一个人坐在马路边，呆呆的，或是坐在学校的窗台上，没有什么表情地看着孩子们嬉戏。人们说他有点弱智，可能是不愿跟别人沟通，而且沟通的可选性也不是那么大。再遇到他时，我对他说："桂鹏走了，也可以去楼上聊天的。"他笑笑不说话。桂鹏在的时候，我们烧火、切菜、炒菜，他经常过来坐在一旁或者站在一边看着，有一搭没一搭地说话。

　　有一天听到工人议论他说，要不是大老板是汪师傅的哥哥，汪师傅怎么可以有这么好的工作？别人干活的时候，他就在那里看着，晚上要睡觉的时候就开始发火，说这个干得不好，那个在偷懒。刚开始他们都忍着，没有反驳，有一天汪师傅被反驳后，再看工人干活时，他也会随手干一些活。

　　除了带学生，我偶尔也给自己找点只在村子里才有的乐子。

　　寄过来的衣物中，有一条左膝盖处有破洞的牛仔裤，大小、胖瘦正合适，我就穿在身上，每每曲着膝盖时，破洞处就会露出里面的紫色毛裤。这样的裤子不好给学生，也不好给村民，他们会认为是坏的。

　　那天晚上在卓嘎家里喝牛奶贝母，刘局问卓嘎："你怎么看莉莉穿的这条裤子？"卓嘎说："很多旅游的穿的，内地是流行，对吗？"

　　刘局已多次说过那条裤子。

　　他一再说："你在村里穿这样的裤子不合适。"我问："怎么不合适？"他说："见过外面世界的卓嘎会说是流行，但是别的村民读出来的就不是流行了。你是老师，是村子里的知识女性，这样的衣服与你的社会身份不符，你穿这样的衣服怎么跟小孩子说？"

一天，孩子坐在我身旁，用手抠着膝盖上的破洞，他们认为好玩，边抠边呼朋引伴，一会我的两条腿根本就不够用了，幸亏里面还穿了条深颜色的保暖裤。他们抠完以后就坐在旁边笑，笑完再过来抠，他们把穿那条裤子的我当成玩具了。一旁的刘局说："你看看，你看看，不是大人说你，你的学生也都抗议了。"

　　我说："这样的衣服村民肯定不穿，我穿了也是废物利用。"

　　不管我怎么辩解，刘局直摇头、叹气："唉，不妥就是不妥啊。"

　　某种意义上不得不承认那是我女性爱美的虚荣心在作祟，每天都是冲锋衣，每天都臃肿，每天都鼓鼓囊囊的，每天都要抱柴烧火，所以衣服每天几乎都是脏脏的。似乎不知道自己的性别美还能在什么地方体现，于是洞洞裤，以及朋友寄来的耳环，它们成了我的某种象征，对我来说，更像是一种仪式。尤其是耳环，每次戴它之前，我都要梳洗打扮一番，像是在做一件很神圣的事情。

十一
平均主义下的家访

- 66 -

如果按照正常的一年四季来划分，很显然，当内地是春天时，来古村还在下雪；当内地是夏天时，来古村开始草长花开，只是还要穿着厚衣服。年前翻耕年初开种的青稞也绿了起来，站在村委会前面的空地上，看下去是整片整片的碧绿，掺着那么一点浅绿。

这个时期的来古村被认为是一年中最美的时节，它只有三个月的时间。这三个月的时间里，你可以经常于午后看到彩虹，它们出现在不远处的山腰上，跟夜晚的星星一样，仿佛触手可及。

这个时间走入村庄的，多是一些年轻的游客，三五成群，看完就走。

而对于真正要欣赏冰川的人以及资深摄影爱好者来说，来古村有漫长的时间来等待他们，那就是漫长的雪季。好像它耸立于此，就是为了等候他们。所以，它要无休止地下雪，好像只有无休止地下雪，才能有足够的冷空气，得以让冰川日复一日、年复一年。实际上从自然界的逻辑关系来看，因为冰川在那里，所以，来古村的冬季才那么漫长，大雪不断。

　　放学时，巴登由江措陪着当翻译，说让我去他家。

　　我们手牵手地走在路上。一个骑在马上的人高声问："可以给你们照相吗？你是他的妈妈吗？"看到我们没有作声，他自言自语了一句："对了，你可能听不懂。"

　　到巴登家的时候，巴登的爸爸正在陪客人。那个客人好像在问："是老师吗？"我听懂了巴登话语里的"莉莉老师"。他还专门跑去外面找来了妈妈，说："莉莉老师来了。"

　　巴登的爸爸指着盐巴说："我们 Ca（四声），你们？"我说："盐。"他重复说："盐。"再指着各种能触摸到的东西，用藏语说它的名字，然后问："你们？"我说汉语名字，他再重复一句。

　　巴登问我："Sai Ma（一声、一声）？"我重复了一句"Sai Ma"（四声、三声），我以为他说的是赛马节的事情。听到我类似肯定的口吻，巴登把一个布袋里的东西倒出来，拿着空袋子跑出去了。

　　剩下我和巴登爸爸、巴登妈妈三个人，看一眼笑一下，再相互看一眼再笑一下，没有一句话地坐了很长时间。其间，巴登妈妈出去换了一双鞋，重新整理了衣服，似乎是说刚才穿的衣服不适合见老师。

　　巴登家的相框里放着黑白、彩色的照片，有巴登爸爸和卓嘎以及卓嘎老公的合影。他们年轻时一起在拉萨，只是巴登爸爸的汉语没有卓嘎那么好。站在大昭寺门前的他们有着那个年龄的青涩、好奇，也有着那个年龄的苦闷。刘局以前就介绍过巴登爸爸，说他是村里的优秀党员，也是村里有致富能力的好手。

　　看我站在相框前，巴登的爸爸也走过来，跟我一起看，应该是想帮我解释，但我们相互能听懂的就是"卓嘎""拉萨"两个特定的词语。我问他："为什么当初不留在拉萨，而是回来了？"他没听懂，当时我还不知道也没学会怎么用他听得懂的肢体语言来表达那样的意思。

巴登还不回来。我比画着问坐在一旁的巴登妈妈："巴登在哪里？我要回去了。"她明白了，推开窗户，对着外面喊："巴登。"不一会儿，巴登跑了进来。他把鼓鼓的布袋子递给我说："Sai Ma。"我接过来，打开，里面是豌豆荚。

我从此知道"Sai Ma"是豌豆荚。

自从洛松达娃让我在众目睽睽之下吃了那颗豌豆荚以后，次仁卓玛有一次偷偷地从包里拿出一把豌豆荚给我，次仁其美也让丁增卓玛转给我几颗豌豆荚。达珍说，豌豆荚是村子里孩子们最喜欢的零食。

豌豆荚甜甜的，巴登从布袋子里取出豌豆荚，指着外面的一层说："可以的。"他的意思是外面这层皮也是可以吃的。

巴登带我去"Sai Ma"的地方，那时我才知道那碧绿青稞里面的浅绿就是"Sai Ma"。嫩的时候，它是孩子们的零食，成熟后，是可以储藏的为数不多的饮食调剂品。不过在来古村，它们更多在嫩的时候就被孩子们消灭掉了。

巴登爸爸示意，让我在他家里睡，并让巴登把我带上楼，看他们的房间。巴登家也有藏家乐，新盖的房子，每张床上铺着白色的床单，有着白色的被套。巴登带我进的那间房里，摆着佛龛，还有金黄色的哈达，推开窗户就是一幅完整的房屋和青稞地相结合的俯瞰图。

我指指学校的方向说："老师不能住在这里，学校还有事情。"巴登不开心地嘟着嘴，还是把我送到了门口。

不一会儿，巴登的爸爸骑着摩托车追上来，把车停在我旁边，说："上来，摩托车！"我扶着他的肩膀坐上去，可能感觉到了我的紧张，他说："没事，害怕不用的。"

这是正儿八经还处于不熟悉状态下的家访。江措没能跟在一起做翻译，和学生熟了，但是和家长不熟，彼此想走近，又不知该如何走近。

我去巴登家，被罗布措姆看到了，她拉着我的胳膊说："你去他家了，我的家为什么不去？"

平均主义下，家访成了一件要照顾所有情绪的体力活。

- 68 -

一直放在村委会的准备给来古村困难户的衣服，那是城市里的人寄过来的，一些分给了学生，一些留下来给村里的困难户。刘局说最好晚上送过去，不要让别人看到。

那是赤赤家，就在来古村的路边，在从村委会回学校时必经的路上。几年前，他对村里人说他找了一个老婆在波密，他要将户口迁移过去，不知什么原因，在波密却一直未能落户，他的户口在然乌镇是"迁出"状态。有一天，他带着一双儿女回来，仍住在原来的路边小屋里。因为户口没在村里，村里就不能让他去挖虫草，村里有说法：即使你远嫁，但是户口在村子里，5至6月挖虫草的季节，还是可以来挖虫草的；同时，即使你祖辈生活在村里，但户口没在村子里，就不能挖虫草，也不能享受其他福利。村委会的人经常对他说，赶紧想办法把户口弄好，孩子大了，上不了学，政府有补助也得不到。每次，他都点头说：好，好，好。

他的儿子，脸部看起来的年龄要远远超过个子，因为户口原因不能上学，每天就在村子里晃荡。有一天，听说他那有点像爸爸的身材，实际上是大骨节病。大骨节病是西藏地区的常见病之一，其中八宿县属于高发区。表现为：走路摇摆、关节疼痛等。来古村大骨节病患者一共有33人。

赤赤的腿前段时间被摩托车砸伤了，他一直认为很快就能好，没去看医生。直到再也忍不住了，卓嘎带着他去看一个藏医。卓嘎说那藏医看得很好的，很有名的，许多人都来找他。那个藏医说需要静养多日，还给他用力掰了一下。"他疼得……"卓嘎没说出来。卓嘎说他家很穷的，下雨的时候漏雨，他10岁的儿子睡在床上，身上盖了层塑料布，再醒来，落下来的雨水结冰在塑料布的外面，他的眼睛在塑料布下面眨啊眨。

好多次，刘局说要给村子里的困难户多照顾，可每次说到赤赤都会很为难。村子里一直奉行平均主义，对一个户口不在村里的人享受村里的待遇，其他村民会有意见。卓嘎说，不会，他们家太穷了。后来从安科那里知道，卓嘎说不会，还因为赤赤是她的亲戚。但是纵有千万个帮助他的理由，也不方便大白天把衣服送给他。

那堆放在村委会要给他的衣服已经放了些时日。刘局说，还是不让更多村民看到更好。我们找了一个夜晚。

来古村的很多房子是用木头和土一起夯起来的，矮矮的，从外面看不到里面的光。我们以为赤赤他们睡觉了，但是里面传来说话声。敲门没人应，我们推门进去，微弱的灯光，两个同村小伙子盘腿坐在地上围着炉子聊天，赤赤已经睡下了。其中一个小伙子站起来，推了推正在睡觉的赤赤，赤赤从床上坐起来，赤裸着上身。刘局把衣服从我怀里拿过去，放在赤赤的床上说："你睡吧。"

再走出来，来古村的雨，因为夜晚多了一分味道。安科他们认为我偶尔喜欢来古村下雨是一件很不可思议的事情，他们认为，相比下雨，下雪才是一件浪漫的事，不会到处都湿淋淋的，还可以漫步雪中，但下雨就不方便了。

很晚时，远处有手电筒光芒照过来，跟着就有摩托车的声音。那是在朋友、亲戚家"喝酒、吹牛"晚归的村民。

十二
与咳嗽斗争

我又咳嗽。江措说，估计是前两天跟孩子们踢球消耗的。

卓嘎送来了她挖的贝母草，她说贝母草也有止咳的功效，那是细弱带着小瓣叶子的绿草，很不起眼。我把它们泡在碗里，直接就要喝下去，卓嘎阻止说，要煮的。

我把小炊壶洗干净，把它们和水放在一起煮，水的颜色看起来绿绿的，喝起来有种青草的味道。喝完以后，就再放水进去。后来有一天，尼玛打开小炊壶，很奇怪地看着里面已经变成黑色的枝枝叶叶。那些贝母草被长时间地蒸煮，早已看不出原来的模样。卓嘎看后哈哈大笑，她说："那是喝一次的，以后我天天给你送。"

西藏土地上任何一种野生的东西，它们恩承了高海拔的阳光、雨雪，总是不自觉地带有一种神奇的功能。经常听刘局说这个能治病，那个也能治病，但是即使它们有这样那样的功效，村民的现实生活中还是很少用到它们。相反，他们对那些从内地带过来的中成药、西药却有着十分的信赖和需求。

我喝了安科煮的梨子贝母汤，又被他们逼着吃了阿莫西林。活了那么多年，这些抗生素，只在西藏的时候吃过。咳嗽让我不好意思待在本来就有点拥挤的村委会的房间里，我跑到外面，弯着腰使劲地咳，好像肺都要咳出来了。

我的咳嗽稍好一点，回到房间里，便见他们几个很严肃的样子。他们说我咳嗽的声音有点不对，像是石头敲击木板的声音。刘局说："你走吧，村委会投票，以票数决定你是走还是留。"我争辩说："我已经在积极治疗了。"他说："如果咳嗽实在不好还赖着不走，我们就让群培叫村民把你抬出村。"

　　那天晚上，下着雨。来古村的雨季即将过去，似乎要赶在冬季到来之前，拼命地下。

　　小四和他们一起在玩扑克，边玩边笑边讨论怎么帮我治疗咳嗽。安科看到书里介绍的拔罐。他们不打牌了，找来了"老干妈"的空瓶子，把它洗干净，里面放进去点了火的纸，先是水平方向放在我的胳膊上，然后让我把胳膊水平举起来。他们说："吸附力不强，瓶子在胳膊上立不住。"

　　跟小四从村委会回学校，她拿了两个空的"老干妈"瓶子，趴在我的单人帐篷里，使了好几个办法，换了好几个地方，依然是吸不住。小四开玩笑说："你已经气血不足，都不能撑起一个瓶子了。"书里介绍艾灸，但是介绍有限，不知道到底是什么样的方式。后来是找一个东西让艾柱在上面燃烧，人就隔空趴在上面。别人听说后笑着说："那是烧乳猪，不是艾灸。"

　　外面依旧是如泼的雨声。其实，真正的雨没有那么大，房顶是用铁皮盖的，雨敲打在铁皮上，声音被放大了许多。但就是这种大声，让外面所有的一切被包裹在雨声里。

　　在来古，或者说在高原，刚来和生活一段时间，两种完全不同的感觉来自身体。刚抵达时，会觉得浑身充满了力量，有使不完的劲，有想出去转转的欲望，要迫不及待地呼吸高原的空气，要每一个细胞都感受到蓝天白云带来的喜悦。慢慢地你会发现，体力开始不支，喘、咳、心悸、慌乱，并且没有水分，就像那刚被摘下来的桃子，水水的，舍不得吃，安放一隅，有一天就发现它干瘪了。是的，水分被无限蒸发，并持续处在被蒸发的状态，就会逐渐枯萎、干瘪。运气好的随着人类一起到了第二年，又是水水的。

即便高原生活如此不易，有一点可以肯定的是，离开以后，没有一个人不是深入骨髓地想念它。

- 70 -

新校舍的工地上，声音刺耳。建筑工人说八月底就竣工，再晚，天就冷了，到处结冰，施不了工。

冲着太阳打了三个喷嚏。江措说，可能是咳嗽快好了。

学校二楼，有一号、二号、三号"空降号"，就是厕所，很多人认为它们是客栈的一大特色，也是他们念念不忘的地方。因为离楼梯口和宿舍门口比较近，我经常去的是空降二号。学校里的厕所一直没建好，建筑工人偶尔会上楼用它们，刚开始的时候，他们站在空降号门口好像总有那么一点不好意思，后来就变得毫无顾虑地使用了。放脚的地方，是两块木头，刚开始它们始终干燥，后来总是湿湿的。

空降号里没有门闩，每次在里面，都有点小担心。自从去卓嘎家上厕所摔了腿以后，就开始只用这里的空降号。有一次我咚咚地跑上来，刚到里面，听到外面也有咚咚的声音，忽然在门口停住了。

"谁啊？"我问。

次仁久美说："我。"

"你在干吗？"我又问。

他没作声。

出来后，他像军人行军礼那样，守在厕所门口，手放在右耳边，腰杆故意挺得很直，眼睛配合着动作，盯着前方。他说："莉莉老师，我在给你站岗。"

他是二年级的学生，去然乌镇读书的前一天，我们在操场上嬉戏，洛松达娃盘着腿在那里念"阿弥陀佛"，丁增卓玛双手合十，一条腿别在另一条腿上，口念"唵嘛呢叭咪吽"，次仁久美在一旁行军礼。我问江措："次仁久美家有军人吗？"江措说："不知道，可能没有吧。"

可能是丁增卓玛的六字真言让次仁久美有所感触，他指着丁增卓玛，再指指我问："唵嘛呢叭咪吽，你的？"他是问我会念"唵嘛呢叭咪吽"吗。我念了一遍，按照我的习惯，我念的是"唵嘛呢叭（Bei）吽"，他纠正我说："是唵嘛呢叭咪(Mei)吽，Mei，唵嘛呢叭咪（Mei）吽。"

等我学会像他一样念的时候，他就使劲点头，说："爸爸、妈妈，唵嘛呢叭咪吽。"意思是说，六字真言是和爸爸、妈妈一起学的，也就是说出生学话时，除了爸爸、妈妈，还要学"唵嘛呢叭咪吽"。次仁久美的汉语不是很好，我也一直在想，"站岗"这个词他是从哪里学的，又是如何理解它的意思的。

次仁久美去镇上读三年级的时候生病了，我不知道是什么病，卓嘎的描述是，他总是尿床、尿裤子，要是有一天没尿，他会很开心地对别人说："你看，我今天没尿。"

然乌镇读书的孩子第一次回村时，他没回来，卓嘎说他爸爸带他去医院了。次仁久美没有妈妈，他爸爸还要带更小一点的女儿，卓嘎说他家不好得很（穷的意思）。后来知道，次仁久美的堂哥，20岁了，还经常尿床。

次仁久美到底是什么病，医院也没有诊断出来。

次仁久美去然乌上学以后，我每次上厕所，以前的动作又得捡起来。后来江措说，次仁久美为我站岗，可能不是为了防止什么坏人，而是他们都知道我上次是上厕所时摔伤的。

又一个早晨醒来，嗓子不舒服，有血块出来。抗生素、贝母、贝母草吃了那么多，穴位也被那么长时间地捶打、按摩，终是没起到作用。但除此以外，高原上的生活，或者说村里的生活无处不闪着光，像是阳光照耀下的河流。

混着各种矿物质的雪水从冰川上沉甸甸地流下来，经过澄净后，进入身体，成为生命之源。那种忙碌后看到时光之外的雪水清了下来，或者就守在水桶边看着水一点点从牛奶状变成清水状时，总要感慨一番，时间的力量，真是太美妙了。

孩子们陆陆续续走进学校，脚上沾有露水，还有些许泥泞。除了煨桑、念经、赶牛、找马的村民外，他们是村里醒得最早的人了。他们手里还拿着用塑料袋装着的"Sai Ma"，那是他们要献给老师的零食，他们认为它们很好吃。那些"Sai Ma"也带有露水，可能是他们前一晚在露水中摘下来的，也有可能是早晨。

内地的风，温柔的时候像是妈妈的手，狂躁的时候，大不了就像是妈妈的胳膊。高原上的风，时刻都像是妈妈用力抢过来的粗粗的大树干。

找个有阳光的地方，坐着，头和脸裹得严严实实的。在来古村，或者说在高原，只要有太阳，只要你在阳光能到的地方，就会很暖和。再想办法避开风，那就是十二分的惬意了。这个时间里，我跟这个村庄一样，都是时光里的老人，静静地看着时光里发生的一切，以及可能会发生的一切。

- 72 -

小四在烧火。

她起得很早。她说，太阳真好，打算出去走一走。

她找到了去冰川的路线图，涂了很多防晒霜，拿着相机出去了。桂鹏走后也就是小四新到的那段时间里，不知为什么，游客少。小四很高兴自己有比较纯粹的时间。后来想可能是雨季的来古村让更多游客不敢进来，泥石流、塌方等，游客们想着就怕。无论是川藏线还是滇藏线都有雨季、雪季的"死亡拐点"。

村里每天都有人讲述恶劣的自然环境带来的死亡事件，有的是新近的、刚发生的，有的是陈旧的、前不久的。人们讲它的时候，很寻常的样子，脸上看不出明显的情绪波动，只有我这种外来人，尽管来这已经半年了，还一惊一乍的。

小四走后，客栈就我一个人，好不容易有时间洗衣服、拖地、煮茶。火一直没熄，茶不紧不慢地在炉子上煮着，我不时拿来续上，再加新的开水进去。

卓嘎和汪师傅过来聊天，他们不愿意坐着，就是站着说话。有一搭没一搭地说着：今天天气好啊，是啊是啊。柴还有很多啊，是啊是啊。可能不知道跟我还能聊什么，待了几分钟他们就都回去了。不说话觉得尴尬，说话又不知道说什么好。我好像总是让他们感到无趣，没有桂鹏在的时候那么热闹。桂鹏能扯上几句四川话，汪师傅经常聊得面色潮红，眼睛也放出光来。

他们刚走，措姆的妈妈扶着门走进来说："牙齿疼。"桑曲跟在一旁翻译说："她两个小孩都去然乌了，她每天晚上想小孩想得哭。"我给她拿药的时候露出了右手腕，上面有措姆送给我的宝石蓝手链。她妈妈看着说："措姆的，你想吗？"我说："想。"

那串手链，有一天我看到它戴在措姆手上，我拉过她的手说："真好看。"她立刻将它取下来说："给你。"我说："你戴着才好看。"再后来有一天整理房间，我发现那串鲜艳的宝石蓝手链静静地躺在角落里。应该是那天措姆把它从手上摘下来后就没有再戴回去，但也没有让我看见，悄悄放在角落里，她认为老师肯定能看到。后来我就一直戴在手腕上。

吃完晚饭去佛堂，八点多了，这时的来古村还没有黑下来。事情不是那么多的时候，去佛堂转一转成了我每天的功课。一只准备回家的牦牛静静地站在离佛堂不远的坡上，旁边是块很大的石头，也没有草，不知道它站在那里做什么。

观察了半天，后来发展成了对视，我们应该都是那种"咦"的表情。我把手伸进口袋，它下意识地向后躲了躲，看到我掏出来的是手机，它见怪不怪地转转头，又恢复了刚才的样子。当我把另一只手放进口袋再拿出来时，它也不再向后躲了。我问："你吃饭了吗？"它好像听懂了一样点点头。

这段时间，新的一年级学生还没开始真正入学，由一年级升为二年级的只有两个孩子，学校里的事情没有那么多。

原来的二、三年级的学生已经去了然乌镇。有时候，我看着那两个孩子在学校里疯跑，就想，不知道来古村的孩子到了镇上怎么样了。

十三
零起步的一年级学生入学

- 73 -

　　在村委会蹭饭，那里比学校里暖和多了，但那里的男人们喜欢吞云吐雾，我看着那些烟圈冒出来，恨不得把它们都给堵回去。还好的是，这里海拔高，空气流通快，房间里不至于烟味很浓。

　　很多内地人到高原后抽烟加剧，刘局他们的抽烟量比起在内地几乎要多一倍。他们的理论是，尼古丁在高原对身体的损坏似乎没有在平原那么厉害，而且，抽烟据说也可以赶走一些地面流动的不好的东西。这也是很多过来人劝在高原生病的内地人抽烟、喝酒的原因之一。

　　雨说来就来，倾盆而下。小四来了以后，试了试大家都没试就以为是坏了的走廊里的开关，居然是好的。所以，宿舍前走廊上的灯在夜晚就是亮着的了，不至于夜里"两眼一抹黑"。

　　从村委会跑回学校，房间的门把上用哈达系着一个5100矿泉水的瓶子，摸上去温温的，是煮开了的牛奶。

　　不知道是哪个村民或者是孩子没等到晚归的我。

　　小四没回来，学校里就我一个人，门被风吹得咣当直响，刚把门闩上，一个喇嘛带着一个村民来学校敲门，喇嘛充当翻译。很多时候，在来古村这样的村庄，喇嘛就是村里的知识分子，他们看得懂藏语，会念经，又会一点点汉语。村民说他感冒了，又说他的妈妈拉肚子。我问拉了多长时间，他说拉了有一年了。内地寄过来的治疗拉肚子的药在村里像感冒药一样受欢迎。

喇嘛拿出一本五年级的汉语书说："老师，我想学汉语，你有这样的汉语书吗？我想借。"他的汉语相对村里汉语最好的卓嘎来说又更胜一筹，表达到位也很顺畅。但他们的汉语更多只是口头的表达，不存在真正的汉语认知和书写等层面。我那天把我一至三年级的汉语书都给了他，那上面的汉语对他来说，也是陌生的。

他就在附近的修登寺修行，偶尔回村时，会到学校里来拿球玩。学校里到处都在施工，他就拿着球到村里的路上玩，每一次，他身边都聚集了很多很多的孩子。他也像一个孩子，笑着、逗着他们。他跟我说了好几次他的名字，我都给忘了，他到学校里也是隔一个月来那么一两天。

有一次他在村里待的时间很长，那段时间，他几乎每天都来学校，还带着寺院里的两个小喇嘛，大概跟一年级学生的年龄差不多。他说，其中一个是爸爸妈妈都没有了的，另外一个是父母怕养在家里会出意外，于是放到寺院里养的。那段时间他不怎么说话，看起来有点蔫，看着我拍的村里的那些照片，他会很奇怪："A（三声，语气词）？来古吗？"跟其他村民一样，他们可能去过很远的山，但是却没那么仔细地看过自己的村子，或者没有从这样的角度看过，他们对出现在镜头里的自己的村庄感到陌生。

其实那段时间他生病了，他拿出医院的诊断书，上面写着肺结核、乙肝。这是村里大多数孩子以及村民都有的病。他每天都在吃药，他问我，那些药到底能不能治好他的病。

寺院给了他一个月的休息养病的时间。临回寺院前，他骑着摩托车来学校拿药，他问有没有治嗓子疼的药，他们喇嘛每天都念经，很多人嗓子疼得很。他的意思是：如果有，那真是为修行的喇嘛们做善事哩!

他提着装在塑料袋里的很多药，走出学校的时候，阳光正强烈。一身绛红色的喇嘛衣服让他的背影看起来很高大。他把肩膀缩了缩，好像为了躲避阳光。一个孩童跑过去，他把她抱起来放在摩托车上，一起向村子深处奔去。

- 74 -

那是一个晴朗的下午，教室里坐着5个小脑袋，一脸好奇，又紧张地看着教室里的一切。他们流着鼻涕，黑着小脸，头发有点乱，衣服也破破的，但能感觉到那是妈妈给新换的。

新的一年级学生入学了。这是9月份。

5个学生的名字分别是：强巴次林（向巴赤列）、汪来江村、洛松朗加、邦措、强巴顿珠（达娃）。他们正式走在通往来古村知识分子的道路上。

一年级第一次语文课，是真正的相互一无所知，一点都不懂得教与学。

强巴次林哧溜着鼻涕，眉眼和神态像已经去然乌镇读书的吾金。我问："吾金？"他点点头，别的孩子也跟着点头，我就知道他是吾金的弟弟了。

来古村路边的"冰川客栈"是强巴顿珠的姑姑果珍开的，江措说真正的老板是强巴顿珠的爸爸，因为强巴顿珠的爸爸不会汉语，所以请来远嫁波密的妹妹果珍，每年的盈利，按照比例进行分配。对于来古村来说，波密，那个风景优美、物产丰富、适合生活的远方，远远优越于来古村。

因着这些原因，强巴顿珠是一年级学生中汉语最好的。他成了我和一年级其他学生的翻译。

每到一个班级，强巴顿珠这样的孩子是我首先要寻找的，接着才能有然后。

我用耳濡目染的藏语，问他们的名字："Mi（四声，名字之意）？"他们争先恐后地抢着回答，我在每个人的作业本上写下问到的名字。领了写着自己名字的作业本，汪来江村在那里翻过来倒过去地看了半天。后来我知道这是所有学生中最顽劣的孩子，他还有一个同样被村民认为因为顽劣同时有病而不能上学的哥哥。

洛松朗加，一副看起来暖和又很认真的模样，胖胖的小脸颊上有着红润，不是红血丝，区别于其他看起来缺少水分的孩子。作业本上，他的字从来都是飘着的，像是写字的时候不知道怎么用力。这样的问题普遍存在，于是如何握笔、怎么下笔，也是每次写字练习时都要一讲再讲的内容。

我们从"a、o、e"开始。

强巴次林读的时候，鼻涕几乎要流到嘴里，正要给他擦去，哧溜一声，快到嘴边的鼻涕又回到了鼻子里。读了一会儿，我指着黑板上的"a、o、e"，再指着他们领到手里的带着自己名字的作业本，对他们说："写。"

我在教室里，看他们写作业的情况，走到强巴次林跟前，他捂着不让我看。过了一会儿，听到啜泣和鼻涕声，一哧溜一哧溜，是强巴次林。他把头埋在桌子上，哭了起来。我问他："怎么了？"他哭得更厉害，肩膀一耸一耸，我求救性地望向强巴顿珠，他也睁着那双大眼睛看着我。

坐在后一排的邦措走过来，走到强巴次林跟前，轻轻地把手放在他的头上，不知该叫挠，还是该叫抚摸。邦措看了一眼我们，接着再将手轻轻地放在他的头上。强巴次林不哭了，邦措安静地回到自己的座位上。

邦措是卓嘎妹妹的女儿。村子里的婚姻，多是你家嫁我家，我家娶你家，更多婚嫁关系发生在村子里的结果之一就是九十多户人家相互多有亲戚关系。我说："时间长了，会不好的。"卓嘎说："我们很好的。"我说："你出去了，可以在外面找老公，可以不回村里来的。"卓嘎笑着说："外面找不到的。"卓嘎妹妹嫁的老公也是村里的，长得好看，用卓嘎的话说，像汉族。

卓嘎形容村里人长得好看时，就会说，像汉族。而内地人形容别人五官立体时会说，长得像藏族一样。

邦措的眉毛弯弯细细，又长长的，睫毛也长长的，弧度优美地罩住了眼睛。

上学的第一天，她特意梳着小辫，上面还有粉红色的纱质蝴蝶结。她也流鼻涕，鼻子和嘴之间有明显的痕迹，但这对那张小脸的美没有一点点妨碍。

她的声音细小轻微，但不妨碍她配合着肢体语言，准确地表达自己的意愿。

- 75 -

最近罗布和米玛难得都在学校，加上我，三个老师，但只有两个班，问题就出来了。不知自己该上哪个班，不知自己是否有课，也不知自己去上课的时候，是否已有老师在课堂上。不像以前三个班，即使他们两个都在，总有一个班是没有老师的。

罗布新排了课程表，汉语课的顺序是：周一上午二年级，下午一年级；周二上午一年级，下午二年级；周三下午一年级；周四上午二年级，下午一年级。第一个周五没课，第二个周五下午要带两个班的孩子们玩耍，他们要提前回然乌。

尼玛带着一年级的三个男生迟到了，被罗布堵在进教室的路上，狠狠地训了一通。罗布说："不训他们，他们就不听话。"罗布经常告诉我的一句话是：一定要对学生狠一点，不能让他们不怕你，他们不怕你就不会好好学习。

上午，二年级学生主要朗读《秋天的图画》："秋天来啦，秋天来啦，山野就是美丽的图画。梨树挂起金黄的灯笼，苹果露出红红的脸颊，稻海翻起金色的波浪，高粱举起燃烧的火把。谁使秋天这样美丽？看，蓝天上的大雁做出了回答，它们排成一个大大的'人'字，好像在说——勤劳的人们画出秋天的图画。"

他们终于可以超过五个字地连读了，还特别有节奏。

他们抄写课文时，不时地举手，把我叫到身边，指着一个地方说："莉莉，我在这里。"

"高粱"和"好像"教了很多遍，他们还是不会说，也不会写。巴登明确表示，让我在黑板上再写一个大大的"粱"和"像"，他眼睛不眨地看着。

下午是一年级的课。邦措因为不会写字，又哭了，与那天强巴次林一样。我说："没关系。告诉老师哪里不会写。"很多时候，孩子们不会与你有汉语表达，但是在一定语境下，他知道你说的意思。

邦措指给我看她正在写但是写得很凌乱的作业本，"f"应该占满全部拼音行，她把它缩在一行里，怎么看都不顺眼，但是她又不知道接下来该怎么办。我给她做了一个示范。从那以后，每次让孩子们写作业，我都先要一个一个地在黑板上写出来，再在每个人的作业本上写一遍。

强巴顿珠举手说："老师，我要喝酒。"他说的是喝水。

举手说出需求，一年级的孩子很快就学会了，但是他们随时会举起手来。汪来江村举手说："老师，我厕所去。"如果同意了他，立刻就会有第二个人举手。得到同意后，他们做个鬼脸，撒欢地奔向外面，再撒欢地一起跑回教室。

只要不是在游戏中，他们有太多的小花招，以应付课堂上可能的读和写，以及即将下课的那一会儿。血液里的那份自由，让他们即使坐在木头房里听老师讲课也觉得有必要捣鼓出一点东西来。

有一个流传已久的段子。

一个孩子在山上放羊，望着远处路过的火车发呆。一个人过来把他抓走了，抓到一个干净的、有很多孩子的"监狱"里。每个孩子每天都有热水喝，都有做好的饭菜，还穿着一样的衣服。但是他不开心，不开心到他特别想逃跑。于是他真的就逃跑了，又开始了在山上放羊看远处火车的日子。没多久，他又被抓走了。周而复始。

这个"监狱"就是学校。这是西藏农牧区的孩子与学校之间的关系，它发生在更早以前。

教室的上面不时地传来声音。旅游旺季在持续，陆续有游客进学校。他们的房间被安排在我们教室的楼上，他们开门，进房间，大声说话。因为中间是木板相隔，正在写作业的孩子一个个仰起头，相互看着，用藏语说话，我听不懂，但是知道那是在表达不满。

达珍让我们去村委会暖和暖和，学校、宿舍以及客栈的冷，总是让她心生怜悯，这让我和小四怪不好意思的。

被称作白宫的村委会，这段时间一直在修观景台，包括学校一带都被噪音刺激着。达珍说："真希望赶紧修好，每天听到木头被锯开的声音，真是难听死了。"站在修了一半的散发着木头香味的观景台上，达珍问："这里是最好的角度吗？看哪里呢？"在这里能看到冰川，还能看到下面的自然村以及青稞田，整个村子，学校是海拔最高的地方，村委会仅次之。

那个观景台是在原有能看到冰川的坡上又伸出一段木头，如果从另外一个角度来看，它真像是一条舌头。

达珍也知道很多故事，与江措知道的故事基调不一样。她讲给我听的多是西藏女人的爱情故事。讲完以后，她会问："我们是不是很开放？"

村子里最调皮的强巴次仁跑过来，因为报户口时晚报了一岁，他没能跟同龄孩子一起上学，所以就经常在村子里滚车轱辘玩，滚着滚着就跑到了村委会。他看见达珍杯子里泡的茶叶，仰起脸问："阿丫（姐姐之意），这是什么？"达珍说："你猜。"他问："是不是白菜？"

在从村委会回学校的山丘上，一群孩子奔跑过来，边跑边喊"阿丫，达珍"，跑到我跟前的时候说："啊，莉莉老师啊？"

村里的孩子喜欢达珍，叫她阿丫；怕江措，他们一看江措瞪眼睛就跑。

刘局带了一帮人到学校里来，听说他们是大城市来的，来考察项目，如果有可能，会给来古村很多钱，让来古村以后很富裕。

他们还在教室门口的时候，像汪来江村那样调皮的，已主动招呼他们，那架势是希望他们能赶紧进来。邦措、强巴次林没有做手势，但眼神也是渴望的，看看我，又看看门外的他们。我识趣地把课堂交给了他们。

他们进了教室后，其中一个人拿出一沓钱对孩子们说："每个小孩100元。"然后一人一张地发到孩子们手里。

亲眼看见此景的小四感慨，他们好有钱，好牛哟。

他们走出来后，汪来江村跟在后面，伸手跟他们要东西。江措让他们不要给，他们说："带了糖，还有铅笔。"他们问孩子们："可以照相吗？"他们不知道孩子们最喜欢的就是照相了。孩子们按照他们教的那样，手指摆成"V"型，大声喊着"茄子"，面对镜头笑。

江措说，这是他非常不喜欢很多内地人的原因之一，他们给小孩子东西，再去到处说西藏小孩子要东西，小孩子懂得什么，这是被很多内地游客带出来的毛病。

我把汪来江村叫到一边，告诉他说："不能要别人的东西。"他听我说话的时候，顺便剥了颗糖放进嘴里。江措说："他听不懂。"

没有课，一、二年级的孩子们不用过来。

这个周末，是新去然乌读书的孩子们第一次回村。来古村小学保持着跟然乌镇完小一样的作息规律：上10天课，休息4天。

坐在玻璃推门前的阳光里，窗外的一切一览无余。次仁卓玛正往客栈里走着，那是一段上坡路，她穿着粉色衣服，低着头。走进客栈看到我，她递过来一袋糌粑说："妈妈给。"

不一会儿，其美次仁和姐姐桑坦巴姆也从外面走进来，递给我一袋"Sai Ma"。

我问她们："在然乌读书，开不开心？"

次仁卓玛说："然乌的老师，打的。"她比画出打的样子，揪头发、扭耳朵、打巴掌，等等。

桑坦巴姆比画得更细一些，她的意思是，老师会用指甲尖掐住她们耳垂上细细的肉。其美次仁在来古小学，不学习，只要坐在教室里就可以，到了然乌镇以后，次仁卓玛说："老师打。"

其美次仁和那几个要留级的孩子一样，后来都被叫去然乌镇读书了。其美次仁是个特殊的孩子，刚来时，看到他在课堂上睡觉，其他孩子对我说："他的，不学的，可以的。"让他写作业，他趴在桌子上哭。因为不知道原因，我当时还慌了神。我问罗布，罗布说：

"其美次仁属于学不了的学生，家长把他放在学校，一是为了可以领到有学生上学就给发放的粮食，二是学校也要抓入学率。所以，即使他不学习，只要在课堂上，就是一件皆大欢喜的好事。"不过，慢慢地，他也活泛了起来，愿意跟同学和老师交流，甚至每次做游戏时，都能看到他满头大汗地跑来跑去。从没听他开口说过汉语，藏语也很少说，但他能通过肢体语言表达，比如想拉你跑的时候，过来拽着你，指一指前方，再做跑的样子。

巴登扎西带着妹妹过来，他说："莉莉老师，我现在是巴登扎西（中）了。""哇？为什么呢？""因为班里有三个学生叫巴登扎西，我是中间一个。"

除了巴登扎西（中），还有次仁卓玛（大）等，从村子里到镇上，他们的世界显然大了很多。

在藏族，重名是再正常不过的事情，都是一些有寓意的说法，如月亮、太阳、金刚、度母、吉祥、长寿，等等，它们在一起，再形成不同的组合。

不一会儿一个电话打进来，一个女孩子的声音，她问："莉莉老师，你来古的吗？我然乌的回来了。你知道我是谁吗？"我说："老师没听出来。"她笑："我是索朗卓玛，老师，我来看你啊，Ya Mu（三声、四声，再见之意）。"又有一个电话打过来，电话里除了莉莉老师，再也说不出别的了。我说："老师学藏语，你学汉语，可以吗？"电话里说完"可以"，可能不知道接着还能说些什么，电话就挂了。

孩子们放假回村就帮着大人干活，9月还是有贝母的时节。

这天，晚一点的时候，丁增卓玛带着妈妈过来了。丁增卓玛和妈妈身上都拿着一把刀子，丁增卓玛比画着说，那是在山上挖啊挖的，她们应该是刚从山上挖贝母回来。虫草季节过后的贝母时节，是村里人又一个可以增加收入的途径。丁增卓玛递给我一把山上摘来的野果子，绿绿的，小小的，前几天去家访的路上吃到过，很酸，样子像西瓜，有西瓜皮的条纹，还有细细软软的绒毛。

坐了一会儿，丁增卓玛的妈妈用手指着她家的方向。丁增卓玛翻译妈妈的意思："妈妈说我家里去。"我说："老师不去了，老师累。"丁增卓玛"嗯嗯嗯嗯（二声）"地表示不愿意。

下午6点多，离太阳落山还有很长时间。跟着她们走在那条走过很多次的山路上，她们家几乎在村庄的最边缘。远处云绕雾罩，丁增卓玛牵着我的手，她的妈妈跟在身后，嘴里哼着歌。

路过结穗的青稞地，又走过一片豌豆地，豌豆都长成了，趴在地皮上等着收割。丁增卓玛的妈妈弯腰摘了一把豌豆荚，剥了一颗豌豆，小小的绿色豌豆粒在她大大的由于操劳变得粗糙的黑色的手里是那么柔嫩。她把手递到我眼前说："Sa（四声，吃的意思）。"我把那些豌豆放进嘴里，还故意做出一副仰头的夸张模样。吃完以后，我学她的样子，竖起拇指说："好吃。"她哈哈大笑，笑得腰弯了下去。

位于来古村最边缘的丁增卓玛的家，临着河，每天都有冰川融化下来的雪水从呈坡度的河床里流下来。流水的声音，因荒野的空旷和晃眼的白日逐渐稀释，每当夜晚来临的时候，又因黑色的天幕而聚拢。想想也很奇怪，空间没有变化，仅因时间的不同，相同的事物就呈现出不同的反应。丁增卓玛每晚在水声中睡去，又在水声中醒来，水流的声音已是这个孩子生活里的习惯。

丁增卓玛一家四口人，她的家与其他学生家相比，用丁增卓玛妈妈的话说，没有的，就是没有什么拿得出手的。

门矮、门槛高是来古村所有房子的特点，这是老祖宗传下来的习俗。有的还会在蓝色、红色的门上涂鸦圆和半圆，江措曾告诉我说，那是太阳和月亮，用以辟邪。丁增卓玛家的门没抹颜色，也没涂鸦，整个房子是低矮的柴房，与有的学生家涂有颜色的石头房子不一样。

推开低矮的木头门，院子里都是牛粪，踩上去松松的，有一点点牛粪的味道。丁增卓玛在前面牵着我说："没事啊，走啊。"迈过一道槛，摸黑进了房子，再跨过一道高高的门槛，丁增卓玛说："进来啊，没事的。"

环顾一下房子，丁增卓玛的妈妈看看我，不好意思地说："不好啊。"她是说不够富裕。丁增卓玛的妈妈要出去抱柴准备生火，我说："不冷的，不用的。"她没听我的，麻利地把柴抱了进来，又很快让炉子着了起来。因为没有更多的物品而略显空旷的房间里开始有了烟雾，不一会儿，周围也就暖和了起来。

她拿了一个很深的大壶，递向我问："Sa？"她从里面舀了一勺放进碗里，那是白色的像豆腐脑一样的酸奶。她从另一个角落里又端过来一个碗，里面是大粒大粒的黄颜色的糖。他们自己吃酸奶从来不加糖，但他们知道我们这些人得加糖。村里能吃到的糖，与内地的糖不一样，黄色，颗粒大，放在嘴里迟迟不融化。你要咬，咬得声音嘎嘎响。

丁增卓玛用她的小黑手给我拌好了糌粑，看着我吃完了一小块，又举起一个塑料壶问："喝不喝？"我不知道是什么，摇头说："不喝。"她示意我把一只手的五指半拢圈起来，圈起一个凹型的窝窝，她把塑料壶里的东西倒进来说："你喝。"这是他们自酿的青稞酒。

每次拿来一样东西，让我吃，让我喝，她们就一脸紧张地盯着、盯着，直到看我竖拇指，她们脸上的表情才放松下来。然后，再把每一样东西用一个容器装起来。

所以，等我从丁增卓玛家出来的时候，手里有用雪碧瓶子装起来的青稞酒，有用"老干妈"瓶子装起来的酸奶，还有直接装在塑料袋里的糌粑。跟回了一趟娘家似的，总是被担心吃不饱、穿不暖。

竖起拇指，拇指直直的，是赞美、认可；如果拇指弯曲点头状，就是求求你。前者，你看到我们经常用；后者，路边的乞丐在用，希望能搭到车的人在用，赖在我怀里的丁增卓玛也在用。在丁增卓玛那里，就是撒娇的意思。

夜晚走在田间，青稞及腰，穗芒扎着手背，它们青里透着黄，快成熟了。成熟以后，它们就变成我手里拿着的能供人温饱、解人生存之困的食粮。

- 80 -

我将青稞酒带到了村委会。刘局说驻村规定不能喝酒，所以，村委会里几乎没有酒。突然间捧回这么多的青稞酒，我好像一下子从赤贫到富有。

我把酒直接倒向碗里。达珍则不，她找来糌粑，捏一点点糌粑放至碗中，同时再用大拇指和食指将其中一点糌粑放在碗边，喝酒时，用拇指和无名指蘸酒，拇指或者无名指向上，相互一个作用力，一个弧度，将酒抛至空中。

我问达珍："这是什么意思？"达珍说："这是在敬天，如果不敬天，就是想翻天了。我们老家有规矩，有糌粑的是给活人倒酒，里面没东西的，是给死人倒酒。青稞酒里放一点糌粑，还不容易醉。"

达珍生了好长时间的病，一直以来没敢喝酒。她说："高中时，每天都会去小馆子里喝自带的青稞酒。"她喝了一口青稞酒勾起的回忆，也惊扰了江措的怀旧神经，他俩都有着相似的青稞酒做伴的年少经历，相比之下，我们则要苍白许多。

达珍还告诉我说："在村里，舀水也有说法。水勺不能逆时针翻出去，那是给死人倒水，是大不敬。"我惊出了一身冷汗，因为我经常那样当着村民的面舀水。

一瓶见底，另一瓶很快又见底了。

敬时间。

敬西藏。

敬来古。

我放下酒杯，踉跄着寻门走人。他们问："怎么走了？"我说："没酒了。"他们说："去商铺买啤酒。"我说："在西藏喝啤酒多没意思。"他们认为我这个人已经喝坏了脑子。

江措肯定没想起那句歌词："当青稞酒在心里歌唱的时候，世界就在我手上。"

那晚的睡眠，是入村以来少有的酣畅。

- 81 -

周末，罗布和米玛又回镇上了。每次从镇上回来，他们都会有点捶胸顿足地说："哎呀，放假再也不回镇里了，一回镇里就花钱。"那是一种村里想花钱但花不出去终于有地方可以花钱于是就使劲花的被憋坏了的爆发感。虽然他们每次回来都捶胸顿足，但每次临放假前的一天却又急不可待，憋着劲地想提前回去。每次都有新的理由，比如说菜没有了要买菜，比如说校长说要开会。他们在镇上的学校里还有一间宿舍，也是他们两个人住一间房。不一样的是，镇上的学校有很多与他们同龄的年轻人，他们也会按照籍贯归属地寻找老乡，喝酒，打牌，抒发苦闷，表达人生激情。

这次从镇上回来，罗布烫了头发，原来的直发变成了卷发。

我说："你烫头发比直发更好看了。"

他问："真的假的？谁说的？"

我说："大家都这么说。"

罗布说："这些天你可以多睡一会儿，我们来上课。"

我把这个看作我赞美了他的嘉奖。

罗布有早起的习惯，每天早晨，就听见他一步一步沉沉地从走廊一角走过来，再沉沉地下楼梯，一步比一步的声音大。米玛也一样。江措说："通过脚步声就可以判断是不是高原人，那些有力的脚步声都是我们，有气无力的都是你们，蔫蔫的。"

窗户外面的教学楼已经具备雏形了。机器正"轰隆隆、轰隆隆"地做最后的努力，建筑工人给墙的外面弄了一层白颜色。古朴的村庄里，高大的建筑物终于不再显得那么突兀。

藏族、汉族的工人忙碌着。学校到卓嘎家厕所的那道墙被加高了很多，正在施工的校园到处都是木板、钉子或者其他杂物。它们还在半成品状态，进到里面会更危险。

一年级的孩子们在跟着罗布读藏语。不时会有调皮的孩子咚咚地跑上来，再咚咚地跑下去。孩子要跑到楼上来上厕所。相比到卓嘎家的厕所，上楼来增加了他们上厕所的难度。但即便如此，也没影响他们上厕所的频率。我知道他们是故意的，因为他们不想在课堂上待着，他们待不住。

一年级孩子读藏语的声音传过来，原来孩子们读藏语的声音跟读汉语一样，都是刚开始声音很饱满，每个声调都很足，也可以说是字正腔圆，但是过不了多长时间，声音就慢慢地弱了下去，直到最后，什么都听不到了，只剩下罗布一个人努力讲课的声音。

　　听着听着，我不由笑出了声，产生了一种原来如此的感觉，就是原来并不是我教得不好，也不是孩子们不愿意学汉语，而是对于孩子们来说，学什么都很难。

　　这种廉价的骄傲感，带来的价值就是，我再也不会为孩子们学汉语的事情自寻烦恼了。

十五
经商的果珍

连日的阴雨，远处的山尖上已是白色。同样一种东西，落到村里的是雨，落到山上的就是雪了。刚入9月没多久，内地应是刚刚入秋，很多人开始赞叹秋天安静的收获之美，来古村也不例外。

入了秋的来古村，景色渐渐地丰富起来，与之前更多的绿色相比，村庄里开始有了黄色和红色，相互搭配着，走向深沉。像是纯真的少女，在褪去青涩的路上，捡了几个情场故事，偶尔也有了风情万种的调调。

下着雨。新的教学楼开始有了全部的基本要素。楼下的建筑工人将行李由房间搬至面包车里，桑曲的女儿站在面包车的车门边，她不知道这帮人、这辆车要干什么。建筑工人要绕过她，才能上车。

雨中，他们坐着一辆面包车驶向村外。陆陆续续地，那些在这里忙了三个月的工人都走了。

又来了一小批人，他们主要是来粉刷。其中有一个小伙子，他说他是四川人，每天都会听到他的歌声。

来的这批工人中没有专门做饭的，所以，每天再也没有烟雾跑上来，我们没有热水的时候，他们肯定也没有。他们吃饭的问题基本上都靠村子里的商铺来解决。

那个四川小伙子经常去果珍的商铺。

村里一共有三家商铺，都在主干道上。果珍的商铺，是村里年轻人聚集的地方，每晚都会有年轻男女在里面。它就是村里的朗玛厅，也就是内地说的卡拉OK或者俱乐部。果珍不以商铺为主营业务，所以，商铺里的东西也多是方便面、饼干、奶茶等方便性食品，这里谈的话题更多像是与风月有关。果珍的客栈对面是卓嘎爸爸的商铺，这里有很多小孩子喜欢吃的零食，还有各种居家用的东西，多是藏式红糖，就是一大坨黑黑的那种，听说都是从尼泊尔运过来的，这里是妇女儿童居家过日子的选择。另一家商铺是加塔家的，在卓嘎爸爸商铺的背面，任何时候，商铺里都是满屋的深颜色，一屋子的黑脑袋。这是村里男性经常聚集的地方，喝酒、说话、掷骰子，这里也是能找到村主任群培的重要地方之一，这里更关乎政治。不过，好像又有新商铺要加入进来，也是在主干道上，在卓嘎爸爸商铺的斜对面，与果珍的客栈挨得很近。

以前同样的时间在客栈的木地板上洗脚，我听到的是楼下建筑工人发出的鼾声、梦话，或者是放屁声。那个四川小伙子来了以后，我听到的是歌声，打电话的声音，偶尔烦躁，偶尔真情。很多时候他在急切地表达挣大钱的欲望。

这时又听到他在楼下给一个人打电话。他说："我挣到钱了就回去，给你买花裙子，娶你。"他应该是躺在黑暗里的床上，睁着眼睛。

听不到另外一个工人的声音，他可能已经睡着了。

- 83 -

江措和果珍都说看到了一只蓝黑山羊。

果珍说，那天晚上，冰川客栈的客人很多，夜里两点多，她想去村委会找达珍一起睡，走在路上的时候，发现路边站着一个穿着藏袍的女人，蒙着头和脸。当时她没太注意，走了过去，待再留意去看的时候，那个女人变成了蓝黑色的山羊。她吓坏了，叫了起来，那个山羊不见了。

江措与蓝黑色山羊的经历是这样的：在他睡得正香时，感觉有人在背后推他，力度很大。他想挣扎，但挣扎不了。转过头来，发现是一个女人，她跑了。他跟着追出来。追到门外的时候，发现她变成了一只蓝黑山羊。醒来时，他发现他躺在床上，门是关着的。但是他真的感觉自己追了出去，并且追到了铁栅栏门前。他不知是梦，是梦游，还是真实。

他和果珍仔细对照了一下，关于那只蓝黑山羊和那个女人，他们异口同声地说："对，就是那样的。"

村子里的人都听说了这件诡异的事情。他们更相信江措说的。

达珍说："老人有说法，白山羊是好事，黑山羊就是坏事，不好。""那么，蓝黑山羊呢？"我问。达珍说："不知道了。"

经常去果珍商铺的四川小伙子说："要是在我们老家，你不要怕，把手指咬破，把血洒向它，它自己就会跑了。"

- 84 -

早晨9点多，远远地，果珍出现在来学校的路上。

她脸颊发红，眼睛有刚哭过的痕迹。她说："昨晚用了一种化妆品，以前用过一瓶，再用时，很烫，很红，所以就哭了。"

我找来红霉素软膏给她涂上，跟她一起回去看她用的"化妆品"。

那是一个不知什么品牌的"强力美白霜"，说明书的大意是，此产品对人的皮肤有脱胎换骨之效，无论先天黑还是后天黑，都可以让你的皮肤白嫩动人。她说托别人买了三瓶，那个人说用完三瓶以后，就会很白。果珍在用第二瓶的时候出现了状况。

我跟她说："以后不要用了，万一再有伤害，怎么办？"她想再美一点，有点犹豫，不过，后来也真的不用了。

不用了以后，果珍的脸慢慢好了，不再那么红了，又恢复到没用之前的肤色。果珍的肤色在村子里来说，是很白的。因为白，脸颊上的红血丝看得很清楚，但一点都不妨碍她的漂亮。

江措说，果珍是典型的康巴女子，漂亮、能干、多情。

一天，我整理内地人士寄来的各式胸罩，疑惑将它们给谁穿。江措说："给果珍，来古村估计只有果珍一个人会穿胸罩。"果真，果珍很喜欢，她又指指腰间问："姐，这里冷的，有衣服吗？"我让她自己去找，她倒是寻了村民们都不愿意要的裙子。

有一天，果珍让孩子们来借西红柿，尼玛、汪来江村说了半天，我也没听懂。我去她的小商铺，她说想借西红柿，有客人来，要炒菜给他们吃。我说，只有土豆。她说，可以的。村民家里几乎不储备青菜，旅游旺季过后，作为来古村人气最旺的藏家乐也开始没有菜了。

无论什么时候，果珍商铺里都坐满了人。男男女女，男人们喝着啤酒，女人们吃着方便面。果珍又像往常那样，不容分说，取了杯奶茶，撕开封口。她跟我有一搭没一搭地聊天，不想让我走，但又没有什么表示。等商铺里就剩我们两个人时，她让我帮忙看一条短信。

短信上是汉字：堵车，晚点到。我念给她听，她问："姐，什么是堵车？"她让我给回复，大意是：到哪里了？什么时间到？

第二天，果珍又捎话让我过去，说是要我帮忙。果珍说："那个人还没来。"果珍依然是让我问：你在哪里？果珍还让我在短信里说：昨天心情不好，哭了。

过了两天，果珍门口停着一辆白色的面包车。从此，她再也没让我帮她回复过短信。

那件事情后，果珍专门给我送来她煮的土豆，用一个小盆精致地装起来。她强调说是用辣椒、花椒放在一起煮的土豆，好像是用它们表达对我的谢意。那是我吃过的唯一用调料煮的土豆。其他村民煮土豆时，不放盐，也不习惯放调料。

- 86 -

江措说过，村里很多人不太喜欢果珍。因为果珍已经不像村里人了，她拥有了很多村里人没有的品质。就是同样的蓝黑山羊，村民们也相信江措，而不相信她。

是的，果珍嫁到了外面，在来古村有游客来的时候她就回来，没有游客的时候就回自己的丈夫家，她不再是村里人，而是依靠出生地来淘金的人。

但是，果珍帮着哥哥开的客栈受到很多游客的欢迎，偶尔会有游客把住在客栈里以及与果珍的合影洗成照片后寄过来。果珍经常会拿着那些照片让我看，偶尔还有信，让我帮她读，几乎每封信都表达了对村庄、客栈以及果珍的难忘。江措说，果珍汉语好，人长得漂亮，又很热心，很多事情做起来不是那么简单粗暴。

果珍是村里为数不多嫁到外地的女人。有村民认为她嫁得好，也有村民认为她并不幸福。果珍说她要回波密，她想孩子了。村里人认为她实际嫁的不是波密，老公也不是老师，到底嫁的是哪里，老公是做什么的，很多人又都说不清楚。果珍就像是一个谜团，尽管村民对她议论纷纷，但又都愿意靠近她，且围绕在她身边。所以，她的商铺看起来永远都是最热闹的。

桂鹏说，果珍心思细腻得很，那天他离开村子的时候，果珍早早等在了路边，手里拿着好几瓶奶茶。桂鹏还说，本来他不想淌眼泪的，看到晨曦里守在村口路边的果珍，再回望学校，眼泪就没控制住。

第一次村里连续下雨的时候，果珍站在她家商铺门口问我："你家里来水了吗？"我说："没碰水龙头，不知道啊。"她做了手势，从天而降的样子，才知道，她是问我家里有没有漏水。她说如果漏水了，可以去她家住，她家没有客人。

后来遇到连雨天，她就过来让我去她家住。

这个不再被村里人喜欢的藏族女人有一个亲戚，是一个12岁的女孩。

女孩的一只眼睛没有任何视力。我问果珍："是什么原因造成的？"果珍说："3岁的时候，眼睛不小心受伤了，但是家人没重视，就没带去医院看。最佳治疗期被耽误以后，只有一只眼睛看得到，且没能上学，女孩最大的事情就是在村口等着游客过来，为他们牵马进村。"

果珍说的时候，噙着眼泪。果珍说："刚开始就一点点不好了，现在整个都不好了。"

村里还有一个学前孩子被检查出患有先天性心脏病，医生说，随时都有生命危险，我们用尽一切可以用的方法劝孩子的父母带孩子去医治，但孩子的家长总有各种原因，比如家里要盖房子走不开，比如他们都不会汉语，到了外面不知怎么办。

这个过程中，果珍始终充当翻译，而且是带有说客性质的翻译。她劝那对父母的时候，带着强烈的情绪。最终，关于孩子医治的事情，还是不了了之。

来古村很美，一只眼睛明显不够用。这也就像村里固有的对疾病的恐惧以及对疾病诊治的恐惧和保守一样，仅有果珍美好的愿望也不够。

这两件关键性的事情后，果珍经常拿着手机给我翻看她女儿的照片。她说："姐，想她呢。"照片的像素不高，看着不清晰，但3岁女孩的小俏皮，通过已被磨损的手机屏幕跳了出来。

十六
又添小村民

- 88 -

好像是梦，又好像是真的。我睡在帐篷里，听到有人叫莉莉，像是卓嘎，等意识到要起床看一下的时候，卓嘎已经走了，好像是真的没有来过一样。

晨曦透过窗户，帐篷里开始有光明的味道。

远处山顶、山腰上，都是雪，白茫茫的。前一天下雨，到处还是湿漉漉的黛青色，一夜之间，它们就都被雪覆盖着。而它们的身后，有东西发出闪闪的金光，那光照着它们，也照着它们的对面——雅隆冰川。

进村的两个多月后才知道，雅隆冰川的背后不是太阳升起的地方。但是，它仍被我习惯性地认为是太阳升起的地方，每天早晨，像在内地望向东方一样望向它。

望向它，像是一个仪式，预示着一天时光的真正开始。

虽然天已放晴，但多日来的阴雨让客栈的客厅在太阳底下依旧滴着水滴。

盛了一碗粥，刚走一步，一滴雨水滴在里面，溅起小水花，肯定是黄色的，浑浊的，还有腐朽的木头的味道。旁边一些盆子里装满了雨水。喝完粥，再想起来，有点反胃。

洗碗的水依旧凉得彻骨。

/ 第二部分　春从夏始 /　153

江措说："冬天你待在这里会没有水吃，因为水已结冰了，你必须去山上挑水。"卓嘎在旁边说："我给你挑水，去我的家里住。"

　　卓嘎家的牛棚旁边有一间小屋，那个房间比学校暖和很多。卓嘎已经用牛棚旁边的小屋诱惑我好多次了，每次我都不知该怎么回答。刚开始的时候，我拒绝，卓嘎就说："你，不行的。"卓嘎的意思是：你没有把我当作朋友，你虽然愿意跟我一起喝酥油茶，但是你不愿意跟我更加亲近。后来，我就说："好啊，我同意。"卓嘎就说："走，现在就搬过去。"看到她真的去给我背包、拿东西的时候，才知道她当了真。这也让我后来在村子里不敢有任何敷衍，更不敢随意答应什么。因为你的草率、轻浮、不严谨，不知道什么时候就被当了真。

　　这也导致回到内地后，我的城市生活能力像被降低了很多级，以致总是生出尴尬。我努力坚持没让它升级，我认定它是来之不易的、简单而朴素的美德。

- 89 -

　　卓嘎说："要是有人寄小孩的衣服，妹妹小孩想要的。"卓嘎希望妹妹的小孩能有内地人寄来的衣服穿。内地确实也寄来了很多小孩子的衣服，我让卓嘎过来拿。

　　卓嘎进到库房，看了看我给找好的小宝宝的衣服，说："这些衣服都好得很，我们这里买不到的。"

　　从学校到卓嘎妈妈家的路上，卓嘎说："妹妹的小孩爸爸没有的。跑了，找不到了，不知道在哪里。"

　　我很奇怪地问："跑了？"卓嘎说："是啊，不知道去哪里了。"我接着又问:"那妹妹多大了?"卓嘎说:"23岁? 24岁?不知道了。我们现在每天都骂她,她每天都哭。妈妈说,以后小孩没有衣服穿的,人家都是爸爸给买,她没有爸爸。"

我问:"小宝宝多少天了?"卓嘎说:"半个多月了吧。"

我问:"哪一天出生的?"她说:"不知道,忘了。"

一个雨夜,我正在烧炉子,卓嘎推门进来。她说:"妹妹生了,女孩。"对我们来说,这是件太奇怪的事情,因为我们都没听说她怀孕的事情,孩子像是直接就出来了。

她问:"你们那里生孩子是要去医院是吗?我们这里不去医院。"我问:"那就在家里生吗?"她说:"是的。"我问:"那有接生婆吗?"她说:"没有。妈妈来接生。"她比画了一下剪断脐带的样子。

与达珍说起了卓嘎说她妹妹生孩子的事情。达珍说:"我们这里生孩子都是在家里生的,没有人去医院。当年我出生的时候,妈妈正在地里种田,把我送回家后,又回到地里接着种田。""那脐带怎么断的?"我问。"用石头磨断的。""用石头磨断?""嗯。我们这里都是这样的,没什么大不了的。"她说。

刘局说西藏的女人没有那么娇气,她们没有月子,更没有什么休息。

- 90 -

卓嘎妈妈的家就在村委会的下方,离村里的佛堂很近,是一个很利落的院子。我走进房间,卓嘎的妈妈和卓嘎站在一起数了数手指头,卓嘎转头对我说:"宝宝19天了。"

小孩子的脸皱着，眼睛闭着，在睡觉。大人们的欢乐与忧愁与她好像没有任何关系，她被裹在大人的衣服里，放在一个角落，小手紧握成拳头，右额头好像有血渍，脸上有脱皮。大人们围着炉子烙饼、谈笑，看拿过来的宝宝的衣服。达娃群培走向角落抱起她，在房间里跑来跑去。后来她辗转地被几个大人抱在怀里，又被放回去。她始终没哭没闹。

卓嘎的妈妈是来古村的妇女主任、村委副主任，年轻时，应是个美女。她抱着小东西，一脸慈爱，还端了酸奶，倒了青稞酒，酸奶很酸，即使搅拌了白糖。卓嘎的弟妹在用擀面杖擀饼子，我以为她也是卓嘎的妹妹。

卓嘎的妹妹忙着拿柴、烧火，外面下着雨。

我问卓嘎："妹妹怎么还干活？"卓嘎说："可以的，要干的。"妹妹一直低着头，不说话，看人的时候眼睛往外扫一下，就赶紧撤回来，装作什么也没看的样子。

卓嘎的妈妈用藏语说了一句话，我没听懂。卓嘎翻译说："我们的妈妈说，小宝宝送给你，你是老师，能让她读书就行了。"

卓嘎把妹妹说成"Mi Mi"（四声、四声），她是家里的长女，一共有两个妹妹、一个弟弟。她心疼自己的这个妹妹，总是主动为她争取一切可以争取的。她总是担心妹妹的孩子以后的成长，担心需要花钱，但是没有人给。

当她有了一部可以拍照的手机后，拍了很多妹妹孩子的照片，想给我发过来，但是操作了很长时间还是没成功。后来，她还特意去找了村委会的人，村委会的人用他们的手机拍了照片，那个没有爸爸的孩子的照片，终于被传了过来。那是一个扎了两个朝天辫的小女孩，头发黄黄的，皮肤白白的，一只手伸向镜头。卓嘎说："像汉族。"

卓嘎经常说："想去内地看看，但又不敢去的，我们不识字的，到那里以后，肯定什么都不知道的，连厕所都不知道。"我说："可以知道的，现在男女厕所都有图标，扎着长发，或者穿着裙子，一看就知道男女了。"卓嘎笑："啊？是吗？"

卓嘎只有一个孩子，达娃群培。我问卓嘎："还要小孩吗？"卓嘎说："不要了。你们内地人都是一个的，对吗？"我说："现在很多人开始要两个了，一个孩子太孤单。"

卓嘎疑惑道："A？是吗？我不要了。生小孩要花钱的。"

我没问她采取了什么样的措施。直到后来有一天，一个村民由卓嘎陪着过来找药，意思是，自从她生了两个孩子，在胳膊上打了一针以后，每个月的生理期就没有了。她问有没有药。达珍说，她打的是节育针。卓嘎有没有打，我没问过她。

十七
村里能洗澡了

9月中旬，是来古村收青稞的时节，比200公里外的八宿县城晚了近两个月。按照时令来讲，来古村收获的秋天来了。

与西藏其他地方一样，每做一件事情都要讲究良辰吉日，砍柴、收青稞都如此。前几天卓嘎过来说："我们要收青稞了，村委会要开会。"开了好几次会，终于定了集中收青稞的时间。

傍晚从村委会出来，新建的观景台上，一个村民举着一个巨型白色海螺，对着山那边的方向，吹出浑厚、悠长的声音。

我指着它问："这叫什么？"他摇头。

我又问："吹这个用来做什么？"他还是摇头。

他边摇头边说："不懂的。走了。"

达珍说："这是在告诉收青稞的村民们，该收工了；早晨是告诉村民该起床出工了。"

因为收青稞，村子里一派忙碌。村民们牵着牦牛浩浩荡荡地从山路上走过来。这个场景很熟悉，赶牛的人一样，牛一样，而牛背上的不一样，很多时候是柴火，现在是青稞。这是可以当主食、酿酒，还可入药的神秘古老的农作物。

去丁增卓玛家路上的青稞，很快就被割完了，遍地金黄色，变成了一堆一堆的垛子。这样看起来，那田地光秃秃的，似乎去丁增卓玛家的路都被缩短了一样。

即使在收青稞的忙碌时节，傍晚还是能听到卓嘎在村子里的声音。卓嘎又开始满村子吆喝着她的牦牛，孩子们则拿着买到的零食飞快地在村子里跑着，嘴里发出愉悦的声音，或许迎头会碰上驮着青稞的牦牛，人和牛都没有任何大惊小怪地相互避让。

邦措跑过来找我，牵着我去了卓嘎家。卓嘎家的酸奶好喝。我问卓嘎："你家的酸奶怎么做的？"她说："把加热的牛奶倒进留有一点点酸奶的瓶子里。"前几天我还自作聪明地把她送过来的酸奶瓶子洗得干干净净，后来才知道为什么卓嘎看到洗得干干净净的瓶子时表情一愣一愣的，而学生每次送酸奶时，也都表示再把瓶子拿回去。

卓嘎说："瓶子里有一点点酸奶，那是酸奶的种子。"卓嘎家的酸奶浓浓的，再配上白糖，没有那么酸。卓嘎说："有的人家的酸奶是打过酥油的，我们家的不是，你不喝他们的，喝我们家的。"达珍说："酥油提炼走了的酸奶不好喝，也没有营养了。"

月亮弯弯挂在空中，除了偶尔传出来的机器声，卓嘎到处寻找她家牦牛的吆喝声，村子里似乎再也听不到别的声音。有月亮的来古村特别好看，月光下的白云就像是奶油冰淇淋，白白柔柔的，一碰即融。江措对我的比喻嗤之以鼻，认为完全可以比喻得再高雅一点。

- 93 -

村里收青稞的时候，我去了察隅，因为想找医生问问咳嗽的原因。在有着亚热带风情的察隅待了一周，那里有那里的故事，与来古村不相像，有点像北京与上海的区别。

我从察隅回来，在镇上下车后，直接去了然乌镇小学。在还没认清哪些是来古村的孩子时，丁增卓玛和扎西旺姆已经看到了我，喊着"莉莉老师"飞奔到我的怀里。

紧接着，来古村的孩子三三两两地跑过来，索朗卓玛、次仁卓玛、洛松玉珍，还有很多别的学校的孩子。

次仁卓玛在我怀里哭，我问："怎么了？"她说："想家了。"罗布措姆说："你不在来古时，我去找你，我对姐姐（小四）说让她告诉你，我想你了。"索朗卓玛说："那天丁增卓玛给你打电话，她哭了。"

其他村的孩子站在旁边问："莉莉老师Sai？"来古村的孩子类似骄傲，还有点炫耀地大声"嗯"一声，还给人家瞟过去一个都不知道该称为什么信息的眼神。

一个上海的妈妈经常给来古村寄东西。她在短信里说："给你们寄了一些饰品，给女孩子打扮打扮吧。"饰品的包裹已经取出来了，放在了我住的旅馆里，那是在邮局大院里靠近然乌湖的一幢木质的房子，楼梯是外挂的，走上去，嘎吱嘎吱响。

学校里只能放12个孩子跟我出来，所以我拒绝了一定要跟出来的巴登扎西、扎西四郎等男生，跟他们解释说，这次只带女生。

孩子们跟着我去了旅馆，老板看到了，吃惊地皱了皱眉头，可能他这里从来只有内地人过来，没看到过这么多的孩子。我们把鲜艳的头绳拿出来，孩子们排着队，一个一个地自己把头发散开，梳头发，扎头发。排在后面的女孩子，趴在窗户前看外面的然乌湖。她们可能是第一次从这个角度来看距离自己那么近的然乌湖，所以，发出一阵一阵的惊奇和赞叹声。

拉姆和次旦好奇地摸着晾在那的白床单，上面还有洗衣粉的味道。旅馆老板过来说："我们新洗的床单，不要乱摸啊。"她们似乎听懂了，对着她的背影直努嘴。

上课时间快到了，孩子们有点不太情愿回学校。她们三三两两地走在小镇的路上，扎有鲜艳绳子的小辫儿特别显眼，跟所有这个年龄阶段的孩子一样，又有点不一样。

因为是以旅游为主业，整个小镇里里外外、边边角角，每个土生土长的人，每个外来淘金的人，每一个到了镇上又马上离开的人……所有的因素综合在一起，就是一种说不清楚的游离的气质，就像桑曲在村子里的那种感觉一样。

无论是从四川还是云南方向过来，入藏以后，满眼的荒芜、粗犷，忽然，清秀的然乌湖入了眼帘，在它最美的时节，翠绿如玉，倒映出山上的景物，刹那留在了心间。然乌湖被认为是318国道上入藏后的第一颗璀璨明珠，再顺着318国道往下走，就是林芝地区的原始森林了。

你看，无论从哪个方向过来，然乌湖都是一个分水岭。这个分水岭有时比整个旅途都有意义。

看到我们这整个过程的刘局说："不管什么时候，遇到什么事，你就想一想，孩子们张开双臂叫着莉莉老师向你跑过去扑到你怀里的样子。"

- 94 -

9月下旬，来古村的风已是寒风。我在外面的这七天，来古村一直在下雨，没有太阳，气温骤降。出去以后我才知道：哟，西藏的村庄也不像来古村这么冷嘛。后来这话老是跟卓嘎说，我说，卓嘎啊，咱们这里总是下雪，那里总是开花呀；我说，卓嘎呀，那里还到处抓鱼吃呀。说得卓嘎每次都说：啊？是吗？啊？是吗？

卓嘎也知道察隅，只是没去过。卓嘎说她爸爸年轻的时候去过，翻了一座又一座山，走了一天又一天就到了。卓嘎说那是去察隅的小路，现在的人都去公路上坐车，再也不走那样的山路了。卓嘎还知道，察隅的木头很多，察隅的木碗很好，他们用的木碗都是察隅人卖给他们的。卓嘎还给我买了一个木碗，她说，用它吃饭啊。

在察隅拍了许多照片，绿树、玉米、水稻、香蕉树，我把照片给孩子们看，看到长在大叶子底下的香蕉，他们觉得奇怪极了。再翻我手机的时候，他们不找游戏，而是要看照片了。几个脑袋对着一个手机屏幕，指指戳戳，叽叽喳喳。

手机里曾为孩子们专门下载了一款动物叫声的游戏，他们有一段时间很着迷，经常把手机拿过去，他们不听牛、羊、马、猪的叫声，因为那里面的声音和他们现实中遇到的太不一样了。他们专门听鸡、鸭、鹅、鸟的声音，它们叫一声，他们就齐声笑一下，用小手再点击一下，就再笑一下。

因为村子里没有这些动物，这些动物对于他们来说，就是一个完全未知的世界，就像那些玉米、稻谷和香蕉树对他们的意义一样。

所有孩子围着手机屏幕叽叽喳喳看照片时，罗布措姆跟着我来到房间。看我在电脑上打字，她皱着眉头问："手的不疼啊？"过了一会儿，感觉不到她的目光，再一看，她趴在我的腿上已经睡着了，手里拿着给她的苹果。达珍说，她经常看到罗布措姆拿着别人给的东西不吃，她肯定是也想吃，但是她要拿回家给弟弟吃。

罗布措姆跟妈妈、继父以及同母异父的弟弟生活在一起。她的汉语好，性格活泼，长得俊俏，看到游客时，会主动上前与游客打招呼说"扎西德勒"，所以到过来古村的游客会记得她。一些游客会把照片放在网上，做了攻略。再到来古村的很多人会记得这个小姑娘，称她为"扎西德勒女孩"，另一个"扎西德勒女孩"是有着大眼睛的索朗措姆。

藏族孩子表达情感比较直接。罗布措姆愿意表达，而且能用汉语把想表达的意思表达出来。第一次从然乌镇小学放假回来时，她坐在我跟前，摸摸我的脸，把头轻快地搁到我腿上说："我去然乌的，就想你。"

我刚到村里的那段时间，她生病，体弱得只能坐在教室里的木头窗台上。所有同学都安静地趴在课桌上写作业时，她一个人走过来，悄悄来到我跟前蹲下来，头放到我腿上，不吱声，也没有什么动作。那时，我想："你是需要老师来关照的孩子啊。"

次旦和拥宗不知在哪里玩累了，也跑到我房间来，看到罗布措姆睡着了，原来急匆匆跑过来的步子变成蹑手蹑脚。她们干坐着，也不说话，好奇地看着我在那里敲啊敲，她们没有像罗布措姆那样问我的手疼不疼，只是看着，然后捂着嘴笑。

江措说，孩子们都认为我一个人对着电脑噼里啪啦打字的样子很奇怪。

不光是孩子，还有家长，他们觉得我奇怪的地方多了去了。好在真没有什么出格的事情，让他们认为把孩子放在我这里是一件冒险的事情。不对，对于我这样的一个贸然闯入者，他们很长时间内始终保留私底下嘀咕、讨论的行为。

- 96 -

卓嘎跑到学校里来，大声喊："莉莉，你洗澡吗？太阳能可以啦！"

这个终于可以了的太阳能被我们眼睁睁地盯着太长时间了，我们经常会时不时地往那里瞅一眼，心想：要是有太阳能热水器，就可以洗澡了。

卓嘎和项巴多吉家有着来古村仅有的两个太阳能热水器，是刘局驻村近一年终于申请下来的。刚开始卓嘎不想安装，刘局说："游客会因为你家有热水器可以洗澡而更喜欢你们家。"于是，卓嘎家就成了来古村第一个有太阳能热水器的。这台太阳能热水器花了卓嘎6000多块钱。更多时候，卓嘎认为这是一笔亏本的买卖，因为几乎没有游客会在村里洗澡，太阳能热水器没能成为吸引游客的重要砝码。相反，每天还要爬上爬下地照顾它。

用木头盖的浴室在院子里，卓嘎细心地盖了两间，她说，男的和女的，就像分男女厕所一样。那两间浴室盖了两个多月，每隔一段时间，卓嘎就让刘局和安科去看看："可以吗？我们不懂的。"刘局就告诉她应该再添一些什么，而什么就不要再添了。卓嘎想跟电视里的浴室学，用好看的石板铺在下面。刘局说："水泥地就可以了，那些石板，我们这里没有的，不可以的。"太阳能热水器也是在很久以后才运到村子里来，路途遥远，还有其他不知道的原因。本来说好6月就可能安装好的，到了9月才终于让它们骄傲地竖立在房顶上。而这时，来古村的寒冷雪季就要到来了。早晚温差大，每晚，卓嘎的老公都要踩着梯子爬上去，用厚厚的毡毯把热水器和管子盖起来。卓嘎说，刘局说的，冷的，就坏了。

小木屋里被收拾得干干净净。安装工人把标志冷和热即蓝色和红色的方向装反了，我调试了很长时间，才有热水出来。刚用上洗发液、香皂，再出来的水是凉水，再调试，没热水了。上牙齿碰着下牙齿地哆嗦，我想：这可怎么办呢？我会不会被冻死在里面？

卓嘎的声音救星般地从外面传进来。她问："莉莉，还有热水吗？你开门。"透过门缝，我看到两个水壶放在了门边。卓嘎一直没走，不时过来问一句："水够用吗？水可以吗？"直到守着我从木头小屋里出来。

站在小屋门口的卓嘎说："呀，莉莉，你香香的啊。"

我问卓嘎："你怎么知道里面没有热水了的？"卓嘎说："我在外面找牦牛，老公找到我说，莉莉可能没有热水了。""啊？你老公怎么知道的？"她说："我老公回来想用热水洗手，没有的，他对我说，他听到有人冷的。"卓嘎缩着肩膀，哆哆嗦嗦，做冷的样子，应是我牙齿打战的声音被听到了。

卓嘎把我在他们家"处女洗"的故事讲给达珍和江措听，每当我们因为讨论争得面红耳赤时，达珍就把我冻得狼狈的样子抛出来，我顿时没了气焰。

不久之后，卓嘎小水房的秘密以及工具使用的小技巧都被我熟练地掌握了，再没有发生没有热水的事情。卓嘎应该是被我第一次洗澡的事情吓到了，以至于每次洗澡时，她都在院子里转悠，四处找找拾拾，做一些能做的零碎活儿，时不时飘来一句：有热水吗？热水够吗？洗一个完整澡的前提是：不能贪热水，更不能程序太多。这样的结果是：每次洗完，都有点意犹未尽。还有一个必须注意的是：最好天还很亮的时候去洗，这样出来时不至于太冷。这时，村里的早晚温差已经像是冬天和夏天的区别。有一次我露在围巾外面的头发，刚从水房出来就硬邦邦地结了冰。

太阳能热水器，是我们两只眼睛可以看得到的时间痕迹之一，另一个就是新教室的拔地而起。它俩从无到有，作为成长的证据，留在了村子的时间长河里。

相对而言，时间偏爱一切有形之物。

十八
Sa Ma Sa啦

97

青稞已被村民们从地里运到了家里，用牦牛驮回来的。

接下来要晒场、脱粒、炒、磨，经过这些工序以后就是喷香喷香的新鲜糌粑了。刘局说，新磨出来的糌粑对身体很好，藏区老人的胃好以及很少得糖尿病，都是因为糌粑的滋养。

当内地与西藏之间的道路不再那么难于上青天时，人们不仅把内地的瓜果蔬菜运往西藏，还把西藏特有的产品运到内地。与此同时，越来越多的科学技术也到了西藏，那些青稞可以通过集中的方式被磨成糌粑，而不是通过个体的简陋作坊。很多对糌粑情有独钟的内地人，也可以随时随处将它们作为饮食调剂品了。

那是青稞被商人收购到城市以后的事情。在来古村，从青稞到糌粑，还是个体间的协作过程。用山上的雪水流下来产生的电，用木柴烧出来的火，以前每家都有的设备，现在也不是每家都有了，偶尔关系好的几家共用一套设备。仁青家就有一套。那段时间，很多人会聚在仁青家，大人忙碌起来时，就没有时间照顾央金卓嘎，央金卓嘎经常小脸黑黑的被达珍给抱走。

糌粑未完成之前就是炒青稞粒，黄黄的，香香的，像是内地爆米花未开花之前。很多村民愿意把它们作为零食，为了不让其受潮，还用塑料袋包起来。比起内地，太阳一出来就那么烤着，村里还真不是那么容易潮湿。这也让很多在高原生活久了的人，回内地后，最受不了的就是潮湿炎热。

我也经常会收到这样的零食，把它们放起来，时不时地拿出一小把放在嘴里，嚼得嘎巴嘎巴地响，香得很。

还有一部分青稞会被做成青稞酒，做好后，一壶一壶地放起来。每一家的青稞酒口感也不一样，就像每家做的酸奶口味也不一样。据喝了那么多家的青稞酒的经验看来，每款青稞酒都有一种内地醪糟的味道，它们度数低、保质期短，老少皆宜，村民们把它当作村中生活必不可少的调剂品。对我们这些外来人来说，如果没有饮过村民家自酿的青稞酒，像是没在村里生活过一样，这也是很多人说自己到过西藏的标志之一。但我总是愿意猜测，任何地方的青稞酒都没有来古村的好喝。这个猜测，我在西藏很多地方得到了证实。

对于村民或者在西藏土地上生活的人们而言，青稞是再好不过的必需品了。它既是主食，又能酿酒，还可以入药，寺院和村民家里都把青稞摆放在重要位置，以示丰收。它是西藏土地上的精神之源。有了它们，才有了世世代代传承的文明。你看着它们，小小的，弱不禁风的，就会奇怪：它们怎么就有那么大的作用？怎么就成为高寒之地生活中必不可少的呢？

海拔2500米以上的地方，都会有青稞种植，但现在种植它的人们越来越少。在其他地方，跟很多被社会要求快速发展观念淘汰掉的生活习惯一样，种植、收割、食用青稞，渐渐地也被很多有其他选择性的食物淘汰掉。但西藏不会，因为在西藏贫瘠的土地上，除了青稞，再也生长不了其他作物。

98

跟西藏大地上的很多人一样，几乎所有来古村人的一天都是从糌粑开始的，有一段时间我也不例外。对于西藏的孩子来说，吃糌粑是为了让自己更强壮。

只是我们的吃法不太一样，村民更多是吃干的，就着酥油茶，或者和酥油一起放在木碗里，沿着碗边，糌粑就成了湿润的一小团，像是和的面团，直接放进嘴里。我则是把糌粑当成黑芝麻糊，开水冲泡，浓浓稠稠的。

偶尔也有例外，就是刘局他们拿来热气腾腾的包子的时候。我把包子放在热热的油锅里煎一下，两面都黄黄的。卓嘎惊奇地看着，说："啊？这样也可以？"

村子里不吃肉，水果、蔬菜不多，从内地寄来了很多豆子，有黑豆、红豆、黄豆、绿豆等。它们就放在客栈柜子里的一个隐蔽角落。提前一晚把这些豆子泡起来，第二天用高压锅煮成粥。孩子们来的时候，就一起吃，不过他们都要在粥里放上"老干妈"才能吃下去，他们喝进去的粥都是"老干妈"染成的红色。

第一次请他们吃粥时，他们不愿意吃，一副尝完以后寡淡少味的表情。他们东瞅瞅西看看，直到尼玛看到了"老干妈"，并把它一勺又一勺地放进粥里以后，所有孩子似乎都爱上了粥和"老干妈"的搭配。

第一次给学生喝粥的那天晚上，成群的家长来到了村委会。他们敲开村委会的门，神情严肃地问江措："莉莉老师吃的是什么？"江措当时也不知道他们想表达的是什么，于是他们说："放在碗里，黑黑的。"江措专门到学校里看了我的那些豆，他说："你是不是给孩子吃这些了？家长都跑过去问我你吃的是什么。"

后来就不是这样了，家长甚至愿意陪着孩子一起吃。他们刚开始吃的时候，会皱眉头，会有疑惑，后来就好了。但我听江措说，他们还是形容它们为黑黑的，不知道是什么。

- 99 -

太阳出来了，刺骨的寒意被阳光过滤了出去，刮过来的风也没有那么冷了。

九点，孩子们陆续来到学校。他们到学校里的第一件事就是打扫教室。每人一把笤帚，扫得教室里灰尘四起。我端来一盆水，站在尘土飞扬的教室里，对他们喊着："像老师这样，先洒水。"他们你看我，我看你，接着扫。我说："二年级就不用扫了。"他们还是你看我，我看你。行，那就扫吧，把我呛死在尘土里吧！

扫完后，他们争先恐后地跑向客栈的水房，有人提桶，有人端盆。桶，必须得两个人抬着；盆，一个人摇摇晃晃地端着，不时有水洒出来。

他们把水洒在尘土飞扬的教室里，地上湿漉漉的。每天早晨扫地、洒水对他们而言，成了一种好玩的游戏，似乎只有经历了这个，新的一天对他们来说才算是正式开始。刚才那一幕，我们几乎每天都重复。

二年级教室的上面是木头小房，里面是我搭的帐篷。孩子们早晨打扫卫生时的灰尘总会跑到上面我的房间里，我曾经以为有缝隙，为了查找那个缝隙在哪里，我曾趴在木板上，撅着屁股一块一块木头地寻找，结果也没找到。

但是没有缝隙，那些灰尘是怎么跑上来的？我搞不懂这其中的关系。

没有缝隙，不妨碍声音传上来，因为是木制的楼板，上下不隔音。楼上、楼下的一丁点儿动静，都能很轻易地听清楚。就算是孩子们不经意的叹气，随兴而至"扑哧"的笑声，还有他们嘀嘀咕咕的悄悄话，我都能听到。我们也经常楼上楼下地对话。

要是有缝隙就好了，有缝隙就可以看到孩子们在干什么了。

- 100 -

二年级只有尼玛，他一个人的课堂上，我们依旧读诗。

还是那首苏轼的《赠刘景文》："荷尽已无擎雨盖，菊残犹有傲霜枝。一年好景君须记，正是橙黄橘绿时。"

我们正云里雾里像唱歌一样地读着时，教室的门被推开了，一个游客探头进来。

她问："你是老师吗？我可不可以在这里听课？"

我说："我们现在就只是读诗，没什么可听的。"

她问："能不能给上课？"她紧接着做了丰富的自我介绍："我在内地是高级教师，我有教师资格证，我有经验。"

她有着很强烈的表达欲望。我似乎看到了刚进村时的自己。

我把课堂让给她。她走到讲台上，用汉语问尼玛："你叫什么名字？"尼玛转过头来用藏语问："Qi Le Lei（一声、四声、四声，意即：什么）？"

我对她说："你的话，孩子听不懂。"她愣了一下："啊？听不懂啊？"她不知道怎么办了。

我对尼玛说："你告诉她你叫尼玛。"

她说了很长一段话，大概意思是：很高兴认识你，我在很远的地方当老师，今天，也给你当一堂课的老师，跟着我读。

尼玛转头还是问："莉莉，Qi Le Lei？"我对这个游客说："你语速太快，内容太多，孩子也听不懂。"她开始慢下来。

我回到楼上，听到她一字一字地问尼玛："什么叫赠刘景文？"很快，整个课堂成了她一个人的自言自语。

过了一会儿，听到有人叫我，声音很小，很细微，有点不知道从哪里传过来的。再一稍等，声音从楼下飘上来，是尼玛。我问他："是一个人吗？"他没回答。我问："一个？两个？"他说："一个。"我知道那位老师走了。

我下楼走出去，碰到她边快步走边摇头叹气说："我不懂他，他不懂我。哎，教不了，教不了。"

- 101 -

学校里就我和孩子们。

散养着的时候，一个个都敞开地闹腾，罗布和米玛回来后，他们就蔫了。其实，他们一样喜欢罗布和米玛，就像两位老师对他们的喜爱一样，但在罗布和米玛面前，他们规矩得很。

洛松朗加迟到了，是被妈妈送过来的。他一直趴在桌子上哭，他的妈妈一直站在桌旁，用商量的口吻说着话，但无论怎样，洛松朗加依然是十分不情愿。

我不知道这究竟是怎么个意思，我看看这个，再看看那个，他们也都不知道该怎么对我说。

强巴顿珠的汉语，又发挥了作用。他翻译说："洛松朗加的汉语书找不到了，所以他不想来上课。妈妈让他在课堂上听课，她回去给他找书，但是他不同意。"

一身藏袍、顶着蓝头巾的洛松朗加妈妈在教室里尴尬着，不知道走还是不走。邦措又发挥了作用，像曾经安抚强巴次林那样，她轻轻地抚摸洛松朗加的头。强巴顿珠也过来，站在桌边说着话，像是在劝洛松朗加。洛松朗加终于不哭了，他妈妈也离开了教室，身上背着一个口袋，她应该是没回去给洛松朗加找书，而是直接上山干活了。

上了一个多月的课，我每天都说汉语。总体而言，一年级的孩子除了强巴顿珠和邦措以外，还是不好沟通。

正在上课，汪来江村突然说了一句："莉莉老师，上课吗？"所有孩子都盯着我，此刻他们希望我说"上课"。他们的"上课"是"下课"，"下课"就是"上课"，他们总是把这个意思弄混，就像学英文写"b"和"d"一样。

巴登和尼玛已经学会利用这一点来特意耍他们。

他俩经常一脸坏笑地站在教室门口，对一年级的孩子们说"上课"，一年级的孩子们疯一样地从教室里跑出来，撅着屁股跑，跑向隔壁的文体室。尼玛站在文体室的门口说"下课"，那些孩子们又疯一样地从文体室跑向教室。他们刚在教室里坐好，巴登和尼玛又说"上课"。

洛松朗加来来回回地喊着"上课""下课"，来来回回撅着屁股跑。

一年级孩子写作业，写一个字，就过来问："莉莉老师，La Zi Gao（一声、一声、三声，意即：可以吗）？"我要是说"La Zi"

（一声、一声，可以之意），他们就松一口气，抽一下鼻子。我要是说"La Mu Zi"（一声、三声、一声，不可以、否定之意），他们就叹气，说："La Zi。"

我让他们用汉语"可不可以"来问，我用藏语来回答，他们偏不。他们用藏语问，我用汉语来回答，他们也不愿意。

我冲着他们喊："能不能把所有的写完以后再给老师看啊？而不是一个字一个字地看，老师太累啦，看不过来啦。"

很明显，他们不搭我这茬。

从教室里走出来，他们把自己的脸和作业本都贴在玻璃上，对着奔向厕所的我说："莉莉老师，La Zi Gao？"刚刚走进厕所，他们又跑上来，站在厕所门口问："莉莉老师，La Zi Gao？"

刘局和江措要外出，他们让我去村委会拿钥匙。刚走到村委会，汪来江村已经爬上客栈的晾台喊："莉莉老师，你快回来。"强巴顿珠喊："莉莉老师，La Zi Gao？"

我冲着江措的一脸艳羡说："哎，没办法。"

刘局一脸鄙夷地说："瞅你那得瑟劲儿。"

即将放学了，我对在娱乐室里玩耍的一年级学生说："宝贝们，放学了。"他们像没听到一样。我说："嘿，宝贝们，Sa Ma Sa（三声、一声、三声，吃饭之意）喽！"立刻，他们全部放下手里的东西，像是脱缰的小马呼啸着狂奔出来，奔至教室，瞬间背着书包再呼啸着跑出去，跑到学校门口，排队放学。

排队放学是我们来古村小学的优良传统。高、低、矮、胖，一个个一览无余地在我的眼皮子底下。唯一的女生邦措是其中少有的亮色，小女孩喜欢穿浅色系的衣服，这在一群男生中很显眼。我一个人在的时候，他们排队时也调皮得很，上蹿下跳；要是罗布在，根本就没人敢说话。

孩子们上课累的时候，曾教给他们一首儿歌：

> 爸爸的爸爸，叫什么？爸爸的爸爸叫爷爷。
> 爸爸的妈妈，叫什么？爸爸的妈妈叫奶奶。
> 妈妈的爸爸，叫什么？妈妈的爸爸叫外公。
> 妈妈的妈妈，叫什么？妈妈的妈妈叫外婆。

他们经常在教室、学校以及上学的路上哼着这首儿歌。有时我一个人在教室里，听着有个童声边唱边走进教室。

我们经常用这首儿歌来进行生活中的人物角色表述，他们也把他们的表述教给我，比如"爸爸的爸爸"叫"Wu Pa"（一声、四声）等。

我总是忘记他们教我的，但因为我是老师，我总让他们记住我教给他们的。想来，真不公平。

排着队走出校园后，他们四处散去，又哼着这首歌。

第三部分 雪落秋时

十九
你长得越来越像村民了

- 104 -

　　连阴天，因着前些天的雨，此时落到村里的全是鹅毛大雪，整个村庄白茫茫、湿漉漉。九月底的雪让我有点摸不着头脑，幸好，没有那么寒冷。对于村民来说，一年四季无论什么时间下雪，下多大的雪，都是再正常不过。

　　村委会的房间里，央金卓嘎睁着两只大眼睛，带有稍许不安，机警地看着房间和房间里的人。仁青说："帮忙起个汉族名字吧。"江措说："就叫陈小莉吧。"

　　看到我推门进来，央金卓嘎两只脚从妈妈的怀里挣扎下来，扑到了我的怀里。我把她带到了教室里，有玩具，有书，还有学习用品。第一次进教室的她，对每一样东西都好奇，每看到一样东西，就睁大眼睛，眉毛扬起，声音提高一个分贝，一脸的惊奇。她表达惊奇用的是"Yi"（一声），有时也用"A"（四声）。为了缓和某种兴奋，她在中间的过程里冲着我"阿丫、阿Ma"地叫，前者是姐姐，后者是妈妈，叫的时候拉着我的手。

　　后来，我在央金卓嘎那里就成了"妈莉莉"，仁青就是"妈仁青"。每每看到我的时候，她都挥舞着双臂，小嘴喊着，就跑到我怀里了。

　　仁青和央金卓嘎的家在村口，距离学校有一段距离，离巴登家不远。学校和村委会算是村子的中央地段。仁青的房子是村里条件不好的房子之一，低矮，没有装饰。每逢下雨雪，屋里就漏，仁青说，漏得厉害了，就搬到她哥哥家里住。每次仁青带央金卓嘎到村里来时，央金卓嘎都认为就是去妈莉莉那里。看到学校的门锁着，她拉着妈妈转身就走。

仁青的父亲已去世，母亲精神有问题，随仁青住在一起，每天都躺在床上。卓嘎说，村民判断她有精神病是因为她经常在有太阳的时候躺在屋里，下雨雪的时候就跑出来说要晒太阳。但每次她都是干干净净的，仁青爱干净，女儿和妈妈，每天都被她收拾得很利索。仁青的妈妈头上扎了很多个辫子，花白花白的，一根根地垂下来，发梢用颜色鲜艳的绳子或者皮筋系着。虽然她已经衰老得让你猜不到她的年龄和未来，但那张轮廓分明的脸，让你可以清晰地看到她曾经有过的美人时光。

因为房子有点偏僻，经常会有人在夜里敲仁青的门。仁青来找村干部说，她怕。村干部也不知道用什么样的方法可以很好地解决这件事情，只能说让她把门闩好，要是碰到下雨什么的，就去哥哥或者姐姐家。

央金卓嘎生得可爱，刘局曾有抱养的想法。后来听别人说，仁青之所以特别愿意，是因为她打算给孩子找到好人家后就自杀，吓得刘局再没提抱养一事，不过遇到什么事情都会特别照顾她。

央金卓嘎经常让妈妈给她扎两个朝天辫，还把家里那副大人的太阳镜戴上，那是一个游客进村时给她们的，又让妈妈给她系上围巾，再让妈妈给她戴上那根红色还有蝴蝶结的发夹，她说："妈莉莉就是这样的。"

她这么一折腾，眼镜和围巾的组合，使你根本看不到她的脸。偏偏她还得意得很，伸出指头，示意我给她照相。

晴天的时候，仁青的院子里摊晒着牛粪，3岁的央金卓嘎就站在妈妈捡来的牛粪旁边问村里最老的老人："你知道牛粪干了，妈莉莉就来了吗？你知道妈莉莉要带我出去吗？"那个85岁的老人没有任何表情，满脸沟壑的她哪里会晓得3岁女孩的逻辑关系？

阳光下的牛粪没有任何异味。在来古村，它们不再用来烧火，而是放到收割后的青稞地里，来年翻种时，青稞会长得更好。在没有木柴可以砍的地方，那里的农牧民只能烧牛粪。牛粪烧起来，烟雾大且没有耐久性，需要不时地续添。

我离开村庄以后，偶尔会接到仁青的电话。电话接通时，那边是央金卓嘎的声音，奶声奶气地喊着"妈莉莉"，接着就是一堆藏语。仁青接过电话翻译一番，内容大概都是"你来啊，我想你，我等你"之类的。仁青说："只要一去村子深处，她回来就想着给你打电话。"我说："我还以为她忘了我。"仁青说："我们不会忘记你的，你也不要忘记我们。"

来古村有个姑娘，每天在村子里转悠，嘴里念念有词。

卓嘎说她精神有问题，她的妈妈早就死了，但是她现在还一直在叫妈妈。她什么都不知道，饿了，饱了，买东西需要花钱，都不知道。她经常会去小卖铺里说要什么东西，别人问："有钱吗？"她说："没有。"

她见人就笑，是那种尽可能地咧开嘴巴，眯起眼睛，没有任何掩饰的笑。

有一天，她来到学校外面，脚下有一个别人丢弃了的已摔成两半的黄色玩具手机，那手机在那里好几天了。她看看四周，把手机拿起来，放在耳边，对着电话喊着"A Bu"（分别为一声、四声，哥哥之意），转着圈儿地兴奋地说了很多话。过了一会儿，她再提高嗓门，喊着"A Bu"，然后降低声调转着圈儿地说话。突然间看到有人在看她，她赶紧丢下手机，跑了。

尘世间，她只有哥哥一个亲人了。

听说她叫贡琼拥宗，35岁。妈妈走的时候，她不到20岁，哭得一塌糊涂。几年后，卧病在床的爸爸也走了，她哭喊着说："我妈妈没有了，爸爸也没有了。"爸爸死后第二天，她嘴里念着"那拉岗嘛哟，撒拉第次松"出现在村子里，以后每天这样。村民们都说，她疯了！

每天在村了里嘴里念念有词的她，被村民视为"神经病"。她出现在学校门口，罗布措姆说："她爸爸妈妈都死了，她就疯了。"央金说："她妈妈死的时候，她哭得很伤心，那时'我还没有'，后来爸爸又死了，她就疯了。"她的故事在孩子们口中传来传去。

我找了她能穿的衣服和鞋子，让学生们带她过来，罗布措姆和央金一起帮她脱鞋。脱掉以后，罗布措姆一手捂着鼻子，一手帮忙给她穿鞋。她的脚是黑色的，没有袜子。

贡琼拥宗提着给她的衣服出门了，穿着给她的坡跟鞋和厚重的上衣。上衣穿在她身上，大了些，晃荡着，但比之前单薄的那件保暖。坡跟鞋穿在她的脚上有点大，走起路来，不太自然。我们一群人跟在后面说"慢点，小心"，她只顾笑着提着一大包衣服一拐一拐地走。

脱下来的绿色军鞋被罗布措姆捂着鼻子拿起丢向"空降一号"，没丢进去，又用脚将它们踢了下去。很快，她再次出现在学校对面。罗布措姆说："老师，你给的，她没穿。"她坐在老村委会墙跟前的石头上，面对着太阳。孩子们问她："你怎么没穿给的衣服和鞋子？"她不说话，站起来走了，说是要去看车。

以前有一天，她站在村委会门口，不远处是她刚刚从背上放下来的小孩，小孩一个人在铁门旁边玩耍，而她则向村委会里张望，嘴里自说自话。我的口袋里有枣子，递给她，做出"可以吃"的手势。她笑着放进嘴里，咬了一口，招呼着不远处兀自玩耍的小孩，把咬了一口的枣子放进小孩的嘴里。

贡琼拥宗是学生索朗多吉的"姐姐"（其实是姑姑的意思）。罗布措姆说，索朗多吉没有妈妈，贡琼拥宗没有爸爸妈妈，而贡琼拥宗一直背着的那个孩子有妈妈，爸爸不知道了。这里的"爸爸不知道了"可以说是"爸爸不知去了哪里"。11岁的罗布措姆说完那句话的时候还不忘感慨："他们是一家的，他们一家一样的。"

终于知道为什么很多孩子疯玩的时候，索朗多吉多是一个人抱着一个孩子站在路边看着他们玩了。而很多时候，他手里还要提着别人给贡琼拥宗而贡琼拥宗又给他的东西，比如说饼子。

当我知道这一点的时候，为自己作为他的老师这么晚才知道他的境遇感到说不出的羞愧。在往后的村中生活里，总让我有太多羞愧，这种羞愧经常在夜深人静时出现，让我不知该如何是好，接着是不知所措，继而让我对自己产生怀疑和沮丧。

傍晚时分，索朗多吉手里的饼子，就像是通往温情的火车，让这个村子始终有一种温暖的味道。

没课的时候，如果天太冷，本着不浪费资源的原则，我们一般会去村委会烤火取暖。学校的房子太大，木板拼接而成，四处漏风，所以，学校里的炉子只能用来做饭、烧水。而村委会那间有炉子的房间仅十平方米左右，炉子一旦生起来，就是满屋温暖。去村委会还有另外一个作用，就是自己可以清静一会儿。学生们怕江措，他们轻易不敢找到村委会来。在村委会的房间里持续待一个小时没有人来找，对于我来说，那是没有过的事。

从外面上厕所进屋的江措对我说："外面有人找。"我问："谁？"江措说："不知道，好像是学生的妈妈。"

丁增卓玛的妈妈站在村委会门口，我让她进房间，她摇头。我指指天说："下雪了。"她还是摇头。我想进屋让江措出来翻译，转身时，她拉住了我，从怀里掏出一小包贝母和一瓶牛奶。前几天，她带着卓嘎当翻译来拿药，看我在那里咳嗽，就问卓嘎我怎么了，是不是生病了。卓嘎说，一直咳嗽。

下午一年级的汉语课，我们已经把拼音学完了，开始学简单的汉字。尼玛指着外面，喊着："莉莉老师，你看。"丁增卓玛的妈妈站在外面。我刚走出来，她就把我拉到楼上，从怀里掏出用黑色袋子装的贝母。我说不能要，又指指下面说："要上课。"走了几步，被她拽回来。再走几步，又被她拽回来。

送走丁增卓玛的妈妈，我回到一年级的课堂上。跑出去上厕所的邦措在教室外面，做着手势让我出去。吾金的妈妈站在学校的台阶下面，尼玛指着她说："她叫你。"

又是一小包贝母。

晚一点的时候，次仁卓玛的妈妈来了，她坐在炉前帮我烧了好长时间的火，直至高压锅"吱吱"地冒着热气。我不知道她有什么事情，我们都静在一种空气里，似乎都在等待高压锅阀门那清脆的"嘭"的一声。过了一会儿，卓嘎来了。卓嘎被她请来当翻译，因为有事晚来了一会儿。

卓嘎说，村主任开会时说了，莉莉老师生病，咳嗽，大家能帮忙就帮忙吧。所以，次仁卓玛的妈妈也是过来送贝母的。

她们看着我低头抱柴添火，就在一旁说话。不知次仁卓玛的妈妈说了什么，卓嘎哈哈大笑。问她笑什么，卓嘎说："次仁卓玛的妈妈说莉莉老师长得越来越好了。"我摸摸满是痘痘的脸问："啊？真的吗？"卓嘎说："我老公说你在来古越来越好看了，你还不相信的，现在大家都这么说。"

前些天卓嘎就说："我老公说你越来越好看了，越来越像村里人了，他们说你刚进村的时候，每天就低着头抱柴火，我们都以为你是男的。你头发短的，不说话的，不笑的，走路快的，吃饭快的。"卓嘎一边说，一边学我走路的样子。

刘局对我说："他们看你越来越顺眼了。"

二十
强巴次林和他的家人

强巴次林蹭到我身边说:"莉莉老师,我家里去。"我说:"老师去不了,老师还有事。"他说:"妈妈说去。"他们都知道家长对我是最有用的杀手锏。

去强巴次林家里的路上,迎面遇到他的姑姑。看到我们,她扭身回家,强巴次林汉语、藏语和手势一起上阵,他的意思是:家里有狗,姑姑要回去先把狗给控制好。

走进提前打开的大门,强巴次林的姑姑牵着狗的链子,按着狗的头,站在院子里,一脸笑地看着我们走进来。连日阴雨,院子里四处泥泞,后来知道那不是泥,是牛粪、羊粪因为雨水而变成的稀泥状混合物。由大门通往房间的那段路,强巴次林牵着我的手走在前面,他踮起脚尖,说"莉莉老师,这样",他指指他的脚。

房间里黑,门槛高,我闭了闭眼,再睁开,强巴次林已进入房间,站在门内。他把手伸过来扶着我,拐了一个弯,再跨一个门槛,又是一个房间,一个老阿妈盘着腿坐在炉边。强巴次林说:"妈妈的妈妈。"她好像听懂了,回头对我们笑。

强巴次林的姑姑进来了,她和老阿妈用藏语说话,我听不懂。强巴次林在房间里到处找东西,姑姑也在找东西,老阿妈看看我,往炉子里添柴。强巴次林找到了一个新的卡垫,他把卡垫从角落里搬过来,铺在炉子旁边，指指卡垫，示意我坐。姑姑拿来了茶瓶和杯子，沏满了酥油茶，端给我，努努嘴说"Jia Tong Duo"（一声、二声、三声，喝茶之意）。因为吾金，罗布曾来做过家访，他对我说："他们家太穷了，穷得什么都没有，到处都是牛粪。你看了肯定会哭的。"

与别的村民家的炉子不一样，强巴次林家的炉子是自制的，用铁皮卷起来，简陋、粗犷。强巴次林的妈妈没在家。强巴次林要去找妈妈，我叫住他，没让他去。我们一起喝完茶回了学校。

我回到学校没多久，强巴次林和其他学生在外面玩，不一会儿听到他们在外面叫。我打开门，是强巴次林的妈妈。她站在窗子的方向，逆光看不清楚她的脸。巴登和强巴次林跑到我身边。

强巴次林的妈妈走过来，从怀里掏出塑料袋，里面是糌粑。我说："不能要。"她不听劝地往我怀里塞。推辞过程中，她碰到了我的手，握住惊呼："A Ma！"她做手势，把手抬起来，把头仰起，把抬起的手放在仰起的嘴上，她告诉我，糌粑这么吃。

强巴次林说："妈妈说，吃了糌粑，手就不凉了。"

再晚一点。

强巴次林指着外面说"姐姐"，孩子们嘴里的"姐姐"是内地人说的"姑姑"；而内地人嘴里的"姐姐"，对于孩子而言，他们称为"A Ya"。

强巴次林的"姐姐"进门，从随身背的布袋子里掏出两棵小小的白菜，然后又掏出一个小塑料袋，里面装的是米，还有一块酥油。我说："不能要。"她听不懂。她在那里说什么，我也听不懂。我们就像玩太极一样来来回回推让。

每次都是这样。

她经常给我送东西，有时是糌粑，有时是大米，基本上都是一些生活用品。在村子里，我就是需要他们帮助的外地人，他们指导我怎么生活，告诉我食物的作用、季节的变化、时间的更替等等。

而他们送来的物品，也大多是需要在外面购买的。村里的土地，长不了水稻，也长不了那么多的蔬菜。

她送来的酥油用薄薄的塑料袋包裹起来，塑料袋粘在酥油上。她比画着告诉我说，那是她自己做的。镇上也有卖酥油的，你能看得出来村民自己做的酥油颜色要浅很多，是那种嫩黄色，看上去圆润、洁亮，而作为商品出现在店面里的酥油颜色要深很多，且多少有些粗糙。

强巴次林的姑姑大约40岁，卓嘎说她一直没有结婚。江措也说，村里没结婚的女人很多，次仁卓玛的姑姑也是其中一个。在这里，未婚嫁的女子往往与兄弟住在一起，姑嫂矛盾，甚或婆媳矛盾，几乎没有听到提及。家中事务，更多是家庭里的男性发表意见。父系在家庭、族系里的地位和力量，无处不在。这一点，跟西藏其他地方一样。

强巴次林家的每一个人都有着鲜明的特色，妈妈、姑姑，还有姐姐。除了不爱说话的姐姐吾金以外，强巴次林还有两个姐姐在读书，一个在县里读初中，一个在镇上读五年级。上五年级的姐姐放假回村时，偶尔会带着汉语书来找我，让我给她补习汉语。

五年级的课文里有"二三月间，微风轻轻地吹拂着，毛毛细雨从天上洒落下来，千万条柔柳展开了鹅黄色的嫩叶"，她问："老师，什么是柔柳？"

学习《牛郎织女》时，她又问："老师，嫂子是什么？"课后同步练习里有一个判断题：那只老神牛让牛郎把正在洗澡的织女的衣服拿过来，牛郎老实得没去拿，对不对？她认为应该是对的。

还有一篇课文叫《捉鱼》。文中小妹妹把哥哥抓过来的小鱼给放了，因为小妹妹想"小鱼多可怜啊，它需要去找妈妈"。课后练习里的问题是：小鱼欢快地游走了，小鱼的心情是什么样的？吾金说，是开心的、高兴的。

她背诵《养花》《燕子》给我听，几乎一字不差。

强巴次林很喜欢自己的姐姐。他曾经拉着我去他家说："哥哥，八宿，第一名，来了。"刚开始我以为真的是哥哥，去了以后才知道是姐姐——一个脸上有着明显高原红、扎着高高马尾的女孩。相比强巴次林，这个姐姐的汉语更好一些，可以聊天。

她说："妈妈很支持我上学，我对我的老师说了，我想上研究生，老师也很支持我，说工作不是最重要的。妈妈不识藏文，所以很支持我读书，因为妈妈说，作为一个藏族人，连藏文都不认识，心里挺难受的。所以，每次回家想帮妈妈干活时，妈妈总是说，你做作业去。"

在几乎是来古村最简陋的房间里，我终于找到了江措、卓嘎都说强巴次林的妈妈好的原因，也终于知道强巴次林——这个班里最刻苦也最好学的孩子的背后是什么了。

与他们会说汉语并且能够产生疑问相比，来古村小学里现有学生的汉语水平还在远古荒蛮时期。而我学会的藏语，在她面前以及更多学生和村民面前，也处在远古荒蛮时期。

强巴次林家总是不断地给我送东西，尽管我一再表示不好意思，都不奏效。

他和妈妈站在厕所门口，知道我在厕所里面，但非得听到我答应为止。

强巴次林的妈妈穿着一款绿色长款羽绒服，很好看。我竖起拇指说，漂亮。强巴次林也跟着我说，漂亮。他说完后，就一溜烟躲到门外边了。

前段时间强巴次林的妈妈去了县里，买了一些粉条。她把粉条从衣服里掏出来给我，让强巴次林告诉我应该怎么吃。

她当时去的时候，还特意来学校给强巴次林请假，要带强巴次林一起去。我问强巴次林跟妈妈去干什么，他双手合十说，阿弥陀佛。第二天早上，他和妈妈背着尼龙袋出现在村口，准备和很多村民一起外出。一年级5个孩子里，他是唯一请假跟妈妈出去转经的，前后一共请了两次假。

告诉我粉条应该怎么吃以后，他们就转身说要回家了。站在客栈的落地窗前，看到他们娘俩站在路口争论，应是强巴次林不想跟妈妈回家，而妈妈则坚持让他一起回家。最终，强巴次林没有拗过妈妈，娘俩一左一右地走着。走了一会儿，妈妈回头看了看学校，停住，把刚才我给她套上的新外套脱下来，放在怀里抱着走。

卓嘎很早以前说过，强巴次林的爸爸去世得很早，强巴次林的妈妈哭得很厉害，后来她不愿意跟人说话，村民都以为她疯了。这个女人家里有很多人，强巴次林的奶奶、外婆、姑姑、姨妈、姐姐，强巴次林是家庭里唯一的男人。强巴次林的妈妈很能干，卓嘎说她虫草挖得多。她经常会在上午来学校，站在台阶下，拉一下我的手，说几句藏语就走。卓嘎说："她是让你去她家，说你冷的。还说，强巴次林不听话就可以打的，老师就像爸爸妈妈一样。"

老师就像爸爸妈妈一样，这是所有学生家长都对我说过的一句话。

刘局说过，如果村民送你东西，尤其不是贵重的，而是他们自己能有的或者亲自做的生活必需品，你最好收下来。如果你不要，他们会难过，因为他们不知道你不要的原因是不想让他们因此而少了物资，他们会以为你看不上他们的东西。

每当有东西送过来的时候，我就都收下来，再回赠给其他村民。比如你送的是青稞酒，我回赠你酥油；你送来白菜，我回赠学生给的土豆，等等。有时就想，我这里就像是一个中转站，随着物资越来越多得到中转，剩下非物资的东西也水涨船高。

偶尔也有东西像小山一样堆在桌子上，因着它们，我享受着江措、刘局他们瞟过来的嫉妒的眼神。

江措还不忘说上一句："还是老师好啊，老师有学生、家长疼啊。"而他们作为驻村干部，总要有决策性的事件，因而肯定会有村民表示不满。

那些糌粑、贝母，每一份都标上记号。我把他们的名字写在纸上，再把纸放进装糌粑、贝母的塑料袋里。就像每个村民送来的牛奶、酸奶一样，我每次喝完以后，就把那些瓶瓶罐罐放在柜子的显眼处，每天抬眼就可以看到。

即便物资如此丰富，每次喝完酸奶和牛奶，我都用手将碗底刮得干干净净，把它们刮下来就往脸上抹，往手上擦。有一次，江措实在看不下去了，说："你把它砸了吧。"

有一天卓嘎看到我正往脸上涂喝剩的酸奶，很奇怪。那时桂鹏还没走，桂鹏说："这是保养，你要是也像莉莉这样，你的皮肤也会像莉莉一样……"桂鹏卡壳了，估计他做不到昧着良心说话。这应该是卓嘎从来都不会把酸奶涂到脸上的原因吧。

二十一
与桑曲有关的村医计划

111

桑曲经常帮村民和他自己来拿药。

每次来的时候，如果我在上课，他就趴在窗外叫我。我问："怎么就不能在不上课的时候过来？"他说："上课也可以的。"他们从不认为那帮小屁孩的上课时光有多么重要。

这次他带着扎西四郎的妈妈来擦药，她手上的伤口很深，外面开始发白。擦药的时候，她不时地把手往身体里缩，我问她："疼不疼？"她说："可以。"桑曲安慰她说："擦的时候有点疼，过一会儿就好了。"

桑曲自己也要拿药，他说："姐姐肚子疼，里面有虫。"我找出两粒给他，他问："能不能多给几个？肚子都疼的。"他是说，很多人都肚子疼，很多人肚子里都有虫。我一再告诉他，一个人一年只能吃两粒。他看了看手里的几粒药，好像相信了。

桑曲的老婆把他们家的女儿卓嘎带过来，她比画着说要在下面的工地上干活，女儿需要放在我这里。我把小卓嘎领进屋，给她拿了糖。小卓嘎趴在能看到她妈妈的那扇推拉门的玻璃前，举着一颗剥好的糖果，欣喜地对妈妈用藏语说"糖"。

小卓嘎要跟着我去教室，我有点为难。小四说："她爸爸刚才说了，你走到哪里，她就要跟到哪里。"

小四与桑曲有一段小插曲。

一次桑曲准备将不知从哪里买过来的矿泉水放在客栈里销售，小四没同意，桑曲不服气地转身离开了。

桑曲身上有一种与其他村民不一样的劲儿，让他得不到小四的认可。

- 112 -

外面有村民的声音，我以为声音一会儿就过去了，但是一直在门外徘徊。是那种衣服之间相互摩擦的声音，还有在推门进来或离开间产生犹豫而生出的动作的声音。

我推门出去，是果珍。果珍指指肚子说："姐，一点点疼了，那个时候疼了。"她说的"那个时候"是生理期。其实我也不懂，我能有的经验和认知就是吃枣子。所以，我对她说："吃枣子。"她疑惑着没听懂，我把平日里吃的枣子拿给她看，又指了指拥宗在一天傍晚送过来的当归。

山上能挖到的药，就可以治疗一些常见病，但是村民们很少用它们。经常有村民将写着"当归浓缩丸"的药盒递给我，问："有这个药吗？"我就把孩子们送的当归递给她说："这个。"她满脸疑惑："啊？"

前不久看医生，我根据医生的建议，买了当归回到村子里用高压锅煮。卓嘎闻到了说："你吃的药，香香的，我们山上挖的，你不买的。"后来拥宗的妈妈闻到了，在一个黄昏让拥宗一大串一大串地提过来。听拥宗说，它们是前一个夏天被他妈妈挖来的，晾干了放在木头房子的角落里。但是每次痛经时，她们依然不知所措。卓嘎说：

"这个我们不吃的。"我问:"不吃的,挖了以后做什么?"卓嘎也说不清楚。我指着肚子说:"这个可以治肚子疼的。"卓嘎说:"啊?是吗?"村子里挖来的当归与在外面买的看起来不一样,村里的更细更小。江措告诉我说:"村里的更好一些,是完全野生的。"

刘局说,药不重要,重要的是方法。内地寄来的那张穴位图,刘局说可以组织村里人学习,让他们对穴位等身体知识有感知。我们把目标人物锁定为桑曲。

实际上藏医学知识也有其源远流长的历史,每户村民家里偶尔也能看到藏药,被颜色鲜艳的塑料包装着,放在白色的塑料袋里,挂于房屋的檐下,似乎能看到里面落进去的灰尘。今天,整个藏药市场受到中西药的冲击,能买到药的地方,多是中西药,而藏药好像只是自成体系于某个角落的一间房里,或者在地摊上摆着,这个现象存在于大大小小的西藏城市里。

因为藏药在某种层面上的稀缺,本是学藏医出身,有着丰厚的藏医学经验的村主任群培经常也只能用西药缓解疼痛。刘局说,藏药虽然重金属含量高,或者说正因为它的重金属含量高,所以,对很多疾病还很有作用。在西藏更多的地方,即便像来古村这样的村庄,也只有老人更信赖它们,像是中医层面的很多方式方法,也面临着濒于失传之尴尬。

刘局的提议让我们看到了桑曲在这个村庄里的价值以及可能的未来,我们想把他培养成村医。

这样的话,将来村民再有疾病,就不会再因为对自己的身体一无所知而产生恐惧。况且秘密武器，即那些人体穴位图，还有书籍，终是要发挥作用的。

对于这个宏伟的村级计划，桑曲刚开始很积极，甚至有一段时间，村民再来拿药时，所有的翻译都是桑曲，但后来就不了了之了。江措分析说："可能是我让桑曲盖一处房迎娶莉莉做二老婆的说法，被他当真了。"

有一天江措对我说："你还是留在村里吧，我们帮你找一户人家。你看桑曲怎么样？长得好看，会汉语，虽然有老婆孩子，且在外面的经历沾染了一些坏毛病，但底子还是不坏的。"我装作欣然同意，赶紧说："好啊，好啊。"

后米，桑曲去村委会的时候，江措就问他的意见，说："莉莉老师做你的老婆好不好？"江措说当时桑曲的脸都红了，但还是红着脸说了一句，可以嘛。等再见面的时候，江措就问他房子盖好了吗，他说盖不了房子，现在的房子是老婆的娘家给的。

以前和桑曲的老婆虽然语言不通，我们却有着自己的交流密码，她也经常让我帮忙看看他们的女儿小卓嘎。但自从让桑曲娶我的玩笑传出去以后，即使迎头对上，人家也不再看我，也不再让小卓嘎到学校里来了。

虽然村医培养计划夭折，但桑曲更多时候还在帮助村民拿药，一是因为他会汉语，二是他也比较热心。渐渐地，开始有了村医的模样。这个角色让他在村子里似乎比村委副主任的身份更容易有成就感或存在感。他刚刚30岁，跟所有这个年龄的人一样，都需要在人生里找到其他一些意义。

自从知道盖房婚娶的玩笑被当真以后，我们再也不敢当面说了。江措说，他老婆知道他来拿药，肯定还是要生气的。

　　江措带我参加了八宿县城最漂亮的姑娘的婚礼。连着摆了三天的酒席，县里几乎所有有工作的人都去了，每个人要一次喝很多杯，很多人醉着下来。那最漂亮的姑娘是江措同学的妻子，很早以前江措不知道，一次偶遇，江措心想，这姑娘长得真好看，试着上去搭讪，再后来同学带着那姑娘与他见面时，他羞红了脸。他把很多这样的事情变成段子，在朋友圈里说来说去。别人笑的时候，他也跟着使劲笑，嘴巴最大限度地咧到两边，因为肤色的原因，不是很白的牙齿在整个笑容里特别明亮。

　　江措是典型的康巴青年，身材高大，脾气火暴，几乎一点就着，还爱唱爱笑。很多见过江措的人都说，藏族小伙子中，江措能歌善舞，能说会道，有外表也有才华，会讲小段子也能讲大道理。对这样的称赞，他"哎哟"一声，再特地用细嗓门问一句："真的吗？"

　　相比孩子们直接的情感表达，江措更甚。好几次因为生气，他不想与我一起吃饭，甚至拒绝接我递过去的碗，等我吃完才坐在桌边。他认为，没必要让短促的生命浪费在情绪的委婉、迂回上。

　　他需要直接而猛烈，他就是这么做的。结果是，相互之间的了解更快、更多。

二十二
中秋过后是国庆

- 115 -

外来商品的兜售者又来了，就在老的村委会的草坪上铺上一块布，所有的东西都堆在上面，这次没有帐篷。

村民们三三两两地聚拢过来，或站或蹲或坐在旁边，挑挑拣拣，找出自己想要的。大人们给孩子们买玩具，能有的玩具也就是气球，一块钱5个。孩子们将它们吹得大大的，不同颜色的气球飘荡在周围。卖的商品里也多是衣服，还有零散的一只、两只不一样的袜子。长相粗犷、满脸警觉的兜售者眼睛盯着过来买东西的任何一个人，当买东西的人将要买的东西一件两件地放进自带的塑料袋里时，兜售者咧一下嘴，但立刻收了回去；再有一件东西装进袋里时，又咧一下嘴，但立刻又收了回去。

村民们还没习惯用钱包，他们直接掏出一把一把的钱，从中挑出几张给出去。他们很专注地聚在商品周围，我看到了丁增卓玛的妈妈。我拍了拍她的肩膀，她像是被吓了一跳，看到是我以后，同样用力地拍拍我。她咧开嘴，哈哈大笑，一只手臂伸过来，很有力，几乎把我揽到怀里。

丁增卓玛的妈妈是学生家长中最爱笑的，她任何时候都没有掩饰过她的表情。

她也看中了一样东西，她有钱包，是一个已经破损了的皮革夹子。她打开钱包，故意夸张地做出不想让我看到的样子，那样子，就是大人跟小孩常玩的那种欲擒故纵的游戏。

她买的是一条裤子，直接搭在胳膊上，两条裤腿耷拉得很长。她跟我道别后，胳膊别在身后，裤腿一晃一晃地跟着她回家了。

- 116 -

远处的山上，红色、黄色、绿色交织在一起。近处的湖里，倒映着山上的景物，像是画卷，平平坦坦地铺着。

避开一早一晚的低温，已经落雪的秋天，白日的村庄里弥漫着秋末冬初的味道。

西藏没有过中秋节的习俗。内地好不容易等来的中秋和国庆假期，在偏远的来古村里是没有的。但是对于村里的老师和驻村干部来说，中秋节还是要隆重庆祝一下的。

刘局像老大一样，挥一挥手臂，决定攒一个局，邀请我们都去村委会过节，并准备了很多好吃的。他提前告知我们，有酒有肉有歌有舞。

从内地人寄来的衣服中，我给自己找了一套好看的，极尽所能地盛装打扮。我穿着新衣服去找卓嘎和果珍，想跟她们借最常见的藏式传统耳环，卓嘎说她没有那样的耳环。果珍倒是有一对，但比我想要的要小一点儿，我比画着我在书上看到的粗粗的那种。 果珍说："不要那样的，要这样的。"她麻利地拿出一副耳环，并在房间里寻找热水和洗衣粉，她说："妹妹戴过了，要洗干净的。"

我们总是在自己不知道的情况下对任何事情抱有过高的期望，简单来说就是不切实际。

果珍那副耳环即使比我理想中的要小，但穿透耳洞的那根针还是很粗，我的耳洞太小了，根本就戴不上。果珍说如果是我想要的那种大耳环，就更戴不上了。藏族姑娘的耳洞很大，跟她们的性格一样。而我的耳洞就跟我的神经一样，太纤弱。高原之上，想享受她们粗犷的美，我这个内地人总是差了那么一点意思。

穿梭在村子里，村民好像很少看到喜形于色不持重的我，他们驻足笑着看我，我也打招呼说："哈哈，今天过节，团圆节。"他们听不懂，就是笑，我也笑。我们就一起笑。

晚上8点多了，内地的月亮早就升起来了，村里的月亮还没出来。入秋后，白天短，夜晚长。以前晚上近9点天黑，现在是晚上8点太阳就不见了踪影，月亮应该就等在不远处了。

汪老板还在歪着身子扛木头，我冲着他喊："中秋节，这么晚了还干活啊？"汪老板说："中秋节也得把木头扛进去啊。"

自制的中秋晚宴，江措穿着达珍的裙子装成女人，扭着屁股，在房间里跳舞。

客栈里的客人在大厅点燃了艾条，他们在艾的味道里玩着杀人游戏，卓嘎家的客人有时也玩杀人游戏。他们玩的时候，卓嘎站在一旁；他们笑，碰上他们递上来的眼神，卓嘎也跟着笑。我以为卓嘎懂，卓嘎却说，不懂的。

还有客人围成一圈，对着房外的月光唱《十五的月亮》。他们反复地唱，歌声在静静的山谷的夜里特别响，整个村庄都听得到。

- 117 -

国庆节，新的国旗还没到，我们在学校里找以前的国旗。孩子们都学过《中华人民共和国国歌》，木头房里，几个孩子围坐过来，我们一起左右摇晃着唱国歌。他们唱的是藏汉结合版，唱到"中华民族到了"时，再往下就模糊不清了，这是来古村孩子对汉语掌握的最好水平，最多也就连说五个字。

中秋节特意准备的月饼，孩子们不吃，这与他们平日里喜欢吃的甜味东西不一样。平日里的糖果是他们最喜欢的零食之一，但月饼都被他们悄悄地放到一边。可能他们觉得综合在一起的味道，不那么单纯了，他们对不单纯口感的东西都是皱皱眉头，疑惑着摆放到一边。

卓嘎挑着从客栈和学校淘下来的剩菜剩饭，从校园外面的墙根前走过，那两个小桶满满的，够那头散养的黑色小猪吃好几天了。正在上面施工的建筑工人说："阿佳，猪长大了，要杀给老师吃吗？"转头又对我说："老师，阿佳的猪养大以后，要她请你吃啊。"阿佳是成人话语中的"姐姐"之意，那几个四川人已经很熟练地掌握了一些藏语称谓。我应着景说："好啊。"卓嘎也笑着说："一起吃啊。"

卓嘎经常给村委会、客栈、学校送一个黑色的小塑料桶，刚开始不知道她是什么意思。她说，你们不吃的，猪吃的。意思是说，剩的饭菜倒在黑色小桶里给猪吃。村里很多人都养了猪，散养着，它们经常没声息地在村子里转悠，到时间了就回到主人家附近。也没有固定的猪圈，往往是主人找一个空地儿，把小桶里的东西倒进口大的盆里，它们就快乐地吃起来。

它们似乎长得很慢，江措当初集中从外面将它们采购回来，过了半年，它们也没长大多少。村子里不吃猪肉，村民和驻村干部都在等它们长大，然后将它们卖到镇上，由镇上那个著名的酒店再兜售给内地来的游客。

游客吃的时候叫藏香猪，他们付的价格几乎是村民们卖出去价格的两倍，甚至更多。在寻找新鲜刺激的外来人那里，它们不再是一只普通的猪，而是一只有丰富营养以及高海拔生活经历的猪，它们被剖开后，放在草原的篝火上，游客似乎闻到了附在它们身上的游牧味道，伴随着青稞酒和藏族姑娘的歌声，它们瞬间被一抢而空。

饲养、收购，这是刘局驻到来古村后给村民争取到的提高收入的一个方法。他期待有一天，一头猪从村民手里出去的价格与游客付出的价格不要相差太远。村委副主任西热是村里负责联络谁家的小猪什么情况的，他每过一段时间就去问刘局然乌镇上的客栈还需不需要小猪，刘局联系好了能集中采购小黑猪的下家就告诉西热。价格达成一致后，那些忙于采购的下家就开着一辆皮卡车过来，一次拉走几头小黑猪。

卓嘎的小黑猪经常转悠在学校附近，村委副主任西热的猪也转悠在这附近，还有嘎玛西热的猪，我分不清它们谁是谁家的，我也很奇怪它们怎么能那么准确地认识自己的家。

相比之下，卓嘎的小黑猪算是长得比较快的。卓嘎聪明，她收集了好几个地方的剩菜剩饭。

除了不杀猪、不吃猪肉外，跟西藏很多地方一样，村里没有鸡、鸭等他们认为"乱七八糟"的东西，也不吃鱼。

扎西四郎问："老师，你吃鱼吗？"我说："吃。"扎西四郎说："我们不吃鱼，吃鱼，恶心。"扎西四郎做了一个恶心的动作，伸了舌头，做呕吐状。他接着又说："吃鱼，鱼就在肚子里游啊游。"他双手比画着鱼游的样子。我问："那吃牦牛怕不怕牦牛从肚子里跑出来？"

每当过年时，村里才会杀牦牛。2012年，他们找了一个很厉害的喇嘛算了一卦，说不适合杀生。那一年，一切都要省着吃。

那一年，村子总有股植物的味道。

洛松玉珍的姑姑是为数不多在学校里帮忙干活的村民。

她顶着粉色的头巾从村子那头过来，渴了就到学校里找水喝，与其他村民不同，她已经有了喝开水的习惯。她也叫次仁卓玛，年轻时曾经出去打工，好几年没了音讯，所有人都认为她有了意外，也没有任何线索去寻找。有一年，她突然回到村子里，带着一双儿女。原来她与一个河南的小伙子恋爱，嫁到了河南，继而在上海打工。孩子从内地到西藏来读书，他们不会说藏语，只会说汉语。

自从进村后，一直听她说要回上海，说了半年多，还在村子里。她的女儿漂亮聪明，有一次我问她的女儿："妈妈走了吗？"她说："没有。她总是说走又不走。"

桂鹏临走前，她说要跟桂鹏一起回上海，并告诉桂鹏应该去哪里坐车，坐什么样的汽车。桂鹏说："我坐飞机。"她睁大眼睛看着桂鹏说："你真有钱。"

村子里组织的锅庄晚会上，看着围着音响跳舞的姑娘、小伙子们，她对我说："你跳啊。"我说："我不会。你跳啊。"她说："我也不会。"

离开村子多年，村民们都会的舞蹈，不知道她是真的不会，还是不敢或者是没有勇气跳。那些跳舞的姑娘、小伙子，也早已不是她离村之前的那些面孔。

仁青有一个堂姐也是这样。

十几年前从来古村到拉萨时，她不到20岁，被拐卖到了河南，4000元钱卖给了大她22岁的男人。那时她不会说河南话，也听不懂河南话，她想跑，试了几次，没跑掉。后来有了女儿，男人也放松了警惕，每次还想走的时候，想着孩子将会没有爸爸或者没有妈妈，心疼，就一直没走成。渐渐地，她与她的丈夫守着时间，看着女儿，也算过得安稳。

孩子5岁那年，她回到了来古村，多年没通过电话，父母已不在人世，哥哥和姐姐也都认为她也早已不在了。那次她男人没跟她回村，村里海拔太高，她说，他年龄也大，身体不好，受不了。她回村，主要是给女儿办来古村的户口。

后来，她带着老公和孩子从河南到了拉萨，主要靠捡垃圾为生，打算挣点钱再回河南。她说，拉萨比河南的钱好挣，河南人太多了。因为女儿有西藏的户口，女儿在拉萨读书就可以领大米和面粉。

女儿也有藏、汉两个名字。我问她喜欢哪个名字，她说都喜欢，跟汉族同学在一起，喜欢汉族名字，跟藏族同学在一起，就喜欢藏族名字。

内地生活的那么多年，仁青的堂姐已经学会了内地人的表达方式，会说很多客气话，这一点，仁青和村里人都不会。

跟洛松玉珍的姑姑一样，在村里别人让她跳家乡的舞蹈时，她似乎也生疏了很多，也是两只手臂端在胸前笑笑地看着。

江措说村里不止她们在外面，应该是只有她们两人在若干年后有了音讯，更多是生死两茫茫。以前电话不通，一个人出去，互不联系，都不知对方怎么样了。村里的户口上有很多都是空白的，有人多年后回来了，但户口被注销了，是因为谁都不知道谁还活着。

果珍来学校给强巴顿珠请假，罗布没在。我转告罗布说："果珍说强巴顿珠生病了，发烧呢。"罗布说："她骗人，上午还看见强巴顿珠在那里跑来跑去，你跟果珍说，要是再请假，以后就不发大米了。"

汪来江村、洛松朗加和尼玛又迟到了。当汪来江村毫无迟到概念又想像以前那样直接走进教室时，我对他说："不可以，要报告。"他退回到教室门口把左手举起来，我说："右手。"他把右手举了起来，放在耳边，喊了声"报告"。

这时我发现他的整只右手是湿的、黑红色的。他把手伸过来一看，全是血。平时不洗手，手上有泥土、污垢，鲜红色的血在手上变了颜色。

看不到伤口在哪里，几乎每个手指都是黑红色，黏黏稠稠的，用酒精棉球擦也擦不干净。我带他到客厅，倒了醋，加了盐，把他的小手放进去，黑色的一盆水。我担心他会疼，他好像没事人一样，说不疼。洗干净以后，我发现伤口还很深。

给小手包上了创口贴，我再找来一包创口贴，让他回家接着换。他笑着说了声"胶布"，就屁颠屁颠地跑了。后来他也没自己换。想起来的时候就过来找我，这时候他的手指好像娇贵了很多，故意翘得很高，说疼。我给他换了一个卡通图案的创口贴，直到最后伤口都结痂了，他都不愿意撕下来。那时候，他的小手又几天没洗了，都看不到创口贴原来的红色了。在高原上伤口愈合相对比较慢，但对孩子们来说，这个问题好像不存在。

孩子们把创口贴说成是胶布。创口贴是胶布，膏药是胶布，透明胶也是胶布，总之什么都是胶布。他们最喜欢要的胶布是膏药和创口贴，拿到胶布，在他们看来特别有成就感。他们描述大人想要胶布的时候，就把腿抬起来，指指膝盖说："爸爸的爸爸，胶布。"你就知道，那是老人的膝关节又疼了。

这段时间，新教学楼的建设，就只剩下外面的油漆未刷了，连日的阴雨雪让建筑工人直骂娘。

他们希望天气赶紧晴起来，早点刷上油漆就能早点离开这个鬼地方。是的，他们认为这个地方是个鬼地方，冷、高，有各种不适。

太阳终于出来了，他们开始爬高，在外面刷深红色的油漆。他们头也不转地很努力地刷，他们想快点干，干完后就可以离开这个鬼地方了。

长在墙根的草儿还滴着露水，踩过土地，新鲜湿润的泥土沾在鞋子上。

远远望向冰川，冰川在变化，每时每刻都在发生变化，我开始听到冰川变化的声音，那是直觉系统终于起了作用。只有巨型的"3"形一直没变，它仿佛是来古冰川与世间产生关系的窗口，它似乎知道，只有它足够世俗化，才可以进入游客们的心中。

　　我在村委会烧火，小四打电话说从然乌回来的学生到客栈找我。我和达珍一起，将上一次放在村委会的包裹一并拿回学校，走在来古村的主干道上时，几个从然乌回来的孩子背着书包，分散着站在果珍的商店门口。

　　桑坦巴姆、罗布措姆几个女生张开双臂，冲着我跑过来。这次从镇上回来的男生，开始变得腼腆，洛松达娃不再扑向我的怀里，背着书包从我身边走过，看着我笑。是害羞，还是生疏？

　　他们帮我和达珍搬着包裹，我和达珍都累得搬不动了，需要停下来休息，他们驾轻就熟，噔噔地就走到我们前面，轻松地上了楼。

　　丁增卓玛和巴登扎西成了"壮丁"，他们在打开的包裹里，不停地翻着、数着，充满兴奋、好奇和不解，不时地举起一件衣服问："莉莉老师，男士？女士？"一边问着，一边不解地看来看去，要么放在身上比画着。有时能突然听到丁增卓玛惊呼"莉莉老师，这里好看"。我想她说的是"这一件好看"。我回过头去看她，她不好意思地斜躺在成堆的衣服上，捂着脸笑，那是一件红色的外套。她拿到了一件胸衣，满脸疑惑地举起来，当她意识到是什么的时候，一下子把它丢得很远，以为没有人看到。

　　越来越多的学生加入"壮丁"队伍，有着内地人生活痕迹的物品，在他们这里成了好奇，尤其是玩具，对生活有实际作用的玩具。而真正的玩具，要是有声响的那种，他们就更好奇了。不知道是谁的动作引发了声响，就像小孩子被自己放的屁声惊到一样，他们到处寻找：咦，哪里来的声音呢？

　　我对罗布措姆说："让其他学生来领鞋子。"罗布措姆问："全部吗？"我说："全部，没有上学的小女孩也来领。"这次寄来的粉色小帆布鞋，与上次寄来的鞋子一样，偏小。

来的孩子很多，有高年级的孩子，也有学前教育的孩子。我说："这次只有小女生才有，所有小女生都过来试穿。"扎西四郎大声喊起来："老师，这里有一个女人。"一个小不点儿女生被他推到前面来，最多4岁。

洛松玉珍和扎西旺姆来得有点晚，看到衣服和鞋子，站在一旁，只会说好看。

我把毛巾发下去，告诉她们，每人三条毛巾：洗脸、洗脚、洗屁股。一群孩子"嘻嘻"地笑，洛松玉珍在一旁重复着：洗脸、洗脚、洗屁股，嘻嘻、哈哈。

- 121 -

分好了衣服、鞋子，罗布措姆和丁增卓玛带着我坐在学校的窗台上。远处不同颜色的植被，或绿，或深红，或土黄，它们让来古的秋意越来越浓。

丁增卓玛把脖子上的项链取下来，用手指了一小段说："这，你的。"说完后，她就去解项链两头用绳子系起来的地方。她是要把项链串起来的其中一部分解下来给我，那是一些像措姆给我的手链一样的东西，不过是绿色的。丁增卓玛说："妈妈说，给。"江措说："那是孩子们童年生活最好最珍贵的东西了，可能真的是绿松石。"几乎每个孩子都有这样的饰品，它们伴随孩子长大，甚至还会留给他们的后人。因为祖先生活的时代要随时迁徙，钱财等不好储存，所以，藏族人都会有类似这样的物件随身携带，甚至还可以作为货币流通、交换。渐渐地，直到现在，它是藏族人生活的点缀，是衡量一个家庭祖上是否优渥、现在是否殷实的标准之一。即使在村野之间，也会像城市的街头巷尾那样，随时有一些人拿着自己的物件与别人相互比较。每逢村子里的重大节日，大家穿上隆重藏装的时候，肯定要戴上它们。

次旦的姐姐噌噌地跑过来说："老师，很多来古的孩子穿一样的衣服去然乌镇，那里的老师和学生都问：穿一样的衣服，是一个爸爸妈妈吗？"

- 122 -

村民集中上山砍柴了，村子里静极了，小卖铺也关着门。

村民很早就牵着牛或骑着摩托上山，傍晚才荷薪归来。他们回来时要经过的山路，从村子里望过去，人、牛、车，慢慢悠悠，浩浩荡荡。人走在后面，不时呵斥一下走偏了的牛，牛也听话地立刻就归正了方向，融入主流中，实际上那条路本身也宽不到哪里去。

每当村民要集中出去干活的时候，邦措和强巴次林就轮流到对方家吃饭。轮到邦措家时，邦措就提前跟妈妈说，要做米饭、炒菜啊。轮到强巴次林时，强巴次林会对妈妈说，茶里要放点酥油啊。强巴次林家庭情况不好，更多时候是喝清茶，只有来客人的时候，才在客人的茶里放一勺酥油。清茶就是只放盐的茶叶水，他们将茶叶放在锅里煮，那些茶叶从远方运输过来，是颜色黑黑的老茶，耐煮得很。酥油从牛奶里提炼出来，它是高原生活中最有营养的食品，高寒之地人体所需要的维生素几乎都来源于它们。

前两天学校里没柴了，江措说："通知村民了，让他们送柴，一直没有人送。他们也没柴，需要再上山去砍。近一点的地方已经砍不到柴了，又不能砍湿柴，他们要走很远很远的山路才可以砍到那些不会被罚款的又可以烧的柴。"我想起卓嘎也说他们早晨不生火的，只要有开水就可以，主要是省柴火，砍柴远得很。

没有大人管着的孩子，在路上玩着车轱辘，推啊推，累了就坐在路边休息，渴了就去赤赤家门口的水龙头接水喝。看他们喝生水，我问他们："以前发的杯子怎么不用？"他们已经忘了杯子的事情。记得刚发下去时，他们觉得新鲜，每天都拿着杯子来上课，醒目的黄色水杯一字排开在课桌上，里面有清茶、酥油茶，还有牛奶，就是没有白开水。

孩子们喜欢吃味道刺鼻的辣条，一块钱一袋。那一根根长长的、红红的零食，满足了他们对零食的各种想象。他们拿着它们说："老师，你吃。"我说："老师不吃。"他们还是尽他们的语言掌握和表达能力，发出各种邀请。当看到我真的不吃后，就自己吃起来。

辣条的味道，直到他们走了很久以后，还飘荡在空间里。

这是一种劣质而廉价的零食，我多少次试图阻止孩子们购买，我跟孩子们说它不好，会让肚子疼。后来发现，除此以外，几乎再没什么让他们能够选择的零食了。或者说，他们能够买到的零食都是这些不知道源头在哪里的不合格的垃圾食品。它们千里迢迢，带着罪恶而来，我们在这个村庄的抵制，显然没有任何作用。

我有时也会买来尝尝，它们确实能够刺激味蕾。那些味道平和的，得不到孩子们的喜欢。

- 123 -

拥宗坐在学校右拐路上的不远处，手里拿着作业本和铅笔。

她看见我走过来，转身把它们交给坐在路边的一个村民，跑过来拉着我的手。那个村民是拥宗的奶奶，卓嘎经常说她人很好。她似乎一年四季都坐在那里。她的斜对面是垒起的玛尼堆。每次孩子们和我走过那里的时候，都会特意拉着我顺时针走。村子里的路上有很多这样的玛尼堆。

我对拥宗说："老师要去村口找村主任，你要跟老师一起去吗？"她点头。我说："要很远啊。"她说："不怕。"

我们牵着手，一起往村外走。

路上只有我们的脚步声。我们也不说话，走着走着，相互看一眼，笑一下，看着脚下或者前方，走路；再相互看一眼，笑一下，再看着脚下或者前方，走路。

在二年级升三年级的考试中，拥宗的数学成绩是全镇第一名，连数学老师米玛都没有想到。

卓嘎曾经说过，拥宗的家人特别好，家里很穷，不会挖虫草，也不懂得计较。卓嘎还说，他们有各种病，胃不好、胆不好、头痛、发烧、心脏疼、腰疼，等等，拥宗的爷爷几年前上吊自杀，说是病在身上疼得受不了了。卓嘎让拥宗的家人来我这里拿药，他们说不好意思。

偶尔拥宗过来了，就指指头说，妈妈头疼；指指心口说，爸爸心疼。

村主任坐在村头，与拉客来的司机聊天。他把拐杖放下来，让我随他进屋，拿出风干的牛肉，削一块递给我说，吃。我说，不吃。他说，吃。我吃它的时候没有了第一次那样像棉花一样软绵绵的感觉，而是很轻松地咽下去了。群培的汉语说得越来越好了，可以做很好的沟通。只是我的藏语很差劲，如果能用藏语交流，我想群培会给我讲很多故事。

我和拥宗手牵手地往回走，跟来时一样。一路上，我们不说话，时不时地看一眼对方，笑一笑，再往前走。

　　我们的影子就在侧前方，一个大身影牵着一个小身影，就像是牵着多年前和多年后的自己。周边很安静，红色、绿色、黄色相间的植被，远远近近地散布着。远处的雪山、冰川，洁白纯净。

　　村民骑着摩托车运柴，牦牛稳重悠闲地迈着脚步。

　　快到学校了，我们远远地看到桑坦巴姆、次旦在学校附近等着，她们摘了很多野生的红色小水果，捧着跑向我们。我说老师不吃，她们不由分说，一个塞进我的左口袋，一个塞进我的右口袋。

二十四
你看，你看，这是什么？

- 124 -

收割了青稞的土地硬硬的、光光的，没有任何东西覆盖其上。上次路过时，它们还是一地的青稞。现在的它们要休整一段时间，过了深秋，再过冬季，它们供养村庄的时刻就又到了。

我随着丁增卓玛，走在去她家的路上，这次是因为丁增卓玛的妈妈受伤了。

我们还是踩着牛粪，推开木门，一张不知是什么的皮囊甩在院子里。除此以外，小院跟青稞绿的时候一样，没有什么变化。

丁增卓玛的妈妈把藏袍掀开，腿上的皮肤白而细腻，完全不同于裸露在外面的皮肤的粗糙和沧桑。我给她的伤口敷上药，再教她用艾条。她看着我拿艾条的样子，很好奇，奇怪地看看我，再看看丁增卓玛。

次仁卓玛家就在丁增卓玛家的旁边。每次到丁增卓玛家，也会去次仁卓玛家。

次仁卓玛家的房子比丁增卓玛家多，家里有羊，也是一样的高门槛。次仁卓玛的爸爸提出一只箱子，蓝色，破旧，里面有户口本、医疗本等。次仁卓玛的爸爸找出一个信封，取出几张照片，是次仁卓玛的捐赠者的照片。与很多学生家把捐赠者的照片挂得很显眼不一样，他们把照片与户口本放在一个箱子里，次仁卓玛的爸爸想要捐赠者的电话，说是要表示感谢。

两个人去，三个人回来。丁增卓玛和次仁卓玛跟着我一起回学校。

她们走进我的房间，环顾了一眼，像以前一样说，不可以的。

她们自顾自地开始整理，从角落开始，搬的搬，抬的抬，很快，一个整洁的角落就被整理了出来。看着放药的地方凌乱，她们又说："这个不可以的。"我说："这个可以的，老师知道什么药在哪里。"看到专门放私人物品的床，她们边说这个不可以的边要动手。我说这个可以的。

在做家务方面，她们从来都认为她们的老师是需要被照顾的孩子。

外出回来后，我经常会发现孩子们在等我，有时候是坐在门前的台阶上，旁边放着柴火，有时就在校园里玩耍，有时就是各种打扫卫生。

你走进客栈大厅，会发现大厅以及门前的走廊干净得发亮，几个学生正在水房里洗拖把、接水。邦措拖完了地，正又着腰看她的劳动成果，那个拖把比两个她都高。

这种景象太多了。这次是邦措，下次就是扎西旺姆。扎西旺姆扭过头时，她的两个小辫子从侧面看翘翘的。

- 125 -

待卓嘎再走进被次仁卓玛、丁增卓玛整理过的房间时，说："哟，房间可以啊。"跟其他村民一样，卓嘎一向认为我的房间太乱了，但她聪明地没说出来。

卓嘎是带她的一个亲戚来拿药的。

那是一个老人，他脸色发黄，眼睛浑浊，精神不是很好，右手不停地在抖。我问他："你哪里不舒服？"他汉语很好，他讲述他的经历，所有的病情随着经历说了出来。

他出生在来古，工作在拉萨，是一个建筑工人，今年六十多岁了，病退那年一月工资五百元，现在一月工资三千多元。他现在回村里养老，但要经常出去看病，算是村里的体面人。他说医生说他有很多种病，胆囊炎、胃不好、十二指肠有一个袋子、帕金森、乙肝等。我问："袋子是什么？"他说："就是那里经常会疼，但因为有帕金森病，医生不给动手术。"

给他拿了很多药，头孢、芬必得、肠炎宁等，别的村民每一次拿一种的药，在他这里集了中。他想要阿莫西林，那是他以前在镇上能拿到的最多的药。我说："抗生素不能多吃。"他说："可以的，以前都是这样吃的。"他还要多一点的止疼药。我说："止疼药也不能多吃。"他说："晚上疼得睡不着的时候，再吃。你不要怪我拿药多，我是担心你要是走了，我就拿不到了。"

村民们陆续过来，他们都拿着药方，是从村里出去的在拉萨当医生的村民给开的。

前些天，那个医生放假回村。卓嘎说："他喝酒的，但是他不喝酒时看病可以的。"江措说："村里人把他认为是神医，看病很有经验。村民们保持对他的信任和依赖，即使去镇上或者白玛镇（白玛镇是八宿县城所在地）也拿着他开的药方去寻药。"

我一直想着要找他详细问，村民们最缺的是什么药，村民们最多的病是什么病，以后怎么预防等等。还没来得及问，他就回拉萨了。村民们说："医生开完方子说，他没有药，叫我们去老师那里拿药。"

拿过来的处方显示，村民们主要是肠、胃、胆等病。处方中，多是芬必得等止疼药，左氧等消炎药，阿莫西林等抗生素，阿苯达唑等广谱药，还有丹参片、陈香露白露等我这里没有的药。

村子里患肠胃病的人多，关节疼、胆部不适、牙疼的人也很多。我问刘局："应该是什么原因？"刘局根据他的经验说："牙疼是因为没有刷牙的习惯，不注意个人卫生，喜欢吃甜的；胆部不适是因为喝酥油茶；关节疼是因为这里气候太冷。"

所以再有牙疼的人过来时，我就把牙刷、牙膏拿出来，说，以后用这个。那些牙膏、牙刷是一些细心的游客带过来的，他们带了一大包。还有很多是酒店里一次性的。

卓嘎说："莉莉，你是医生了。"

- 126 -

孩子们聚在来古村的主干道上。他们要坐面包车去然乌镇。这个时候，村委会的窗帘还是合着的，他们还没起床。

后到的扎西旺姆、巴登扎西，被候在外面的家长们硬推上去。就像在都市里挤地铁，总有那么一个维护交通安全的人问你：上不上？你说上，他就毫不犹豫地从你背后猛推你，你踮起脚尖上去了，他松手，车门关上了。

项巴多吉说，包一辆车200块钱，坐了19个学生，副驾上坐着3个孩子，平均一个孩子10块钱多点。

上午10点左右，几乎所有去然乌读书的孩子都大包小包地聚拢了过来，背着书包，拎着尼龙袋，袋里装零食。小卖铺的生意于是从早晨起就开始了它一天的兴隆。

一辆车子开走了，挤在车里的孩子们趴在面包车后面的玻璃上挥手说，老师再见。洛松玉珍的爸爸穿着内地寄过来的衣服，站在人群里很显眼。他的面包车被承包，他的女儿洛松玉珍就像是一个小公主。洛松玉珍是孩子们中零食最多的一个，手里的塑料袋装满了各种鼓鼓囊囊的包装袋。

罗布措姆和桑坦巴姆跑过来紧抱着我说："我们然乌的，想你。"次仁卓玛从哥哥的摩托车上下来，低着头，站到一边。次仁卓玛的情感表达总要含蓄一些，刘局也说她最有女儿态，经常一副害羞的模样，不好意思地把头扭到一边，手好像有点紧张地搓着。不同于其他孩子的拥抱或者钻到你怀里，她经常是悄悄地站在你旁边，两只手握着你的一只手。即使这样的送别，她也是坐在车的角落里，透过车后窗悄悄地向你摆手，她在跟你说再见。

上午10点多，太阳升起没多久，洒下来的光芒，鲜鲜嫩嫩，好像还沾着露水。面包车在光芒里越驶越远，趴在后车窗的孩子们仿佛有一个磁场，阳光都聚集在他们身上，阳光里的他们越来越动人，越远但越清晰。

他们好像不想去镇上，但好像又充满期待。离开、回来，年少的时光里，他们配合着所有的大人，跟村庄和学校做一场皆大欢喜的游戏。

跟以往一样，他们这次去镇上要连着上10天的课，接着会有4天的大周末。以前认为孩子们去然乌上学，让我们的距离变得远了，后来发现不是的，10天回来一次的大周末，其中有期待，反而更加深了情感。

他们走了以后，我终于可以有一点自己的时间，也终于不需要因为要找回自己的时间而跑到村委会，但是往往待不到半个小时就又魂不守舍地回来了。

他们每次从然乌回村的时光里，也是我最忙碌的。因为以前上课时面对的是7个孩子，而这时要面对的是那么多个不知从哪里就钻出来的孩子。他们会一早就在我的窗前叫，晚上还会到我的房间里来，我时时刻刻要做的是带完这个再陪那个。

但是，当他们一下子又都像小野兽一样四散离去时，他们不在身边的失落感与终有一点点自己时间的小窃喜，对我来说，就像是在深不见底的大海里碰到了一个水滴。

- 127 -

去然乌的孩子们上学走了以后，来古村就像是一个老人了。

好像来古村所有的热闹、青春、生机、生命力，都来源于那些活蹦乱跳的孩子。他们上蹿下跳，无所不能，就像是村子里的元气。

10月初的来古村已是各种寒冷。不在阳光下，手脚冰凉，冰凉得让你的手打不出字，也让你的脚没有兴趣迈出一步。你只想把手放进衣服里，贴着皮肤。

四面来袭的风，寒至骨髓。露出来的皮肤沾到冰冷的风，变得僵硬，好像稍有什么东西触碰上来，肯定会分离出去，不再属于自己。

因为寒冷，村里所有的一切都开始展现它的萧条，有来自大自然的，也有来自人与人之间的。

迷迷糊糊地像是在梦里。巴登、尼玛，嘻嘻哈哈，搬桌子、扫地、洒水。

醒来，不是梦，他们正在楼下忙活着。扫起来的灰尘又从看不见的缝隙钻了上来。

新的教学楼即将建好，建筑工人说再突击两天，就有人来验收，验收合格后，他们就回县里。他们兴奋地说，12月份就能回老家了。

新的教学楼里说话回音很大，他们说到回家的时候满脸笑容，好像家已在眼前。他们说，西藏的钱相比内地好挣，但条件也艰苦。不过，他们还是希望有机会再来西藏。

学校门口，一辆皮卡车从村外进来，开始陆续分批地把东西从建筑工地上拉走。在这里工作了半年的建筑工人，开始着手将来古村放进回忆里。

-128-

相比内地的蓝天白云就算是好天气，村里的好天气标准似乎多了起来。比如有风，但不能太大；有阳光，但不能太强烈；等等。

就着好天，我和孩子们一起在客栈的观景台上清点图书。

学校里有很多内地人寄过来的书，各种类型。只是，相比篮球、足球以及山野，书不容易得到孩子们的欢心，可能它没有声音，没有图像，而且又是汉语。

寄书过来的人一般都会有所表达，写在书的一隅，这就成了我们的乐子。

一本《一万个为什么》的扉页写着"亲爱的小朋友，希望你们快乐成长，成长为对家乡有用的汉子"；一本封面是卡通人物的图画书，上面写着"你要相信，你一定要相信，你一定可以成功，你一定可以走出贫困的山村，进入富裕的城市"。

这上面的字是洛松朗加看到的，他指着那些字问："这？"他是希望我能念给他听。我念完了，他眼睛一眨一眨地，肯定没有听懂，要是他用藏语说一串这样的意思，我也听不懂。

还有一些书里会夹有树叶、花瓣、好看的画和照片，甚至还有做成标本的蝴蝶，它们就像是书签，告诉我们它曾经被人翻阅过，而被翻阅过就是它的价值所在。

不时还会有公务员考试、高考复习等方面的书在里面，相比《安徒生童话》，它们好像太严肃了，与这个村庄不仅仅只是两个世界的事情。我们曾想把它们作为点火的材料，小四将它们撕成许多个小碎片，但它们的纸张硬硬的，不能胜任，最后它们最大的作用是挡住墙壁透风的地方。

我有意在那堆书里选出一些有色彩、有画面的书，它们称不上绘本，但至少看上去有画面感。我举着我找出来的书告诉孩子们说，就是这样的。我是希望孩子们的阅读建立在这些有画面的书上。仅有汉字的书，他们根本就不去翻阅。

好像调皮的书总会跑到调皮的学生那里，汪来江村拿到的书上面有儿童不宜的画面，他一脸坏笑地问："莉莉老师，看看，看看，这？"他指着那些儿童不宜的画面。

他当然要为他的调皮付出代价，被我追得到处跑，但跑着跑着我就发现，我越追他，似乎就越成了他成功逗我的好玩事件。

找出来的书，我们要搬到教室里。那天搬书工作快结束时，天气变脸了。孩子们很慌，尖叫着把书往教室里搬，搬着搬着，就又成了刺激的游戏。

所有的书搬完以后，除了儿童不宜的画面，汪来江村又看到了"羊"。他跑过来指着上面的"羊"们问："莉莉老师，我的，这个吗？"我说："不是。"他再指另外一个问："这个？"直到确定哪一个是他。

他们很喜欢他们的"羊"名字。

前段时间，一年级的5个孩子，每个人都有了别名。唯一的女生邦措，美羊羊；好学向上的强巴次林，喜羊羊；调皮的汪来江村，沸羊羊。洛松朗加每天迟到，想叫他懒羊羊，强巴顿珠举手要求说："老师，我是懒羊羊，懒羊羊是我。"剩下的暖羊羊，于是就给了洛松朗加。我问他："可以吗？"他说："可以。"

所有能与童年沾边的故事，只要有"羊"的故事，我们都看得懂。

- 129 -

一年级的5只羊，总是咩咩地叫。

洛松朗加叫暖羊羊是叫对了，胖胖的，看起来暖洋洋的。他一看我生气，就撅着屁股让我打。他的裤子和尼玛的裤子一样，坐下后，露着屁股沟。他写在作业本上的每一个字永远都是轻飘飘的，像是没有任何力气，他听到的"La Mu Zi"最多，偶尔听到一次"La Zi"，会让他眉眼张开，嘴里不断地感叹"A, La Zi""A, La Zi"。

调皮的汪来江村，每次写作业，他都要出洋相，好像根本就习惯不了坐在桌子上老老实实地写。他要么整个人横着趴在教室后面的凳子上，要么把作业本贴在墙上，写的时候，舌头伸得长长的，一副吃力的样子。

写累了，他觉得有必要再"调戏"一下老师，又把那儿童不宜的画册拿出来，指着男女亲热的图片问："莉莉老师，看看，莉莉老师，看看，这？"从第一次他这样问我，我追着他跑的时候，他就认为他找到了与老师之间的刺激点。

强巴顿珠，汉语最好，他终于不再把"上课"和"下课"弄混了，终于会在想下课时问："莉莉老师，下课吗？"

强巴次林，最用功。别的同学像撒欢的野马时，他依然可以沉静地写着作业。我说写得不好，他叹气；我说写得好时，他笑笑，大声地喊着"谢谢啊"，接着再写。

邦措，唯一的女生。

一天，卓嘎用藏语对男生说："你们要爱护她，她是你们的妹妹，就她一个女孩。"我问卓嘎："男生说什么？"卓嘎说："他们都说好的。"邦措喜欢哭，当她知道哭很奏效时。不会写作业，哭；被同学推了一下，哭；被碰到指尖时，哭。总之，就是哭。

二年级的两个孩子，也越来越各显千秋。

尼玛写作业永远最快，错误同样很多。巴登，永远是慢腾腾的，错误率不稳定，有时很多，有时又让人惊喜。即使说放学了，可以回家"Sa Ma Sa"了，尼玛在那里雀跃着，一边嚷嚷"回家 Sa Ma Sa 喽"，一边欢快地收拾着书包，巴登却还能做到趴在那里写作业。

二年级有篇课文《北京》，课文里说，"天安门在北京城的中央，红墙、黄瓦，又庄严，又美丽""北京新建了许多立交桥……各种车辆在桥上桥下来来往往，川流不息""站在高处一看，全城到处是绿树，到处是大楼""北京有许多又宽又长的柏油马路。道路两旁，绿树成荫，鲜花盛开"，等等。

尼玛问："莉莉老师，北京？这里？"他用手指向东、南、西、北各个方向。我分不清东南西北，找来了一个小的地球仪，在地球仪上指给他们看。他们对地球仪产生了兴趣。

再说到东、南、西、北时，我就用手机上的指南针，精确到南纬、北纬多少度。手动一下，上面的针头就动一下，每次动，他们都兴奋得指着手机跳起来。于是，针头就又动了。

巴登问："北京，你的回家吗？"我说："回。"

尼玛问："拖拉机吗？"我说："不是。"

他问："摩托吗？"我说："不是。"

他问："那是什么？"

我张开双臂，模拟飞机飞行的样子，说："飞机。"

他重复着"飞机"，眨眨眼睛。

我说："火车。"他好像更不懂了。于是，一有时间，他就问我："莉莉老师，今天这样吗？"他张开双臂像我一样模仿飞机飞行的样子。

我的手机里有很多他们的照片。和他们在一起翻看他们的照片时，巴登经常的表情是害羞，尼玛不一样，鼻涕快滴到嘴里，又吸溜回去，让翻、翻、翻，他要看、看、看。

每次看到巴登的害羞，我就想：这么羞涩的小少年，长大以后会是什么样的呢？

二十五
猫鼠相伴

- 131 -

操场上，建筑工人在整理东西，学校建成了，他们要回去了。他们换下满是白色水泥污渍的衣服，新衣服也是深色系。他们欢快地冲我挥手说："回去了，回去了。"

楼下传来摩托车发动的声音。

太阳似乎有意躲进云层。摩托车发动的声音，持续一阵，断开一阵。最终，车子启动了。他们在这个村子里劳作了半年，候鸟一样要去别的地方了。这个时间，西藏所有村里的活都做不了了，如果他们不回内地，应该会在县城里接一点小活。

西藏土地上什么都贵，人工也贵，比如他们。两年后，仁青在原来的地方盖房子，想找工人，找不到，主要是仁青给的价格不合适。仁青之所以能盖房子，是因为然乌镇政府里的人说了，困难户，盖了房子，可以做藏家乐，还能有收入，如果仁青愿意，政府愿意出3万块钱扶持，前提是先盖好房子。仁青跟哥哥、姐姐商量后，觉得这个机会应该把握住。于是每天哥哥、姐姐、弟弟过来帮忙，慢慢地，房子也盖起来了。仁青特意打电话过来给我说："你来了，就有房子住了；你朋友来了，也有房子住了。"

工人离开村庄的时候，来古冰川的摄制组也要回昌都了。他们来自北京，为昌都风光拍宣传片，在来古村已经待了好几天了。他们拍了白色的冰川，五彩的山，让江措帮忙寻找黑色的玛尼石。江措跑遍了沟沟河河，还是没找到。江措说，来古村就没有黑色的玛尼石。

我随摄影组的车子外出，这个时期，分布在出村路上的"措"（湖的意思）清澈无比，带着一种说不出来的颜色，看上去是翠绿，又像是湛蓝。有一段时间，它们是浑浊的，很多游客表示失望，千里迢迢就是为了看它映着蓝天白云的清澈，结果跟内地的很多湖一样，只有什么都看不到的土黄色。它，构成了真正意义上完整的然乌湖，这是很多人不知道的。他们认为318国道边的是然乌湖的全部，实则那只是然乌湖的下游。出来古村的路上，才是然乌湖的上游，是它承接了冰川融化的雪水，经过村庄，又经过田野，才有了下游然乌湖经年清澈的湖水。人们只看到了一眼可以看到的，然后就一厢情愿地认为那是然乌湖的全部。晚秋时分，融化下来的雪水不再湍急，它也终于可以沉淀、安静，显出它真正的样子。路边还有很多流动不止的河流，流过河床的水一半浑浊，一半清澈，非常鲜明。刘局说，这是西藏这个季节特有的现象，也是西藏的溪流才有的现象。

路上听到很多人的故事，在西藏生活、工作的人的故事，那都是几句话就能概括的一生。很多人出生于内地，来西藏工作，退休后又回到内地。他们认为，"山高路远，西藏太多故事了，但又因为山高路远，没有人听到"。很多人的家庭模式是学习、工作在西藏，家庭、生活在内地。他们最大的期望是休假、退休。退休以后就可以回内地了，回内地那才是真正的生活。他们认为，人只有回到成都（作为西藏与内地关联度最大的一座城市）才是活的。我问："为什么？"他们说："因为路途艰难，不知道会发生什么。"

但连续四年以上的高原生活，对于回到内地的已成中老年的他们，又会有多种来自身体的考验。而且，西藏特有的人文、地理环境决定的社交理念与方式，让回到内地的他们觉得与内地人又不一样。

无论是"藏二代"还是在西藏工作多年的内地人，他们甚至会觉得自己是"夹心人"。

他们的一生，都是西藏的"汉族人"，或内地的"西藏人"。

- 132 -

深夜，江措带着村里的车等在镇上。

邮局的扎西群培从被窝里钻出来，穿着大头皮鞋，在彻骨寒冷中把包裹搬运上车。前两天，他就打电话过来说："你说今天来，怎么没来？"我说："没有车，过两天去。"他说："不要骗我了。"我问他："是不是包裹把邮局都给占满了？"他说："是啊。邮局里都是你的东西，没地方了。"然乌镇邮局里只有他一个工作人员，很多工作让他分身乏术。在村里，我收到他的电话最多，每次到了包裹或者包裹太多的时候，他都打电话过来问："你什么时候来？"

然乌镇到来古村35公里的行程，晚上比白天多用了一个小时。坐在车里只能看到车前不远有光的路，周围全是黑暗。同样一条路，时间不一样，带给你的感觉也不一样。夜幕下的赶路，我有点疲于奔命，还有点在自然面前无所适从因而才有的敬畏。

这辆车还是从波密淘汰下来的面包车，在路上不时发出奇怪的声响，每次上坡，都会倾斜得厉害。江措跟车主人普琼关系很好，说要帮他把车修好，一直没有机会。直到江措驻村结束离开来古村，那辆车还是歪歪斜斜地进出来古村。江措多次对普琼说，这样太危险了。在我们眼中危险的事情太多了，但在村子里，这些危险的事情依然有着它们的生命力。

那辆车直到我离开村庄的时候也没有修。一是根本就没有修的地方，应说不知道哪里有合适的修理厂；二是本来就是一辆淘汰下来的车，在别的地方，它早就应该寿终正寝了，可能对于修车工人来说，都不知道应该怎么修。

在西藏时间越久，就越发现，任何一个西藏土地上的物品，尤其是进了偏远山村以后，它们都有着极其坚强的一面。或许因为土地的荒凉而不得不有的磨砺，它们的生命力持久且发着光芒，永远没有停歇，永远都是只要有一口气就可以活下去的样子。那辆车像村里那几辆从其他地方淘汰下来的车一样，每次启动都要经过好几道工序，启动后，尽管歪斜，它还是能跑起来，承载着一拨又一拨的人进进出出。

- 133 -

可能因为深夜那辆面包车行在路上的孤独感以及渺小感，也可能因为别的，回到学校，我对满足生活需求的工具，突然加深了感激之情。时间久了，一切都有点理所当然了。

那台每天相伴的炉灶，有了它，才可以有饭吃，才可以有温暖，但更多时候，我总是在想：它怎么就那么大的烟雾呢？

但是我又凭什么理所当然？它们又凭什么每天都被弄得脏兮兮的？后者是所遇到的每一户村民家都不会有的现象，每一家的炉灶都特别干净，每一户都有一个专门用来擦炉灶的抹布，不时擦去落在上面的烟屑，每一个灶台都干净得发亮。在村委会里也是这样，达珍是最勤快的，那块抹布不时地被她默默地拿在手上。只要炉膛里有火，他们还在炉灶台上热东西。

我也开始了每天都擦拭灶台的生活。每天，它都干净得发亮。

我也学会了在上面热包子、热牛奶。跟村民家和村委会一样，直接把凉了的包子放在上面，不一会儿就吱吱冒着热气，吃起来热热的、香香的。牛奶躺在铝制的小碗里，不一会儿就沸腾了，房间里都是奶香味。

小四跟桂鹏一样，结束两个月的志愿者时光回上海了。

深夜我收到小四发来的一条短信：下了飞机，进了地铁，坐在地铁里号啕大哭。不知道哭什么，就是想哭，想念你们。

小四后来又回西藏了，跟回到上海的桂鹏一样，他们都辞掉了那个让他们有机会到西藏做志愿者的工作。这也让那家企业再也不敢派人进藏当志愿者了，因为每一个进藏的人回去以后都辞职了，尽管辞职后的方向不一样。

－ 134 －

西藏每一个驻村工作者都收到了撤离的通知，关于撤离的时间表，在几次三番的更改后，终于见了分晓。

江措说，自从知道撤离的时间表后，觉得时间过得好慢。好多天以来，他们都在兴奋、焦急地数着离村的日子。听说，驻村工作干部之间见面的问候是"有没有在墙上画杠"，并且交流画杠的经验。画杠，就像数数，先把需要留在村里的时间画出来，再一一地画掉。

在开了最后一次全体村民大会后，江措他们甚至减少了每天做饭的次数，更多的时间用于聊天、打扑克，以所剩不多的烟做赌注，输了的可以记账，赢了的，也不再讨回来，那可是他们在村里的精神食粮。

如果他们知道回城以后会如此地想念这里，当初就不会那么急切地盼望离开，但不离开又是不可能的事情，他们的工作、生活都在城里。

江措说："你前两天出去，老有村民过来问：'莉莉老师呢？'我说：'出去看病了。'村民问：'还回来吗？'我说：'回。'第二天又有村民过来问：'女老师呢？还回来吗？什么时间回？'我被问烦了，统统回答说：'不知道，不回了。'"

短暂的外出回村后，村民再送东西时我也不担心被江措他们看到了。以前他们送东西，有那么一点平均主义的意思，现在堂而皇之地在江措他们面前不停地送来牛奶、酸奶、酥油、土豆、白菜、青稞酒、风干牛肉、糌粑、饼子，甚至柴火以及用于生炉子的松柏。卓嘎说："村民们都说，现在就莉莉老师一个人在学校里教小孩，爸爸妈妈不在身边，不能让她没有饭吃。"

与以前送东西有区别的是，家里有学生和没学生的村民，几乎是不约而同地送过来。这种送，持续了很长时间，直到我最后离开村庄。

以前学校里间或有着小四、桂鹏，两位老师或者建筑工人，村民们表现得没有那么热烈，或者我的感知没有那么强烈。当我独自一个人时，感觉尤其强烈。

总之接下来的生活就是，每天都被他们送的东西包围。柴火堆满了柴房，又堆满了走廊。土豆一小堆一小堆地放在筐里，不得不直接摆在桌子上。

江措嫉妒的眼神开始变得幽怨，临走时还不忘"啧啧"几声。江措认为这是我短暂离村带来的效应，因为村民们发现，他们不想村子里没有莉莉。

房间里的灯泡不亮了。一直以来都是用卓嘎家的微型水力发电机，卓嘎跑过来说，村民们都在磨糌粑。所以，冬季本来就很小的水流，再没有更多的力量供应我的灯泡了。如果不是这个原因，很多时候灯泡还是很亮的。有时卓嘎白天跑过来说："莉莉，把灯泡打开，让它们亮着。"我问她："为什么？"她回答的意思是要帮发电机分担一些压力。所以，我经常能看到，学校里的灯泡即使白天也明晃晃地亮着。

整个来古村一直用的是微型水力发电，直到2012年下半年开始用上了太阳能。可能是操作不当，经常有村民反映说没有电了，刘局和江措过去查看，闻到了一股怪怪的味道。

江措帮忙接通了客栈大厅里的太阳能灯泡，我就暂时告别了蜡烛。

未来很长一段时间里，学校里就我一个人，还有猫和老鼠，我说的是夜里。

-135-

一个村民送柴进来，卓嘎看着那柴说："这是好烧的，是学那湖的柴，干干的，烧起来，香香的。"被送过来的柴安静地躺在地上，还能看到它曾经的苍劲有力。前世守在学那湖边，枝头应是开满了鲜花，枝上也盘着绿叶，寒流过来，水分被抽干，干枯得没有了生命力，被村民看见，于是砍回来做柴烧。

学那湖在很远很远的地方，腿脚好的人不停歇地走过去，要4个小时左右。相比在村里看的冰川，学那湖边上看到的冰川更美，也更寒冷，距离近得似乎都能看到它吱吱冒出的寒气。自然界太奇怪，山这边还是杜鹃满山，遍野无名小花，山那边却是寒冷异常的冰川。刘局说，学那是帽子的意思，它的湖水，终年呈翠绿色，它像是一顶有棱有角的帽子，守候在远离村子的地方。

来自学那湖的柴是杜鹃的枝干，这让我有点始料未及。江措说："很早以前你烧的柴就是杜鹃花枝，只是没告诉你，怕你知道后舍不得烧。"

柴房里有越来越多的柴，仅凭枝干是认不出哪些是杜鹃的，后来掌握的一点就是只要还带有叶子，就能知道它是什么，来自什么地方。杜鹃的叶子是细长的、干干的，还保持着垂直向一个方向的统一造型。

后来多选在晚上的时候烧杜鹃花枝。有时外面下着雪，刮着风。把杜鹃花枝放进炉子，它的叶子特别容易燃烧，燃烧起来有一种清脆的噼啪声，随着它的燃烧，似乎还真的发出一种香味。

炉子旁边长长的木椅上，因为寒冷，早已固定放着毯子、军大衣，把身子窝在里面，脚伸在炉边。每逢烧杜鹃花枝的夜晚，就温上村民送的青稞酒，邀上江措、刘局和达珍，一起围坐在火炉旁。

经常过来钻在炉膛底下蹭温暖的野猫，一身黑，我们给它取名"小黑"。待气温下降时，它"喵"一声表示抗议，我们就知道该添柴了。

他们取笑我说，知道烧的是学那湖的杜鹃，还是不知道该怎么节约。

- 136 -

村主任群培的儿子带来了两样东西，是一个杭州的游客在村口让村主任帮忙送过来的：一把天堂雨伞，一条丝巾，还有一封信。信里说：我们年龄大了，走不进来了，给你一把伞多挡挡太阳。

村子里经常会有这样的来客，他们表达完对你的情感，还没等你说什么，就急匆匆地走了。

炉子上的水即将开了，需要赶紧洗漱，把暖壶空出来，以便新烧的开水灌进去。我的双脚抬起，搓了搓双手，再将装满热水的暖水袋放进衣服里。

学校的房间里有村民送来的酸奶、牛奶、糌粑、饼子，物质太丰富，我甚至矫情得不知怎样搭配着来吃为好。炉子里的火渐渐熄了，寒意四处袭来，开始侵袭我的双腿。

村庄里的冷以及不方便，让我每次洗脸、洗脚时，恨不得都要放弃这样的习惯。每次想放弃的时候，我就对自己说，这是你最后的堡垒。洗澡已由一周一次改为两周一次，后来一个月不洗澡也不觉得有什么不妥。

一只从纸箱子里跳出来的老鼠，两条腿趴在桌子上，身子倾斜状地竖着，直愣愣地看着我，让我站在原地不敢乱动，而小黑还在不远处的炉膛底下蹭火呢。

这些老鼠活跃在村民家，也活跃在野外，威风得不得了。刘局说，西藏长得很大的老鼠是援藏鼠，有一天它们的祖先躲在阴暗的角落里随着援藏物资风光进藏，经过基因迥异的交配，其后代有着比内地鼠和本地鼠硕大许多的身躯。因为藏族不杀生，所以它们也不怕人，被发现后就直勾勾地看着你。

不仅是在客栈，我住的房间的隔壁也有老鼠，我俩的作息时间好像很相似。经常在我睡不着的时候，也能听到它们咯吱咯吱的，好像是在叹气，又好像也是睡不着，到处找东西吃。

很多时候，猫和老鼠让我有一种相伴的感觉，但也有生气的时候，那就是老鼠会吃我的存粮。

有一天我喜滋滋地去拿苹果，还有内地寄来的大白兔奶糖，发现被老鼠吃了，啃得乱七八糟。为了避免低温，苹果和大白兔奶糖一般都放在毯子里面，那些老鼠可能误以为是给它们准备的了。

我把苹果上老鼠吃过的痕迹削去，还是苹果的味道。

- 137 -

索朗邦措抱着一壶酥油茶站在门边。

她说："那天你给了我四条短裤还有不知道什么的（是卫生巾），我给你酥油茶，你喝嘛。"她接着又问："我们西藏的，你要什么？我给！"没等我回答，她又问："牦牛？"她想表达的是牛奶、酸奶，或者是牦牛肉。

她拿出手机说："坏了。"手机屏幕已经碎了，但还能看到显示"SIM卡无效"。这不是第一例，我已经看到好多次了，都是一样的问题。

村民们手机出问题，找不到江措，就来找我。他们不会找刘局，可能觉得刘局有点严肃。

村民拿过来的手机有好几种情况：SIM卡无效、内存卡已拔出、来电听不到声音等。这是他们能察觉的问题，还有一个我认为是问题，但他们不认为是问题或者根本就不知道是问题的，那就是手机里的时间。

每一个村民拿过来的手机上面的时间都不一样，而且也不是准确的北京时间。刚开始的时候，我把手机的铃声等能解决的问题解决了以后，还把时间给调过来，后来他们再把手机拿过来的时候，不知怎么地，时间又是错的。再后来我才发现，原来所有村民的手机上面的时间都是错的，原来他们不用看手机上的时间的。究竟怎么来看时间？我一直没找到具体的实物。

SIM卡无效，不知道具体原因，这个问题我和江措都解决不了。江措说："跟村民说不要买山寨手机，山寨手机会出现很多奇怪又解决不了的问题。"但是山寨手机价格便宜，功能强大，有村民想要的声音大和拍照功能，所以村民喜欢。只要有电话打进来，手机立刻响起热情洋溢的藏族歌曲，打过去时的等待过程中，听到的也都是藏族歌曲。

因为没有足够多的购买渠道，本来以为只有来古村的村民买山寨手机，或者只有来古村村民的手机会出现铃声、时间的设置问题，后来发现，不是的，西藏土地上的很多村民都这样的。所以，山寨手机尽管有着这样那样的粗糙，在西藏土地上依然有着强大的需求市场。

一天我去县城，需要搭车。江措帮我拦了一辆另一个村的村民的车。拉开车门，车厢里全是酥油味，浓厚的酥油味。很奇怪，我坐过满车都是来古村村民的面包车，但是没闻到一点的酥油味，刘局说因为我已经跟来古村村民有着一样的味道了，所以才闻不出来。他还说，所有从西藏回内地的人，都有味道，西藏味，那种味道，别人很轻易就闻出来了，半个月后才会散去。看着我满是疑惑的眼神，刘局强调说他说的是真的。我回来半年后才知道这是真的，因为来古村的味道在我身上半年多，迟迟都散不掉。它就像是一抹魂魄，始终牵扯着我。

搭上江措拦的那辆车以后，他们看到上来一个汉族人，还是一个女的，还穿着有点鲜艳颜色的衣服。要知道，他们都是男人，全都是深色系的藏袍，看见我就嘻嘻地笑，满车的嘻嘻声。过了一会儿，一个人把手机递过来，还是铃声的问题，调好了以后，又有人把手机递过来。后来，车里所有的人都递了一遍。他们手机里的时间跟来古村村民手机里的时间一样，每一个都不一样，五花八门。

来古村村民的手机，我也几乎都调了一遍。到后来，几大类的问题都很清楚了，即使过来的人不会汉语，我接过他递过来的手机，按照已归类的问题去寻找，肯定能排除，可以让主人拿着手机喜笑颜开地回家。

除了共同的问题，卓嘎的要求多了一样，就是帮忙存上电话号码主人的名字。2013年年底，西藏才有了可以藏语、汉语同时输入的手机。这是江措一直耿耿于怀的地方，也是他特别喜欢乔布斯的原因之一，他说："你看，苹果手机就有藏语输入。"但村里，没有人用苹果手机。

卓嘎的手机也一样，时间不对。

来古村女子跟其他藏族女子一样，五官精致、轮廓鲜明、身材高挑、鼻子挺拔、眼窝深邃、肤色健康，总之很好看。索朗邦措就是集合所有这些美好特点的来古女子，也是第一个主动要内裤的姑娘。

在给女生发过内裤后的一天，尼玛跑到我这里说："莉莉老师，姐姐，Duan Ku（一声、一声）。"他指了指外面。汪来江村也过来说了一遍，但我还是没听懂。尼玛索性拉着我走到新教学楼的拐角处，一个姑娘躲在那里，想过来又不好意思过来。这时我才明白，尼玛说的是短裤。

我把她带回房间，指着卫生巾问："有吗？"她说："没有。"我问她："要吗？"她把脸扭到一边。

我问她："你多少岁？"她说："15岁。"我再问："怎么没上学？"她问："你的学，可以吗？"我说："你跟我学汉语，我跟你学藏语，可以吗？"她说："可以。"我们初步达成了共识。

第二天，她就过来借铅笔和练习本。她说来找我学习，她让我用汉语写出她的名字，还有她妈妈、哥哥、弟弟的名字。她还指着桌子问："这？"指着椅子问："这？"然后让我写出屋子里所有能说出名字的物品的汉语。

她让我帮她在作业本上写字。我问："写什么？"她先说"难过"，后说"很久"。白纸上写着四个黑字：难过很久。对着外面白晃晃的阳光，那四个字真醒目，醒目得颇有遗世独立之感。

再后来，她带来了牛奶，她说："给你牛，你喝牛。那天的酥油茶好喝吗？"她的手伸上来，碰了碰我的手说："你的手好看。"她的手有点粗糙，没有她的脸蛋精致。我把手套给她，她不要。她说："戴了手套就不好干活了。"

她说："我看不见虫草，妈妈也看不见，但是我们都能看见贝母。"她接着又说："爸爸死了，弟弟脚不好，哥哥很大了。"村里有一种说法是，修为高、善良的人不容易发现虫草，因为发现和挖掘是对生命的残害，也不知道别的村是不是也这么说。

索朗邦措只来找我学过三次汉语，后来就没有单独来过，倒是带其他女孩一起来过。可能是因为她的效应，其他女孩让她来问："还有没有给她那样的短裤和不知道什么了（卫生巾）？"

我想如果有可能，索朗邦措还会说出她的心事，但，我们都不知道应该怎样表达。就像我和仁青的聊天一样，我和仁青住在她的房子里，她说得不完整，我也听得不完整，所有的细节或者其中遗失的可能性都只能用上下语境，以及平日里看到的去串联。

二十六
都是故意的

- 139 -

夹着雪花的彻骨寒意扑面而来。

持续了半个多月的好天气，来古村终于绷不住了，开始下雪。来古村十月中旬的雪，与九月底的雪相比，纷纷扬扬，正儿八经，村里与山上飘下来的都统一了起来，就像是四月时初见的样子。

柴房里的柴不多了，我把孩子们都叫过来，一起去村委会抢柴，趁着雪还没有那么大，柴还没有那么湿。

孩子们自由组合，两个人一组，个子高的会就着矮的，两个人一前一后，都猫着腰，一人拿着棍子的一头，而柴就放在两根棍子搭起的空间上。从村委会走到学校，要经过一个小山丘，爬上山丘后，他们累了，撅着屁股弯着腰休息，手还不放下棍子。他们这样来来回回走了好几趟，柴房里的柴渐渐多了起来。

他们开始在我面前撒娇，尼玛在我面前晃荡，一副很累的样子。他一边晃荡一边说："哎呀，我的累死了。"我说："你们休息，老师去搬。"看我一个人出去了，他们又跑出来，跟我一起。巴登说："你的不，我们来。"

我奇怪他们怎么如此聪慧，什么都可以当作工具，并且运用自如。我以为是江措帮他们出的主意，江措说："西藏孩子有的是生存智慧。"

/ 来古记 / 冰川脚下的藏地生活纪事

为了这一下午的共战之情，我说："老师晚上请你们吃饭，好不好？"强巴顿珠高兴得甚至拍起手来。

还是各种杂粮混搭在一起的粥，还是混着"老干妈"。尼玛坚决不用小碗，一定要用大碗。他喝了满满一大碗。

他们喝完粥后，一哄而散，尼玛又是跑得最快的，洛松朗加跟在他的身后，小书包在后背上一耸一耸的。

雪越下越大，外面已是白茫茫一片。

- 140 -

放学很久了，邦措一直缠着我，说让我去她家，我说："老师有事，去不了。"这话对她没效果，我走哪她就跟到哪里，抱着我的腰，拉着我的胳膊，总之，她用行动告诉我说，如果我不去，我也干不了什么事情。我把卓嘎找来，说："你来劝劝吧。"卓嘎对邦措说："如果莉莉去你家，这里的东西会被偷的。"邦措嘟着嘴冲她说："你看着嘛。"大姨妈的话也没有用。

邦措和巴登的家相隔不远，巴登经常一副大哥哥的样子，和邦措一起回家。这次，巴登也在，他帮腔说："你今天邦措家里去，明天我家里去。"

世界上有一种情意你最好不要违背，那就是小孩子的情意。我拗不过他们，只能一手牵着一个地往他们家走。路上还遇到了因天晚来接巴登回家的叔叔，巴登拒绝坐叔叔的摩托车回去，坚持跟我们一起走路。

走到岔路口，岔路口往下走是邦措的家，沿着大路再走一段就是巴登家，巴登的妈妈站在路边等着巴登。不知什么原因，或许是看到了妈妈等在路边，巴登突然改变主意，让我去他家。我说："刚才不是说好了，明天去的吗？我的明天去，好不好？"巴登不听，不愿意撒手。

这边邦措拽着我，哭；那边巴登拽着我，哭。怎么解释都不行。我对巴登说："你在这里等我，去过邦措家里以后跟你一起回家。"他摇头表示抗议。我对邦措说："老师先去巴登家，再来你家。"她更加拽紧我，坚决不松手。

无奈之下，我给卓嘎打电话，希望她能翻译并且劝一下，他们俩倔强得谁都不听电话。巴登的妈妈也没有办法，她甚至扬起手要打巴登。

在那个路口，我们都僵持着。

正不知该如何是好时，巴登突然松了手，什么话都不说，拉着妈妈头也不回地走，走得很快，我在后面喊他，他也不理。

邦措的弟弟滚着车轱辘跑出来，邦措带着胜利的炫耀牵着我的手往家里走。

邦措的家里很暖和，坐在他们的炉边，邦措的爷爷抓了抓我的手说："学校里冷的，以后来这里住。"他指了指楼上，开玩笑地说："邦措给你了，你把她带走吧。明年一定来啊，我给你上山采雪莲花。"

邦措是我们的翻译。她翻译得没有那么透彻，但像英语单词那样，我也听懂了几个藏语。

卓嘎曾说，邦措的爷爷以前与其他村民聊天时经常说，等收好青稞就让莉莉老师到他们家里来坐一坐，天冷了就让她住他家。卓嘎经常说，邦措的爷爷人特别好，他们家也有一个藏家乐，偶尔有游客过来，他什么都给游客的。有一天，一个游客的鞋子湿了，他把他唯一的一双雨靴借给游客穿走了。轮到他自己需要穿的时候，又专门跑到县城买了一双。

邦措的妈妈是卓嘎的妹妹。她在家里与卓嘎在自己家里的感觉不一样。邦措的爷爷吩咐她倒茶、烧炉子、添柴,她不说一句话,低垂着眼睛做着吩咐的一切事情。邦措的爸爸跑运输,相比其他学生家,邦措家的情况要好很多。

从邦措家里出来,淋着雪和邦措一起去巴登家。邦措说:"巴登肯定还在生气。"

果不其然,巴登憋着劲不理我。

一个月前巴登的爸爸在出去买东西的路上,开着的拖拉机前面突然出现几个孩子,拖拉机翻倒在路上。巴登帮着爸爸找我拿了好几次药,巴登说:"爸爸的这里疼,爸爸的这里疼。"他边说边比画着,实在觉得不行了,就拉我去他家。那天,巴登的爸爸胡子拉碴地坐在大门口,巴登3岁的妹妹腻在他腿上。那时,他还不能完全自主地站起来。后来给了他几次药,都是巴登放学的时候把药带回家。即使刚刚8岁,无论对于爸爸,还是妹妹,巴登已显示出作为长子以及哥哥的稳重劲。现在巴登的爸爸已经好了很多,即使不用拐杖也能站起来,还能一跛一跛地走。

巴登的爸爸问:"莉莉老师现在会说藏语了吗?"听到巴登说:"Qi Zhi Gao(一声、四声、一声,冷吗之意),Ga Zhi Gao(一声、四声、一声,累吗之意),Ca Zhi Gao(一声、四声、一声,疼吗之意)。"

这三句藏语是我说得最为流利的,任何时候都用这样的话询问孩子和村民。村民和孩子也知道我就懂这几句藏语，它们成了我们沟通过程中使用率最高的，算是通用语言。

相比第一次到巴登家，巴登的爸爸指着盐、茶壶，说它们在藏语里的称呼，然后问我："你们的汉语？"这一次，巴登的爸爸显然看到了我在村子里的成长。

巴登的爸爸坐在高凳子上吩咐着。巴登的妈妈忙里忙外地端出许多吃的，比如酸奶、小苹果等，后来，她递了一块酥油给巴登的爸爸。巴登的爸爸把酥油放在铝锅里，放在炉子上。邦措突然站起来冲我喊了一句："快跑。"

我不知所措地跟在邦措屁股后面跑，也不管巴登和巴登妈妈追在后面。

直到巴登和巴登妈妈不追了，我再也跑不动了，问邦措："是什么意思？"邦措说："他们要做好吃的，可能不是我们能习惯或者认为是好吃的，但是确实要用掉他们的好东西。"

我对孩子们说："下午不上课，明天不上课。"

尼玛说："听不懂，果珍那里去。"他们把我簇拥着，浩浩荡荡地来到果珍店里。果珍翻译完了，他们一哄而散。

尼玛就是故意的，还有他们。

那天，附近有威望的喇嘛到来古村念经。前一年，来古村有四个人自杀，还都是上吊！卓嘎描述他们去世时的样子：脖子以上部位好像脱离身体单独存在。其中三个老人，一个年轻人。有人有病，有人看起来很健康。卓嘎说："有一个长得好看，你们说帅的，以前是喇嘛，生病了，去看病，好了，死了。"

卓嘎说："念经的喇嘛很好的，他们在牛头、狗头、羊头上说话，再把它们埋在角落里。从此，来古村不会再有人上吊了。"卓嘎这么认为，村民们也这么认为。

我把学校的前后门都锁上，也骗不了孩子和村民们，他们知道我在里面。所以，他们在外面坚持敲门，直至我应声出来。

索朗措姆拉着我去看念经。

村里的主干道上，一群一群的人站着或坐着，小卖部的门口也站满了人。大人们手里拿着钱思考究竟要给小孩子多少，小孩子仰着脸，充满期待地望向大人手里拿着的钱。

索朗措姆拉着我在佛堂转经两圈，走到老学校也就是老村委会门前，人们都在往里走。我比画着问守在门口的项巴多吉："我能进去吗？"项巴多吉也比画着说："可以。"

人们坐在露天的院子里，更多的是女人和孩子，有人打了一个手势，坐着的村民都站了起来，分成两边，中间让出一条道来。身穿绛红色僧衣的喇嘛从中间的路上走过来。进来后，喇嘛不知什么时候将绛红色的僧衣换成了有戏剧色彩的衣服，还有前后突出的帽子。他念念有词，我听不懂也听不清他在念什么，有几个喇嘛在旁边做着辅助工作，帮他递东西，将一种东西端起来倒在正在燃烧的火堆上。越来越多的男人开始进到院子里，他们坐在女人的后面。男人们都穿着藏装，女人的着装则没有那么统一和正式。

这件事情在村子里看起来很隆重，几乎每个人脸上都很严肃。索朗措姆的妈妈指了指我头上的帽子，意思是要取下来。索朗措姆坐在我腿上，穿着曾经发给她的一条成人裙——那是一条来自城市里的格子裙，长出来的一大截被系在腰间，用同样是成人版的短款小上衣盖住，整个看起来也没有什么不妥。

天色渐晚。下午五点半左右，太阳开始落到山的那一边，只要它落到山的那一边，阴冷立刻就像一张挣脱不掉的大网重重地笼罩下来。在来古村，早晚温差大从来都不是传言。

我跟索朗措姆比画着说："老师口渴，需要喝水。"我这才被允许从佛堂回学校，而且我也不是一个人，屁股后面跟着好几个。

我反锁在学校静处一天的计划彻底失败。

窗外有声音叫："莉莉，开门哪，冷死了。"我掀开窗帘，穿着红色小衣服的邦措一个人在清冷的校园里，一条腿原地打圈儿地边唱边舞。

孩子们早得不能再早了，早晨8点多，村里还黑的时候，就像是内地的6点多。孩子们最近似乎每天都起得很早，比村民起得都早，起床后没什么事情就来学校，都赶在了村庄醒来之前。害得早起的卓嘎趴在学校墙头上说："自己去教室啊，莉莉累的，你们早的。"

孩子们不会一个人或者两个人就进教室的，一定要等到所有学生都来了，再一起进教室。这个过程，即使教室外面再冷，他们也没有破例过，当然，他们还有一个方法，就是把我叫起来。

我打开门，孩子们就都跑进来。我抱柴、生火，孩子们就跑到外面闹。直到我冲着外面喊一嗓子"喝牛奶啦"，他们才一个一个地跑过来。

我对跑进来的每个人说洗手洗脸，他们每次都有点不情愿，但想着我说的"谁洗手洗脸谁才可以喝牛奶"，估计是不想难为我，也不愿意没有牛奶喝，于是，一盆水、两盆水、三盆水，每盆水都是黑的。

村子里冷，每天都洗手洗脸是不可能的事情。但隔着几天有那么一次，跟过节似的，每个孩子洗完以后都那么漂亮。我总跟江措说："来古村的孩子都是天使，每个孩子都是天使，五官端庄、气质独特。"这句话，江措倒是真的很爱听。

其中，除了邦措以外，强巴顿珠最爱美。每次洗完以后，他都要指着放在桌子上的凡士林问："这个可以吗？"每次，所有的孩子在他的示范下，都把脸擦得香香的。擦完以后，还不忘拿着学校里唯一的梳妆镜，一个一个轮着对里面做鬼脸。做完鬼脸后，孩子们才会安静一会儿，等着喝炉子上热着的牛奶。有的没有耐性，等不及，比如汪来江村，他会直接拿起一包牛奶问："可以吗？"

喝完牛奶后，一个个活蹦乱跳地出去了。只要他们不去教室，不一会儿，你肯定能听到哭声。

哭得最多的是洛松朗加。

你看，巴登又急匆匆地跑过来叫我，拉着我就往外跑。我跑出去一看，洛松朗加一个人趴在地上，其他孩子围在他身边。他抬起头，脸上都是灰，刚洗过的脸也看不出干净了，眼泪在小灰脸上到处都是。巴登的意思是，他们一起玩游戏，他摔倒了。

他跟尼玛玩游戏时已经摔倒过一次，脸上也已贴了一片创口贴，手上也有，现在又这样摔倒。我又给他贴了一片创口贴，两片创口贴几乎把他的小脸变了样。我对他说："不要跟他们玩激烈的游戏，你玩不了，你玩这个好不好？"我找了一个小乌龟玩具给他。

洛松朗加拿着小乌龟，泪痕还很明显的小灰脸竟然笑了。

其他几个孩子看到了，心里不平衡，尤其是汪来江村。他指着小乌龟说："洛松朗加有了，我们没有了，洛松朗加一个人上课，我们不上课，我们回家了。"

偏偏洛松朗加更加得意了，他故意夸张地玩他的小乌龟，即使从左手递到右手，也要划拉一个幅度再大不过的圈圈。他似乎就想对别人说："都看到了吧？我有，你们没有。"即使他的动作再夸张也夸张不到哪里去，因为小乌龟本身就那么小，小到握到手里可能就看不到了。但即使乌龟再小，好像也不影响他更加夸张地炫耀。

这下其他孩子就更生气了。

但，总也得解决吧！那就是我冲着他们，装作生气又严肃地喊："进教室！上课！"

这是万能解药。

- 144 -

看图说话的时间到了。孩子们对直观的东西越来越感兴趣了。面对水果挂图，孩子们指着冬瓜、梨子、桃子，问："Ping Guo（一声、一声）吗？"我说："不是。"他们说："不知道了。"面对一整张图的蔬菜，除了白菜和萝卜，他们都说不知道了。

卓嘎和达珍，一起看动物挂图。她们指着挂图上的那些动物问："这些你们吃什么？"我说："鸡、鸭、鹅、蜗牛、牛、驴、羊、狗、兔子、鸽子、螃蟹、扇贝、鱿鱼，甚至猫、老鼠、青蛙、蛇，都有人吃。"卓嘎惊呼："A Ma！"卓嘎说："我们只吃牛肉，很少吃羊肉的，其他乱七八糟的都不吃！"达珍问："你们怎么什么都吃？"

那些水果、动物，还有拼音、数字的挂图都贴在教室里，几乎贴成了一圈。孩子们走进教室，目光所及就是它们。挂图都是塑料做成的，学校里找不到那么多的钉子，只能用一颗钉子将它们挂起来。挂图本来是卷起来的，所以当只有一端固定起来时，它们还是卷曲的。孩子们看挂图的时候，一只手按着，两只眼睛搜寻着。

村里能种植的蔬菜很少，孩子们亲眼能看到的也就是土豆，还有小白菜。小白菜也要有条件才能种植，并不是每家都有。卓嘎家就有一个小塑料棚，用来种蔬菜，那个大棚一年四季都在院子里，不像内地天热的时候就拆了。村里的大棚，是天热的时候才可以种菜，冬天就种不了了。卓嘎知道内地人的饮食习惯，小白菜长出来的时候，经常送到学校里来。村里人也会去镇上买菜，多是白白的大萝卜、抱成团的白菜，最重要的是其他的菜很难买到，尤其是带叶的菜。

水果，在村里更是难以看到。因为没有种植水果的自然条件，所以也没有吃水果的习惯。很少有村民买水果给孩子们吃，他们从不认为人应该多吃水果。吃水果对于村里的孩子或者西藏更多偏远土地上的孩子来说，是很遥远的事情，像是一次远行。

能买到的水果，多是易储存的，比如苹果、梨子、橘子，水果的品种好像永远只有那么几种，远没有内地有那么多的可选性，所以图片上的水果，孩子们就多不认得了。

刘局说，八宿县也有些地方出产苹果，好像很好吃。为了让我能够更好地认知，刘局让外出的江措买了一些回来，与内地苹果不一样，八宿本地的苹果小，是青色的。有些村民偶尔会买一些给孩子们当零食，奔跑在田野里的孩子拿在手上的也多是萎缩了的苹果。相比麻辣口味的劣质零食，口感没那么刺激的苹果，对孩子们来说，显然没有那么大的吸引力。

也有一些在外面生活过的，或者看上去洋气一些的村民家里会常备一些水果，比如村委副主任项巴多吉、卓嘎。虽然卓嘎的儿子不喜欢吃，项巴多吉的儿子也不喜欢吃。

二十七
你哪里也不去，然乌的也不去

晴朗光顾了来古村一个月。有阳光，有水，村子里就都是满足和幸福的气息。

早上8点多醒了，我不想出帐篷。朦胧中，强巴次林在外面说："莉莉老师，马上过来啊。"我心想：今天周末啊，我想睡觉啊。但我也知道，周末是最没有时间睡觉的。

每天都是这样的早晨，心里充满着无奈，不情愿起床，但是一打开学校那扇门，各种新鲜、美好、期待和希望，随着寒冷但新鲜的空气，一股脑儿地扑面而来，让你在寒冷中打一个激灵，随即精神百倍。

听到我打开学校门的声音，路上玩耍的吾金和强巴次林向我这里飞跑过来。随后，洛松玉珍也跟着跑过来。吾金从背后掏出三盒学生牛奶，说是然乌学校发的。我说："老师不喝，你喝。"她说："你喝。"我把牛奶放在正在烧着的炉子上，热了以后给吾金，她不要，强巴次林爽快地接了过去。吾金小声地叫着他，用眼神表示对弟弟不懂事的不满和抗议。

学校里发的牛奶是水果味的，比如草莓味、仙桃味等，比起自己家的牦牛奶，它们是有味道的。孩子们都喜欢喝，所以把它当作好东西，而好东西是要送给老师的。

吾金的衣服通常都很旧，给她新衣服，她也不穿，她说要在"生日"时穿。村里，甚至西藏更多地方，没有过生日的习惯，吾金的"生日"，指的是"节日"，是需要穿新衣服的节日。

丁增卓玛、次仁卓玛一人背着一捆柴，一个台阶一个台阶地走上来，手里还提着土豆。我说："以后不要给老师送柴，也不要送土豆了。"次仁卓玛仰起脸问："为什么？"

-146-

我给孩子们发东西，扎西四郎用嘴撇了撇旁边的索朗多吉和吾金。

我问其他孩子："给他们多发一些东西，可不可以？"洛松玉珍说："老师，我们可以的。"一直担心村子沿袭的平均主义会给孩子们带来太多的困扰，看来有时候我真是杞人忧天了。

当然也有例外。村里没上学的孩子在发东西的时候也过来了，罗布措姆把我拉到一边，嘴巴凑近我，意即：不是学生的，不能发。她指的是赤赤的儿子。他守在我们分衣服的旁边，罗布措姆看着，不高兴。我对她说："虽然他不是学生，但是家庭困难，也要给他的。"她耍女生的小脾性，嘟着嘴乜了我一眼，两条胳膊一甩，转身走了。

汪来江村调皮，没按时完成作业，作为对他的小惩罚，我打算晚一点发给他衣服。他生气，并做了一个要撕掉自己作业本的假动作。他的意思是：为什么别人有，而我没有？为什么给别人，而不给我？

我说："拿过来，我撕。"他的作业本在我手里成了碎片。我俩气势汹汹地对视着。

汪来江村跑开了，气鼓鼓地跑开了。

他跑到了果珍家的商铺里，哭着对村民描述我撕他作业本的样子，他描述的时候很生气。

这件事情，我做了反思：我是不是方法不对，是不是伤害到他了？后来我专门找了一个时间把衣服送给他，并且讲了好长一段话，讲完以后，自己都不知道讲得合不合适，或者他听懂了没有。

- 147 -

扎西四郎正带着索朗多吉在学校玩。路上来了一辆车，扎西四郎喊着"哥哥来了"，就飞快地跑下去。扎西四郎的哥哥在八宿县读初中，正常情况下，他们一个月回家一次，这次回来不是正常状态的放假回村，听说是他生病了。一同回村的，共有7个学生。

先是一个女生过来，指着腮喉处说疼。仰起头，摸得到疙瘩。她说在八宿输液三天，没好。我确定不了情况，问她："医生说什么病？"她说："没说。"我问："那医生说什么了？"她说："医生就说回家吧。"我给她拿了些药，不一会儿，其他回村的初中生也过来了，症状都一样，我分别给他们拿了不一样的药。所有的药都有一个共性，就是消炎。把拿药孩子的情况跟刘局说，刘局说："是腮腺炎，传染，吃板蓝根就好，没事。"拿了不同药品的7个学生，吃了药以后，都好了。江措说："藏族人很少吃药，一般吃药以后效果就很好。"

晚上煮饭时，来拿过药的姑娘在门口叫我，我说："你进来吧。"她进屋放下一瓶酥油茶，转身跑开了。那晚没有电，我在客栈里找来了几根白蜡烛，偶尔吹进来的风让烛光摇摆不定，好像再用一点力就会熄掉的样子。

刘局帮我从县城里买回来一只鸡，要一百多块钱，比内地贵一倍。我连吃带喝，已经好几天了，每天限定自己喝多少汤，吃多少肉。趁着扎西四郎他们在，我把鸡汤端出来热给他们喝。他们应该是吃不惯，喝了几口汤，鸡肉也都落在碗里没动。我把肉捡过来吃了。扎西四郎看得一愣一愣的。

但是扎西四郎肯定没吃饱，我重新给他们煮了面条，这次放了很多"老干妈"，他们终于像是吃饱了的样子。扎西四郎站起身，准备回家，打开门，他愣住了，叫了一声："呀，柴火。"

月光下，一个小人儿背着柴火正一步一步上着台阶，那是拥宗。

- 148 -

江措开着车进学校，我站在阳台上问他："江先生要带学生外出吗？"他说："来拿太阳能。"我说："要回去了吗？"他说："是啊。"我问："是不是很高兴啊？"他说："那是，特别高兴啊。"

他们这一轮的驻村工作即将结束，回城的日子逐渐定了下来。

他们曾经将村委会的一块太阳能板借给了学校，因为它，学校可以持续有灯光，水力发电不行后，就用太阳能，不过后来它也坏了。

江措上上下下忙着收拾电源线。正在外面玩耍的邦措用藏语问："莉莉老师要走了吗？"江措说："是啊。你要不要跟莉莉老师回北京？"邦措不说话。不一会儿，她走进来，问："莉莉，要走了吗？"我说："是啊。"她站在我身边左右不离地说："莉莉不走，我家里去。"说完哭了。

我看过邦措太多次的哭，江措看过我太多次的哭，江措一直认为我俩是村子里最爱哭的女人。他说："邦措的爷爷还说让你带邦措去北京，你们两个爱哭的女人大手牵小手地站在北京街头，那可怎么办哟？会不会又哭？”

本来在校园里吆喝着踢球的强巴顿珠、巴登、强巴次林，一个个风尘仆仆地跑进来，围坐在我身边，托着腮，然后低头耳语。强巴顿珠问："莉莉老师，要走了吗？"我说："是啊。让不让莉莉老师走？"他们说："不走。"

巴登说："你的走了，强巴顿珠哭了。" 可能因为前些天出村的原因，他们想找我的时候找不到，现在江措又忙着拆太阳能，他们以为我真的马上就要走了。所以，当江措让我跟他一起去然乌取包裹的时候，强巴次林和邦措一个看着我的包，一个看着我的人。

他们说："哪里也不去，然乌的也不去。"

上课时，强巴顿珠趴在桌上写练习，我低下头想看他写得怎么样。可能他察觉到了什么，猛地一抬头，正好撞上我的鼻子，疼得我眼泪掉下来，鼻子也流了很多血。几乎所有孩子都慌了，我也慌了。

他们手忙脚乱地给我扯卫生纸，放在教室里的卫生纸又有了新的用途。那会儿，每个孩子手里都拿着一撮。

那一天，强巴顿珠似乎都有点不对劲。我指指不再流血的鼻子，活蹦乱跳地告诉他："你看，老师没事，一点事情都没有。"他还是一副打不起精神的样子。

第二天，他由一个人陪着过来，像是姐姐。但他站在门口，手背在后面，不愿意进来，他从来没有这么扭捏过。后来他终于进来了，放下一个东西转身就跑。那是一瓶饮料，一瓶至少要五块钱。孩子们平日很少喝这种东西。一个孩子去然乌读书十天，家长给的也就是五块钱。

那瓶饮料，我好几次还给强巴顿珠，他都不要。后来我想把它打开，一看保质期，已经过了好几个月了。

刘局说，西藏是天然的冰箱，来古村更是。保质期过了半年的食品在村里不算过期。而且那些商品从内地到村子里，经历了太多的环节，只要确定是正规厂家的合格商品就可以。后来我们在客栈的柜子底下发现了过期6个多月的饼干，刘局说，也没问题，可以吃。

我从来都不认为强巴顿珠会那么敏感，渐渐地却发现，这个大眼睛男孩有着别的男孩不一样的细腻，像是女孩子中的次仁卓玛。

有一段时间，他跟别的孩子一样，周末也到学校里来。别的孩子嬉戏、疯玩，他则是一个人坐着。我问他："感冒了吗？要不要吃药？"他说："不感冒。"我找来零食给他，他说："我不吃，你吃。"他就一言不发地看着我坐着。坐了一会儿，他看我好像忙完了，就说："莉莉老师，我走了。"学校门口放着他的小自行车，他骑着它，一溜烟儿就不见了。

还有一次，教室里实在是太冷了，我哈着手，皱着眉，缩着肩，嘴里还不忘发出声音。强巴顿珠叫了我一声："莉莉老师，来。"他把小手在课桌上摊开，我把手放上去，他的另一只小手盖上来。其他孩子看到了，一只只小手都盖了上来。

从那以后，就是再冷，我也不在课堂上表现出来了。

- 150 -

天气太冷了，我还在帐篷里，听到一个人在外面叫，以为又是强巴次林，撩开窗帘，一看是索朗多吉。

他没催我，而是确定了我在学校后，就从旁边找来了一些石子，坐在台阶上自己玩。

等我打开门，他把找来的那些小石子装进衣服口袋里，站起来，去拉那个带过来的袋子。那是之前给他衣服时用的袋子，里面好像装了很多很重的东西，他一路倾斜着身子拖上来。我打开来看，是土豆。

我说："以后不要给老师土豆了，留着自己和爸爸吃，好吗？"

他说："不好。"

索朗多吉原来是二年级的学生，后来去然乌上三年级。他的皮肤跟村里其他孩子不一样，不白但不至于黑红，也看得出细腻。卓嘎经常说他长得好看，像汉族。

在镇上读书的孩子要回去了。村民又要开始为期四天的砍柴。卓嘎说："村主任每次开会都会说，如果莉莉老师没柴火了，我们要照顾一下。"

我指一指孩子们送来的多得放在走廊里的柴说："你看，再也不缺柴了。"

学校里有了新的国旗。

江措举着国旗，一帮孩子跟在他的屁股后面，在校园里转着圈儿地走，唱着国歌。不一会儿，国旗就被他们升到了旗杆上，迎风飘在蓝天白云之下。飘着国旗的来古村小学有了庄重和严肃的味道，看上去不再像是托儿所了。

汪来江村站在门口，看着我竟然有点怯，一副不知道说什么好的样子。不一会儿，他搓着双手说："莉莉老师，我明天没来，我错了。"江措说："教了他很多遍，让他说'昨天我没来上课，我错了'，最后还是把'昨天'说成了'明天'。"

江措在教汪来江村学道歉。道歉，这是汪来江村新学的玩意儿，也只有江措可以做到这一点。江措说他是孩子们的魔鬼，专治各种顽皮、不服，孩子们都怕他；而我是天使，因为我对孩子们太好了，但是他认为我的那些好有违做老师的原则。

刚开始，江措跟罗布一样，是不认可一个老师对学生那么好的，他总是认为我把孩子给宠坏了。他认为，老师就是老师，就得严厉，该打就打，这样才有利于学生的成长。他说他小时候就是这么长大的，老师不打真觉得有点不正常。但是他也看到了即使我跟孩子们再怎么腻在一起，再怎么勾脖子打转转，也没有影响孩子们的成长。他也算是默认了我对待孩子们的方法。

其实，这时的江措不知道我对孩子们生气、发火都已经好几次了。

二十八
我们不说美的，我们说冷的

- 152 -

去然乌读书的女孩子们回村了，在学校里叽叽喳喳不肯回家。我带着她们坐在楼上，给她们梳小辫。她们的头发因为不经常梳，都打着结。我要一手抓着头发，一手拿着梳子，以求用力梳开打的结时不是很疼。

突然，洛松玉珍慌慌张张地从下面跑上来，说："莉莉老师，汉……汉族。"洛松玉珍是说，有汉族人进村了。

进入十一月，村里已下了几场雪，刮了几场大风，来古村竟然还有人进来？这次是七个人，配有很多的摄像器材。

卓嘎的舅舅后来告诉我说，他在路上碰到这些人，这些人问他村里最好的住宿在哪里，他指了指学校说，那里。

洛松玉珍帮我一起给他们准备晚饭。他们看我做饭的样子，对于一个如此缺乏自我照顾能力的人在这个山村活了这么长时间感到奇怪。他们用自己带来的东西做菜和饭，并邀请孩子们跟他们一起吃。

巴登、邦措、洛松玉珍、扎西旺姆，他们都愿意。饭桌上，他们看着邦措说，这小女孩长得真好看，并把罐头里的鱼夹给邦措。邦措用手里的筷子向外推，他们以为她是客气。我说："他们不吃鱼。"他们觉得"不吃"应该是没吃过，不知道好吃，所以才不吃。于是他们就说："好吃，很好吃，来，吃吧。"饭后扫地时，邦措的位置下面都是鱼。

他们说，遇到一个小男孩调皮得很，做抽烟状地找他们要烟。这个男孩穿得很少，嘴唇冻得发紫，一直抖啊抖，真应了西藏的一句话：防冻基本靠抖，交通基本靠走，说话基本靠吼。我一听，就知道他们说的是强巴次仁。他们还碰到了一个气质相貌绝佳的女孩子，眼睛大大的，那是索朗措姆。

八宿县分发下来的挂历上，取名"山间小童"的照片里，索朗措姆一双眼睛让人印象深刻。卓嘎和索朗措姆家都把挂历放在显眼处，卓嘎会指着索朗措姆说"我们家亲戚"。索朗措姆的爸爸不会汉语，他指着挂历，再指指索朗措姆说"她"。然乌镇的宣传资料上还有一张八宿县县委书记到来古村的照片，是她蹲下来与村民说话的瞬间，说话的另一方是老阿妈牵着的索朗措姆。

他们是摄影爱好者，在寻找拍摄冰川的最佳角度和时间。他们拍到了农历九月十六黎明时的来古冰川。两个小时的时差，7：40的来古村还是晨晓时分，光明冲击着夜的残余。月亮就在冰川上方，映在下面的湖水里。那里有两个月亮，冰川的尖端已开始变成黄色。

他们冲着我喊："你知道吗？你在的地方就是一个天堂。"

临走前的那晚，他问："姑娘，你为什么来这里？"我问："你们来这里的原因是什么？"他们说："因为这里阳光明媚。"他们又说："下车时，看到一群孩子围着你，感觉特别好，没看出来你是汉族。看到住宿条件以后，我们不想住，但是担心你会哭，我们就住了。"

他们走的那天早上，邦措很早来到学校。我们两个女生，手牵着手，站在学校门前的坡上，看着他们上车、开车、离去。下了几场雪的来古村，依然干燥，车动，尘土飞扬。

这一拨人走后不久，卓嘎家住进了一队人马。

卓嘎说他们是从北京来的，要去山上。听刘局说前几天来了一拨人，要做冰川考察，被推荐住进了项巴多吉家。项巴多吉没在村里，他的老婆不会说汉语，那拨人很着急，要求给推荐其他家，于是刘局推荐了卓嘎家。

卓嘎对我说："莉莉，这不好的，项巴多吉家会说的。"她在那里皱着眉头，不知道该怎么用语言来表达。

那晚，达瓦群培在学校里玩到很晚，我送他回家。他家门口停着车牌号"苏"字头的车。

那一队人马正在做饭，他们是中国科学院的科考队伍，到来古冰川"钻取冰芯"。他们的目标是村民说的东嘎冰川，中国科学院的人把它称为"左丘普"。我问："左丘普是什么意思？"他们说："不知道。东嘎，藏语之意是海螺。"

中国科学院领头取冰芯的人，被称为老徐。老徐六年前到过来古村，那时取冰芯不顺利，他们做了一个标记。六年后再过来时，发现以前隐藏着的标记因为冰川退缩而裸露出来。老徐说，最近六年来冰川退缩的距离相当于以前十四五年退缩的距离。他希望通过冰川，解读气候和人类活动对冰川的影响，掌握变化规律。联想最近几年，村民每年收青稞的时间都会比前一年提前半个月，村民们感觉这是老天给他们带来的丰收。老徐说，从气候变化来看，并不一定是好事。

随行的还有一个以汪成健为首的记者队伍，他们不在冰川上拍摄，就在房间里做后期，还会举起相机拍村民。他们觉得这个村的村民不太配合，因为看到相机就远远地躲开了。终于有一个女村民从远处走过来，虽然有头巾蒙脸，但从仪态上感觉还是个美女。汪成健兴奋地说："这个村民好，这个村民听话。"女村民走过，瞥了相机一眼，毫不停留地走开了，其余人在一旁使劲地笑。

此次来古之行取冰芯，对于他们来说，只是生命中又多了一次冰川经历。南北极有山地车，有直升机，但是在来古村，他们只能靠两条腿，所有的设备只能人背肩扛。他们认为，与极地冰川相比，山地冰川的科研要更辛苦。

此次取冰芯，汪成健记了日记。第七天的日记是：从来古村到冰芯钻取点，从海拔4200米到5700米，越往上空气越稀薄，气温越低，帮我们运东西的村民宁可每天走几个小时的山路回村，也不愿意在冰川上过夜，他们说睡在冰川上会头疼。温度成了最大的敌人，零下三十多摄氏度的夜晚，防护重重，仍会冷得醒来，睡袋也成了冰窖。

这支队伍在来古村待了近一个月。我对他们的讲述感兴趣，问："二号营地在哪里？"他们说："你想去，可以带你去。"

那天没有课，我跟他们出去看来古村的另一面，那是平日没有时间也没有机会接触到的。

我跟着车到了科考队的大本营，那就是一顶军绿色的帐篷，搭建在赛马节的草原上。里面热乎乎的，村民们正在做早餐，用的是煤气灶，炊具冒着热气。

我跟一个叫赵亮的人上山，同行的有三个村民，学生索朗卓玛的爸爸也在其中。他们要跟着上到海拔5000米的二号营地将东西背下来。科考任务即将完成，山上的人和东西都准备撤下来。

上坡路不好走，我每次说走不动时，赵亮就说："第二营地的田师傅做饭好吃，尤其是拉条子、葱油大饼，有可以坐下来休息的马扎，还有你一直想要的白开水。"越往上越难走，我感觉喘不过气。它们就在眼前，但我每走一步都那么艰难。

索朗卓玛的爸爸，推着我的背包，在后面帮我用力。这一路，村民们走得若无其事，他们总是在我们落下很长一段距离时就坐下来等我们。当我们走近他们时，他们也不着急起身，待我们走上一段距离，他们再悠闲起身，很快又走到我们前面。

路过有积雪的地方，上面有动物的脚印，索朗卓玛的爸爸说，狼。远远地还看到一些动物，它们几乎垂直站在山上，我们一行人转头再看的时候，它们已经消失了。赵亮说可能是岩羊，也可能是村民们放生祭神的羊，因为自己要为自己负责，所以，野外的它们，能力提升得特别快。

最后冲刺时，索朗卓玛的爸爸走到我前面，他把一直帮我背的相机包的带子弯过来递给我，意思是他在前面拉着我。我拉着相机包的带子，跟着索朗卓玛的爸爸走，远远地看到一个山头上有人，手里拿着一个东西，左一晃，右一晃，那是在山头上找信号。

我一点一点地往上挪。身处空气稀薄的地带，每一步都那么艰难，每一步都要竭尽全力。最后的那100米，像是平地上的10000米。终于到了，在一个小坑洼，有几个鲜艳的橘黄色的帐篷，还有一个军绿色的帐篷，除此以外，就是白色。

赵亮、田师傅收拾帐篷，打包行囊。三个村民一人背一个尼龙袋下山，他们这么来回一趟，每人150块钱。

头疼，田师傅说他出现高原反应了。从平原到4200米，从4200米再到5000米，海拔越高，对身体的考验就越大，一米之差，呼吸就不一样。

田师傅，甘肃天水人，跟着中国科学院跑了很多地方。他说，内地人把西藏说得那么神秘，但是到了这里，一片荒凉。刚到西藏时，开车四天看不到一个村子。他在车上睡觉，醒了以后，还没到，吃包方便面，喝点矿泉水，再睡。醒了以后，还是没到，再吃包方便面，喝点水。他对我说："你一个女娃娃，在这里做什么呢？回去能 调个好单位？"当听说不能时，他说："那做什么呢？赶紧回去。到时跟老徐商量一下，看走的时候能不能把煤气灶留给你。"

田师傅问我："还有一些法式小面包，你背得动不？"我咬咬牙说："背得动。"赵亮说："你要考虑清楚，这样的话，手机都是一个负担。"

从5000多米的山上背下来的法式小面包，后来成了我和学生们的美味零食。在冰川上，它硬邦邦的可以伤人，到了村里，它就软了，还有着面包的香味。

我跟孩子们商量，谁表现好了，就给谁一个面包。因为放在我房间里，其实是我吃得最多。每吃一个我都会觉得不好意思，但是没有办法，在村里经常会觉得饿，真饿。所以，每次在村委会吃饭，我都被他们认为特别没有风度，而且饭量惊人，吃完还想吃，吃得还特别快。每次看我吃饭、说话、走路，刘局就皱着眉头说："慢点，你就不能慢点？"到最后，江措说他都不想让我去村委会吃饭了，因为"一吃就吃那么多"。

我从西藏回来以后，也经常会吃得很多。我总是看到自己狼吞虎咽的样子。

这天中午我坐在客栈里。汪来江村跑过来，指着外面说："莉莉老师，果珍。"我以为是果珍叫我，跟着汪来江村出来，他说："果珍不去，果珍那里的那里去。"他用手势比画着，意思是果珍家的那一边。

一辆大卡车停在果珍商铺左前方的路上。冰川上的田师傅下来了，冰川考察项目完成了，他们要回去了。田师傅站在车上，向下卸东西。看到我过来了，他把两个袋子和一整筐的物品递给我。学生抬着一个，我背着一个，中国科学院的人帮忙拿着一个，前前后后一起回到学校里。打开一看，有白菜、萝卜、胡萝卜、洋葱等，竟然还有豆腐。

中国科学院的人说："东西刚从山上拉下来的时候，很多村民都想要，田师傅硬是拦截下来这些菜，他说：'我要送给学校，送给那里的老师。'他一直对同行的人说，一个女孩子在这么偏远的山村，要是他自己闺女，早把她带走了。"

我的身上可以当作纪念物的东西太少了，只好找出一枚一直系着的格桑花编织物，还有一些葡萄糖冲剂送给田师傅。田师傅不要，他说："我要回去了，你还在这里，你留着用。"他穿着黑黄相间的户外装，爬上了大卡车的副驾驶，说："记得早点回去，以后有缘还会再见。"

车子开走了，我站在尘土里，挥着他们看不见的手。

他们走了，刘局再撤了，这个村庄，真的就我一个汉族了。赵亮说以后这里连一个说普通话的人都没有，他还把没用完的防晒霜、湿纸巾送给我。

他问我："你知不知道中国科学院的老徐六年前离开来古时的

故事？"我说："不知道。"他说："那时，老徐来到这里，经历了坐地起价、村民打人等事件，最终在一个凌晨，村民们沉睡之时，偷跑了。"我问："为什么偷跑？被发现会怎样？"赵亮说："不知道，村民会要很多钱，不让走吧。"我问："是不是没沟通好？"他又问我："知不知道前两年有个科考人员在这里被人杀死的事？"我说："不知道。"他说："我们都走了，别以为你是一个女孩子，别以为你是老师，他们就不打你，不欺负你了。"我说："我有孩子们。"他说："没用。"

一夜迷迷糊糊，梦里全是被打、跑不掉、逃不开的场景。

醒来后，我清楚地知道，那是不可能的。

田师傅卸下来的菜，即使他们之前很呵护地用棉被捂上，用筐子装起来，但也免不了被冻坏。白萝卜软了，芹菜叶子不能吃了，圆白菜还可以，藕成了黑色。

即便如此，江措也认为我是来古村最富有的女人。

豆腐成了冻豆腐，带到村委会，刘局一会儿就将它们做成了好吃的菜，他好像会变魔术。那里就是我的后花园，无论什么时候，都有暖和的炉子、热腾腾的饭。

刘局偶尔也蒸包子，包子馅里还有汁，好吃极了。

- 156 -

陆陆续续，村里还有游客来。

他们突然出现在村庄里，穿着颜色鲜艳的冲锋衣，像是牦牛群里突然进来一只浅颜色的奶牛。村民们十分好奇，宁静了一天的来古村有了新的欢愉。选择冬季到来古村，村里人对这种选择有些不明白。

每天都守在冰川脚下的村民，不知道冬天才是观赏冰川的最佳时节，这也是更多冰川摄影爱好者都选在冬季来的原因之一。

有一次，在夜幕下的山谷里，我说："卓嘎，咱们村真美。"卓嘎说："我们不说美的，我们说冷的。"

北京一家著名医院的医生，一个人来看来古冰川。为此，他专门了解了一些冰川的科普知识，从拉萨开始选择自驾，他认为路上看到了很多冰川，直到到了来古村。

夜晚的西藏村庄里，他喝着从村里小商铺买来的酒，说了很多话，似乎是希望他故事里的心情能随着他的讲述像酒精一样发酵、挥发，继而消失。

他是山西人，"70后"，通过高考挤上了独木桥，在广东读书，大学毕业后分配到了格尔木一家医院。他说，那几年他憋足了劲，硬是没恋爱，也不社交，终于考取了北京某著名医院一位学术带头人的博士，他希望通过这样的奋斗，能够彻底离开格尔木。他说千辛万苦通过考试离开家乡，但是落脚的格尔木自然环境恶劣，比自己的家乡还不如。最重要的是，他认为辛苦学到的知识没有施展的空间。

他快毕业时，给自己找了几个下家，分别在北京的通州、河北等地。同时他也找了领导，希望单位允许他离开。他经过很多周折寻到了一位与自己同是山西籍贯的首长，结果被首长打发到了干事那里。他再寻找一切机会与干事搭上话。

他在电梯里等干事，把存有几万块钱的卡放在干事口袋里，被干事拿出来，他又塞进去。在一个不知道是哪一层的楼层，他说他到了，赶紧走出电梯。他不知道自己到底是走着多少层楼梯下去的。他说，把东西给人了，再在同一个电梯空间里，那说什么呀？那是2009年年底、2010年年初的事了。

有一天，他又问干事，首长对他到底是什么意思？能把他留在哪里？干事说，首长的意思是留到北京，有可能是他正在就读博士的那家医院。

他睁大双眼，前倾着身子问我说："你知道我听了以后是什么感觉吗？留在那家医院是我以前想都没想的事。"那时候，他每天上下班骑着自行车，后来是电动车，别的同事都是汽车。他说，医院里的人都看不起他，农村出身，没背景，没钱，与导师关系不好。但他总想着有一天，可以昂首挺胸地走在医院的每一寸土地上，在那些人的注目下。他说："不怕你笑话，那时连个对象都找不到。"

他每天都在等待干事最后的表态。有一天，干事说，命令下来了，只是不能留在肛肠科，可能会是急诊科室。肛肠科是他所学的专业，他当然热爱。他对干事说，只要能留下来，剩下的事情他自己来想办法。

他去跟导师说："我留下来了，看能不能留在肛肠科？"导师问："你确定？你再确定确定。"他说："确定了，命令都下来了。"导师说："你看，我也快退休了，说什么话都不顶用了。"

毕业典礼时，他希望在那个几乎所有人都在场的时候，他的名字能出现在被念出来的留院名单里，他希望看到所有人惊讶的表情。他问我："你能理解我的这种暴发户的心理吗？"最终一切如愿。

再有一天，他被派到西藏援藏一年，到来古村是他援藏结束即将回去的日子。他在西藏买了一辆长城二手车，希望开着它能看到更多的西藏景色。他把那段最终使他留在京城的经历，称为"接近梦幻的惊心动魄"。

跟我进村时遇到的那个江苏籍援藏驻村医生一样，他也有着强烈的倾诉欲望。他们从城市里来到这个小山村，恨不得把所有的愤懑都卸在这里，然后轻装返程。原始、封闭的高原小山村似乎成了他们的"树洞"。

- 157 -

果珍家住了一个游客，叫孙放。

他骑着自行车从成都出发，准备经拉萨去尼泊尔，到了来古村，感觉这里很美，打算多住些时日。在刘局、江措撤走的那天下午，他摇摇晃晃地从果珍家来学校里了。

上上下下、前前后后观察了学校以后，他认为有很多需要改进的地方，比如，炉子怎么可以这么搭？电线怎么可以用来晾衣服？他自己动手整理客栈里的东西，一边收拾一边说，要讲究秩序，秩序代表文明。他认为，除了景色好以外，这里简直不是人待的地方。

他把晾衣服的电线拆了下来，换成一根绳子，结果则是无法再晾晒衣物，尤其是被子、毯子会直接全面触到木制的墙板上，墙板上是红色的油漆。我把那根绳解了下来，他又给系上去。我对他说："在内地，电线不可以晾衣服，但是在这里，没有其他更合适的东西了。"他坚持说："电线怎么可以用来晾衣服？"

他找村民借来了锯子，花了十五块钱买了项巴多吉家多出来的一节烟囱，他蹲在学校里的台阶上锯掉那节烟囱多出来的一部分，索朗措姆的爸爸也跟着帮忙。终于按照他的理论做好了新的烟囱，充满期待地生火，满房间的烟，比以前更严重。

他经常去商铺看村民喝酒，他觉得村民的生活很幸福。他把自己的家当从果珍家搬了出来，他说他不小心掀开了果珍家的床铺，下面都是百元一张的人民币。他问，村民有钱也不去存吗？他把客栈说成旅馆，他说感觉客栈太血腥，决定不住在客栈的房间里，先是睡在客栈的大厅，后来把睡袋放在阳台，每晚都睡在室外。他说自己就是要体验各种极限。他把黄色的睡袋铺在客栈外的小观景台上，村民站在外面都可以看到。村民们看到他，认为这是一个怪人。

他说他的叔叔现在不知走到了哪里，很多年前，叔叔已经开始沿着川藏、滇藏线行走。他的妹妹在做毕业旅行，前段时间说到了新疆，在那里摘棉花，换取当地旅行的吃、穿、住。而他从成都辞职，出来三十多天，花了一千多块钱，很少给家人打电话。

他在学校里住了很长时间，不说话地修修这里、弄弄那里。我问他："你什么时间走？"他说："把学校收拾好就走。"我说："你收拾的，我们以后还要重新收拾的。"

他带给村里的另一个痕迹是，他骑过来的单车让扎西四郎摸了好几下，以致扎西四郎一心想要一辆属于自己的单车。当愿望终于实现的时候，扎西四郎骑着单车从学校新修的水泥坡飞奔而下，露出的牙齿，在蓝天下闪着洁白的光。

二十九
老阿妈去朝圣

卓嘎到学校来叫我，告诉我说："不要做饭了，妹妹想来叫你，又不好意思，妈妈包了奶渣包子，还有新磨的糌粑，香得很。"

从她家的后门进去时，老阿妈叫住我们，让我们去她家喝茶，她端出刚刚炸好的食品让我们吃。她跟卓嘎家有亲戚关系，卓嘎说，她是索朗措姆的奶奶（其实是外婆）。以前我们经常碰见，每次碰到的时候，她都微笑，好几次站在路口，将饼子放到我怀里。我一直叫她老阿妈，相互不懂语言，也不知道怎么表达。

卓嘎妹妹的孩子大了，与以前见到的完全不一样。一屋子大人在说话，她也不受影响，一会儿就睡着了。

外婆前几天去了八宿县的多拉神山转经，请那里的喇嘛给孩子取了名字——多吉卓玛，金刚仙女之意。外婆还给她买了红色的襁褓。卓嘎说："孩子出生时，村民们五元、十元地给钱，外婆用收到的五十元钱给孩子买了襁褓，快三个月了，家里就花了这五十元钱。"

卓嘎还说："都是汉族人寄过来的，妈妈说谢谢的。妈妈还说，想不到汉族人这么好。"

老阿妈随后也进来了，从怀里掏出一个塑料包，里面包着刚才我直竖拇指说好吃的油炸品。她说了一堆藏语，同时做了一个把小孩揣在怀里的姿势。卓嘎把她的话翻译了过来：我们这里忙得很，你走的时候可以把小孩带走。一屋子的人都笑了起来。

- 159 -

老阿妈给了我一串佛珠，教我念经，问我是否会念六字真言。我把其美次仁教给我的"唵嘛呢叭咪哞"念给她听，她认为我念得很好。她说如果我坚持每天都念，那么下一辈子可能就会是一个藏族人。

前世今生是村子里说得最多的话题了。

孩子和老人都在说。扎西四郎问我："你知道生死轮回吗？"我问他："你知道吗？"他指指天上，指指地下，再指指那些牛呀羊的，就说不出来了。

卓嘎经常说转世，她说人死了以后，有的是狗的，有的是猫的，也有的是人的。卓嘎还会指着牛说，它以前可能是人的，做了坏事，现在是牛的。

老阿妈家里的羊不多，只有几只，老阿妈很呵护它们，像是对自己的孩子们。有一天，我问她为什么对它们那么好，卓嘎翻译老阿妈的话说，它们可能会是上一辈子的父母。

前两天，修登寺要整修，离修登寺近的村民选择出力，来古村的村民就选择出钱。卓嘎说，每家都出。对于寺院的任何事情，跟所有西藏人一样，来古村村民永远都很积极，且没有任何异议。

村民们认为寺院是与前世今生有关的地方。

在更多人眼中，整个西藏都是与前世今生有关的地方。

160

老阿妈一边自言自语，一边费力地上着台阶。

我跑下去迎她，她扶着我伸上去的胳膊，用力上了最后两级台阶。

她比画着问：外孙女索朗措姆和外孙丁增群培有没有在这里？接着，她把手伸进怀里，掏出两张饼子，塞到我手上。饼子热热的，应该是烙出来没多久。她又比画着问：那两个孩子是不是和邦措在一起？

丁增群培、索朗措姆总喜欢在学校里玩，经常玩到很晚也不愿回家。很多时候，老阿妈来好几次也带不走他们，老阿妈急了就说："我让江措来打你们，让群培来罚款。"但是这一招也不奏效。

老阿妈经常是一身灰色的藏袍，两根粗粗的辫子，辫稍系在一起，耷拉在背上。那宽大的藏袍像是一个宝库，她总是能在各种时候、各种地方，从里面掏出宝物给我。时间多是午后，地点多是村里人不多的某个拐角，或者就在学校，有时像是在那里等我，又像是我们无意中碰到，也像是有事情来找我。

就像此刻，她也不一定是来寻找孩子，而是真的只为给我送来刚烙出来的饼子。

刘局说："那是老阿妈的细腻心思，一是爱护你，二是顾及村民的看法。"她也经常抱着我，就是把我的额头拉过来贴在她的额头上，嘴里念念有词，虽然我听不懂，但觉得很温暖。

跟很多村民表现出来的对孩子没有那么细腻不一样，老阿妈与两个孩子之间经常有非常亲昵的举动。经常看到她无限欢喜地抱着他们，充满疼爱地亲吻他们的脸颊和额头。

老阿妈的脖子伸得长长的，孩子们躲着躲着，就迎上来了。

老阿妈总让我去她家吃饭，每次都是拉着我的胳膊，再做一个手放在嘴边的姿势。每次做饭都是迎合我的口味，实际上她不知道我的口味，应该是她想象的。

　　有一次是炖了牦牛肉，那是因为她从那宝库一样的藏袍里掏出风干牛肉给我时，我让卓嘎告诉她说我吃不了。村民自己多是吃风干牛肉，炒或者炖是极少的事情。2012年那一年村里不能杀生，所以那新鲜的牦牛肉是他们从镇上或县城里买来的。卓嘎说，老阿妈为了让我吃得动，牛肉在炉子上炖了很长时间。即使那样，我吃在嘴里也没那么容易嚼得动。吃的时候，老阿妈就坐在旁边看着我，看到我看她，她就笑。

　　时隔半年后，我回村，饮食需要在卓嘎家解决。一天，卓嘎指着放在卡垫上用有点黑的塑料袋包起来的大米、土豆和白菜说："这是老阿妈拿过来的，她说她不会做，让我做给你吃。"

　　老阿妈的家就在佛堂边上，蓝色的屋顶。从佛堂正面右侧看过去，雅隆冰川以及上面神秘的巨型"3"字近在咫尺。几乎所有到来古村的人都要拍一张雅隆冰川的照片，如果他们把焦距再拉近一点儿，镜头里就能看到老阿妈家的蓝色屋顶，以及那个角落里的静谧、端庄和神秘的传统藏式村庄。

　　卓嘎告诉我，老阿妈的丈夫去世得早，她领养了她妹妹的女儿，也就是索朗措姆的妈妈，凑成了一户人家。

　　她妹妹去世时很年轻，说是得了一种病，但也不知是什么病。那两天，老阿妈很难过，我去看她，她依然是把我的头抱在怀里，甚至像每次疼爱孙儿时那样疼爱我，用嘴唇亲吻我的额头，并对卓嘎说，原谅她不能跟我说话，因为妹妹去世了，她很难过。

161

老阿妈要去拉萨朝圣。她拿出西藏以前通行的货币，希望江措能帮她找一个买主，她要凑盘缠。江措不知道怎么办才好，后来有一天他告诉了刘局。刘局以100块钱一枚的价格买下了四枚。

卓嘎说，这是老阿妈第一次去拉萨，她想了很多年。去拉萨朝圣，那是很多西藏人认为此生能达圆满的条件之一。

老阿妈临出发前的那晚，刘局让我找些保暖衣物和路上应急的药品给老阿妈送去。

在老阿妈家外面，我碰到卓嘎的妈妈，她说老阿妈不在家，去拥宗家里念经了。

我们等在拥宗家门口，卓嘎帮我们把在里面念经的老阿妈叫了出来。

月光下，我跟她说不同药的作用以及怎么吃，告诉她出门在外要多穿衣服，并把我找出来的厚衣服披在她身上。她伸手过来摸我的脸，又一次将她的额头贴上来，再把我的额头贴在她的额头上。她把我揽在她的怀里，掉下来的眼泪，滴在了我的脸上。

月亮弯弯地挂在天上，来古的夜晚明如白昼，似乎多了一层温柔，像是女子于美丽之中罩了一层薄纱。

老阿妈的酥油味留在了我的脸上，好几天才散去。

162

卓嘎和她老公也去拉萨。远近寺院的法事、盛会，卓嘎的老公都会去，也曾多次去色达寺等遥远的佛门圣地修行。他让卓嘎转给我几本佛经书，还有寺院里请来的吉祥物。卓嘎给我的时候，特别叮嘱我说："我老公说了，佛经书一定要放在所有东西的上面。"

每次看到卓嘎的老公，他都在念经。走在外面，他摇着转经筒；在家里，他有电动的转经筒。他不停地拉一根绳子，眼睛看着经书，嘴里念念有词。家里有人说话，需要他说话时，他插上一句话，话音未落又去念经。有一次，把小四都看笑了。

卓嘎的老公之所以可以如此，更多是因为卓嘎的能干。他俩搭在一起在来古村算是很好的模式，即女人内外兼修，男人主要念经修行。红尘里的修行、修心，两人相互扶持着。

来古村对于好女人的标准，是要会挖虫草、找贝母、挤牛奶、做酸奶，要会搭帐篷、放牛羊、晒牛肉、煮酥油茶，还要会生孩子、带孩子，更要会念经。有一天我对卓嘎说："我要是生在来古村，能不能嫁出去？"卓嘎说："不好嫁的。"

卓嘎的老公平日里话不多，汉语更是极少。他很少笑，只有偶尔把儿子达娃群培扛到肩上、听到儿子的叫声时才看到他嘴唇咧到两边地笑。与其他村民相比，他身上有一种寡淡的感觉，体现出来的就是一定的自我约束及自我控制能力，就是你看不到他多么热情，也觉不出他怎样冷淡。他看人的时候习惯盯着，没有笑，如果有，也是笑一下眼睛就垂下来。相比之下，卓嘎真是很热情。

与项巴多吉一样，他们俩都是素食主义者，高寒之地素食，需要对抗的不仅仅是意志。村里完全做到素食的人不多。

卓嘎经常把老公挂在嘴边，她经常说，我老公这样，我老公那样。她送酸奶和饼过来的时候都要说："我老公说了，叫我给莉莉送点吃的。"

卓嘎的老公据说很有灵性，算卦特别准。比如谁家的牦牛找不到了，他闭上眼睛，指一个方向，村民一去，嘿，还真在。比如卓嘎接到我电话的时候会说，我老公说了，莉莉下午会打电话的。

卓嘎说："莉莉，跟我们一起拉萨去，村里冷的，拉萨不冷的。"卓嘎要了小孩子的感冒药、退烧药。她说她要把达瓦群培一起带去。

邦措说："爸爸的爸爸，爸爸的妈妈，也要去拉萨。"邦措的奶奶在升着炉子的温暖的房间里梳洗长发。那是一个与老阿妈相比不像是奶奶辈的女人，显得年轻，尤其爱笑。

老阿妈、卓嘎出发的那天早晨，很早听到有人在窗外叫"莉莉"，也听到一些人聚集在一起的嘈杂声，我睁着眼睛躺在帐篷里，直到听到叫我的声音渐渐远去，听到面包车发动的声音。

再推开门，糌粑、背水桶、土豆、酸奶、饼子，它们被整齐地放在门外的台阶上。

- 163 -

卓嘎和老阿妈他们是第一批去拉萨的，后来陆续还有一些人。跟老阿妈一样，他们都为此准备了很长时间，因为有很多证明要开。

首先村里要开证明，村里开完去镇里开，镇里开完要去县里开。这样，他们才能到达心中之城。那些证明几乎都有一样的理由，即"本村村民要去拉萨采购、看病"。

次仁卓玛的哥哥和几个村民在村里没开证明就跑到了然乌镇，说是要去拉萨给一个去世的人还愿。他们被镇上的警察拦下了，并打电话给江措，江措赶紧赶往镇上。因为他们，群培早已被叫到了派出所，挂着拐杖无计可施地站在院子里。江措蹲在地上给每人写了一份证明，把他们训斥了一顿，告诉他们，如果不遵守规定，到头来就会给自己添麻烦。他们频频点头。回来的路上，江措说，也不知道他们听懂了没有，如果有下次，他们肯定还是这样。

抛弃仁青的小伙子也开了证明去拉萨，他说要带爸爸去看病。达珍说，如果仁青也去拉萨，真希望他们在拉萨能和好。后来仁青也真的带着央金卓嘎去了拉萨，很多人都认为，仁青是在寻找复合的机会。不过，那个小伙子看到仁青母女依然像没看到一样，眼睛不眨地从她们身边过去了。

这一年，来古村前后有四十多人去拉萨，在近六百村民的村子里，相比其他村庄，这算是多的。

挖了虫草，收了青稞，又寻了贝母，挣到的钱绝大多数用于朝圣，这是藏族人的生活方式，存钱或者储蓄对他们来说太陌生。对于与佛有关的所有事宜，他们没有任何怨言，且是全力以赴。

我问桑曲："你怎么没去拉萨？"他说："没有钱。村子里都是有钱的去拉萨，要四五千。"

卓嘎说要不了那么多的钱，带上糌粑，在拉萨每天磕头，也不花什么钱。他们很多人挤在一辆面包车里，就像村里的孩子挤在面包车里去然乌上学一样，面包车日夜不停，一个人平均两百块钱路费。

卓嘎的老公在拉萨的时间里，每天都在大昭寺广场心无旁骛地磕长头，跟在村子里每天都念经一样。卓嘎不一样，她穿着冲锋衣领着儿子穿梭在拉萨城里，吃一点这个路边的酸奶，尝一下那个摊位的炸土豆。卓嘎总认为拉萨什么东西都贵，但真的好吃。卓嘎少女时期打工的照相馆和甜茶馆都还在，她领着儿子从门前走过，看着里面跟当年的自己一样大的姑娘们，竟然有一种骄傲感。不过，她羡慕现在的工资，要是她那时候有两千元钱的工资，可能就真的不回来古了。

到了拉萨的仁青甚至想在拉萨找一份工作。她想离开村庄，带着女儿在外面生活。她在拉萨的时间，正是西藏旅游最冷清的时间段，作为主要收入来源于旅游的城市，她的就业机会可想而知。后来，她在拉萨短暂停留后就回村了。

　　他们吃着从村里带来的糌粑，住着一天三十块钱的房间，在一座他们认为神圣的城市里，期待心灵和生活发生变化。不知道生活最终有没有让他们失望，但孩子们的小脸肯定没有让他们失望。到了拉萨，孩子们的脸扑棱一下，就像刚出锅的馒头，润润的，与村里时的干、枯、黑完全两个模样。听说如果到了成都，变化会更明显。

　　成都是与藏区契合度最高的一座内地城市。如果条件允许，越来越多的藏族人会把孩子、老人放到成都，他们认为那里养老、教育的条件要好一些。这有点像是内地人的移民。

三十
都被惯坏了

偶尔学校实在太闹的时候，我就躲到村委会的房间里。孩子们晃外面的铁门，以期制造出声响，引起我的注意。他们知道我肯定在里面，要不然，除了学校，我还能去哪儿呢？江措出去冲他们吼，我跑出去冲江措吼。江措皱着眉头说："以后你自己的孩子得多么宠啊。"

孩子们已经不习惯去教室里上课了，他们赖在客栈的大厅里，跑在校园里，或者躲在学校外面。我扯着嗓子喊"上课啦"，他们笑着的小脸便耷拉下来，正在兴头上的动作戛然而止，显出十分的不情愿。

下午4点，我把桌子上的东西收拾好，又把两张桌子拼在了一起，他们就趴在桌子上玩游戏。那两张平时用于吃饭的桌子，似乎发挥了它们最大的作用。

看我拿来了电脑，他们结束游戏，慢慢凑过来，一句一个"莉莉老师"地叫，我装作没听见。尼玛指着电脑问："莉莉老师，Dian Shi（一声、一声，电视之意）吗？"我说："电脑。"他疑惑地问："电脑？有电视吗？"我说："没有。"其实他们是想问里面有没有电影。

我刚收拾干净供他们玩耍的桌子，他们又不感兴趣了，都跑到外面去打球。只有邦措，看我在打字，她不吱声地躲到一边，翻着放在那里的书。书里那些穿着泳装的姑娘的图片，让她满脸惊奇地指给我看。

我舀了几勺邦措的爷爷送过来的酸奶，放进一个苹果、一根有点黑的香蕉，将它们放在阳光下面。每次这样的事情都因为美好而显得隆重，像在做一件很神圣的事情，跟偶尔戴耳环一样。

邦措在旁边转来转去，一会照照镜子，一会蹲下，一会站起来，一会又推开门去外面。我舀起一块苹果给她，她摇着头说："我不吃，你吃。"

邦措的爷爷送来的酸奶，应该是我吃过的来古村最好吃的酸奶，不用加糖，也不酸，稠稠的，黏黏的。用卓嘎的话说，是没有提炼过酥油的酸奶，而我差点因为不知道那是酸奶而把它们浪费掉。

那是一天午后，邦措的爷爷一手牵着邦措的弟弟，一手拎着一个小桶，一跛一跛地走进来。卓嘎说，邦措爷爷的脚摔过一次，从此走路再也不像以前那样。他放下小桶就走，他带来的酸奶与以前见过的都不一样。它们放在那里好几天，直到达珍确定它是酸奶，且还是很好的酸奶时，它才和苹果、香蕉一起混搭成美味。

阳光透进来，我把所有孩子召集起来，教他们新的生字，让他们在教室里写。

不一会儿，邦措一个人从教室过来了，她偷偷地站在门外边，抽泣声刚好传到我耳朵里。她又哭了。我让她进来，问她："怎么了？"她拿出作业本说："这个不知道了。"

藏族孩子学汉语的初级阶段，像极了内地孩子学英语，都是更情愿写，而不愿意读，更情愿一直写那些"a、o、e"，而不愿意触及汉字。他们写汉字的笔画顺序，也不是传统中的正确顺序。你教他们正确的顺序，他们说记住了，但是再写的时候，依然是他们自己的顺序。更多时候，教他们的话音刚落，他也跟着读出来了，让他们再独立读出来，就不可以了，因为"不知道了"。

刚开始我以为孩子们只有学汉语时才那么难，直到有一天，一年级学生跟着罗布学藏语的声音从教室里传出来，最后只剩下罗布一个人务着力使劲的声音。这个画面让人再想起来，总是禁不住想笑。

自从丁增卓玛从然乌回来慢慢抖出几个英语单词后，我又不得不承认，因为藏语和英语拥有的某种共同特质，孩子们学起英语要快一些，发音也很标准，很好听。就像邦措的爷爷叫我的名字，也是英语的发音，而不是汉语的，虽然看起来它们很相近，但听起来，那细微的不同恰是一个人某种气质的体现，甚至比"你一定要回来，我给你采雪莲花"都让人深藏于心。

小黑从外面"喵喵"地走进来，它经常在夜晚跑过来卧在炉灶下面，白天偶尔也会过来，当它觉得安全的时候。

洛松朗加也从教室里跑出来了，他好像为了让自己有一个正当的理由，就一口一个"莉莉老师"地叫，他是想告诉我说，猫进来了，你看，猫进来了。但是，他不会说那些汉语，只能是指指猫，看看我，再喊我。

孩子们叫我的时候，习惯一直叫，直到我答应为止。孩子们还习惯一直问我一个问题，一直到我答应为止，即使我在刷牙、上厕所、拔眉毛、瞪眼睛。经常，厕所外面都是一群等着我回答问题的孩子，不回答，他们就不离开。比如，他们问：莉莉老师，能打球吗？其实外面可能早已打上了。

不需要看时间，我就知道五点半了。背后凉意突然袭来，太阳应该是落到山那边了。

有一天同样的时间，我从山上下来路过草原时，看到太阳斜斜地挂在山头上，散发着快要回家的各种柔和的光芒，像睡前妈妈在你床头点燃的台灯。但是，身在来古村的坑洼里，几乎感受不到夕阳的温暖。那是因为太阳回家的路要经过一座高高的山，照不到来古这个坑洼之地，所以，村子里的人经常感受到的傍晚是从很暖和到突然阴冷。那次草原傍晚行才知道，其实人家太阳本来就是溜达着回家的，我们却还责怪它的极速快跑。

孩子们写完作业回家了。他们不再像以前那样每天都待在教室里，听到"Sa Ma Sa"时会像突然放出来的马，忙不迭地四散而去，而是按顺序三三两两地结伴而回。

我们都在进入一种秩序。

- 165 -

尼玛来得真早。

他在窗户下面喊着："莉莉，干吗呢？"我在帐篷里极不情愿地睁开眼睛说："睡觉呢。"他说："我的累死了。"再一会又说："我的气死了。"

平时，累和生气时，我都会习惯说这样的话，他学会了。有时候，他溜达着跑到我跟前，说一句："我的累死了。"说完就跑，边跑边回头看我有没有追他。

这个早晨也是一样。他说完以后，以为我会赶紧起来，过了一会发现没动静，又跑过来问："莉莉，干吗呢？我的累死了。我的气死了。"他说完就笑着跑走了。

他们经常于我醒来之前到达学校，对于这一点，我当时会感到羞愧。每当伸出手臂到帐篷外觉出寒冷立刻缩回来时，羞愧又消失得无影无踪。刚开始，还有卓嘎站在墙头说话的声音，她冲着早起站在我窗外的孩子说："莉莉累的，你们自己啊。"后来，卓嘎的声音也没有了。

我们对所有的事都开始习以为常。

二年级，又是只有尼玛一个人。

他像唱歌一样读着"白云生处有人家"，轻轻地，没有任何力量，像是内地孩子摇头晃脑读《三字经》。

《山行》这首诗，尼玛读得越来越熟练了。配合着图画，他知道了这首诗的意思，但是他只能用藏语来解释。他的爷爷问他："你跟莉莉老师都学了些什么呀？"他就用藏语告诉爷爷他在学校里学的都是些什么。

这样的答案经过好几轮会转到我这里。我一直以为他们不懂得，原来他们都懂得。只是他们掌握的汉语体系满足不了他们想要对我的解释，而我掌握的藏语也满足不了我想懂得他们更多的想法。

关于《山行》这首诗，尼玛对他不会说汉语的爷爷的解释是烟，他还特意指着炉子说。

而这些年我总认为"生"为"深"，直到我在村里也生起了炊烟。

跟孩子们一起学习的过程中会发现，最质朴的人生道理出现在我们最简单的年龄，只是我们要到很多年以后才会懂。比如，挑着满满一担水，走在林中的石板路上，我泼洒了多少珍珠啊；花盆里长不出苍松，鸟笼里飞不出雄鹰，要相信自己的眼睛；所有时间里的事物，都永远不会回来了；有一天你度过了你的所有时间，也永远不能回来；等等。

前两天我从烧的柴火中找来一根棍子，浑身敲打。学生们已经学会了我的敲打保健法，每天都故意当着我的面装模作样地上上下下地拍打。

尼玛一边和我说话,一边用手敲肩膀、胳膊,甚至弯下腰像我一样拍打着腿。我故作生气地问:"跟谁学的你?"他学着我的样子,重复一句:"跟谁学的你?"然后就哈哈大笑地跑开了。

我已经成了他们的玩具。

- 166 -

邦措带着索朗措姆不知道从哪里过来了,在外面敲门喊:"莉莉老师,开门呀!"

学校的背阴处积着前两天下的雪,她们把那里当成了滑雪场,一上一下的,玩得开心极了。

但是不一会儿,就传来邦措的哭声。我大声问:"怎么了呀?"她不回答。我心想:先不管她,可能哭着哭着就好了。

但是这次邦措哭得很坚决,其间"妈妈的爸爸"来了,"爸爸的爸爸"也来了,她不听劝告,也不解释,开始是坐着哭,后来是躺着哭。

我决定装作若无其事的样子走过她身旁,希望她看到我不理她就不再哭了。但走过她身旁时,我还是没忍住,蹲下来问:"告诉老师,到底怎么了?"她立刻不哭了,满脸眼泪还不忘认真严肃地比画着说:"巴登打了我。"我问:"打你哪里了?"她站起来,把左手递到我眼前,又指了指中指指尖说:"这里。"

我喊:"巴登!"巴登很痛快地咚咚地跑上来。我说:"对邦措说声对不起吧!"还没等他说对不起,邦措已经说没关系了。说完,两人一起跑出去了。

这一头刚哄好,那一头又来了。

索朗措姆黏着我，一定要我去她家。我说不去，她就哭。我走到哪她就跟到哪地哭，怎么哄都不行。我看她哭得实在不行了，就把她抱起来放在腿上，用自己语言世界里的词安慰、解释，还是抚平不了。邦措过来了，一边擦去索朗措姆脸上的眼泪，一边指着我脸上的痘痘说："不哭，不哭，哭了就像莉莉老师，不漂亮了。"邦措的意思是：如果你再哭就像莉莉老师，那样就不漂亮了。

不过，那天究竟还是没拗过索朗措拇，被她拽着、拉着，和刘局一起去了她家。索朗措姆把给她的裙子——拿出来，让我——给她穿上，每一件裙子，都套在毛衣外面。因为寒冷，村里不适合穿裙子，但是那薄薄材质的裙子，套在孩子厚厚的毛衣外面，竟也特别好看。

索朗措姆喜欢那件红白相间的海军裙，几条裙子试穿下来，又穿回那件，不愿脱下来。索朗措姆的妈妈煮了土豆，刘局用它们蘸了盐，说这样才好吃。索朗措姆的妈妈学着刘局的样子，试了试，皱了皱眉头。

他们还是取笑我说的"痘痘"。他们现在问："莉莉，痘痘在哪里？"我指着脸说："在脸上啊。"强巴次林指着两腿之间说："痘痘在这里。"

好吧，我已经习惯了，被捉弄了那么长时间，我早就知道他们说的痘痘是什么意思了。

他们把人体穴位图中的一个部位撕了下来，放进了火里。巴登说那是痘痘。那张人体穴位图终于发挥了它在来古村最大的作用，也算寿终正寝。

我在村里时总是长痘，一茬又一茬。有一天卓嘎指着我的脸说："莉莉，你的痘痘越来越多了。"强巴次林好像听到了让他感到兴奋的词，他指着我脸上的痘痘问："莉莉，这是什么？"我不知是个圈套，说："痘痘。"他用手猛地拍向大腿，前仰后合地笑，他的笑感染了其他孩子，一个个都走过来。强巴次林再指着它问："这是什么？"我还是说："痘痘。"那几个孩子也跟着边重复边笑。

从那以后，每次他们想捉弄我不懂藏语时，就会指着生长期的痘痘问：莉莉，这是什么？

在村里长痘痘，成了一件很有意思的事情，它好像为我们找到了一个共同的话题。这个话题在他们的兴奋点上，也切实发生在我的身上。

- 168 -

不知道村里孩子正常的性启蒙应该是什么年龄、什么途径，我知道得也很碰巧。

依旧是几个孩子围在炉子边疯着，我找菜、淘米，准备做饭。我听到奇怪的声音，转头一看，尼玛坐在凳子上，边侧着身子哼哼唧唧边向后面看着，后面，强巴顿珠在很卖力地拥抱着他，他们配合得很默契，丝毫没发现我和其他孩子都停下手上的事情看着他们。

巴登发现我在也看的时候，一脸坏笑地指着他们说："莉莉老师，你看看。"

他俩意识到了，笑着跑走开了。我大声问跑开的尼玛和强巴顿珠："刚才干吗呢？你是怎么知道的啊？"强巴顿珠说："VCD。"尼玛说："Dian Shi。"他们边说边跑，生怕被我抓住会挨打一样。

丁增卓玛的妈妈来学校，她拿着根胡萝卜说了一句话，坐在一旁的罗布措姆哈哈大笑，但是她没解释给我听。后来，巴登坐了过来，罗布措姆把胡萝卜放在巴登的腿间，巴登跑掉了。

　　当初给村民发避孕套时，我都没有这么难为情。

三十一
老阿妈走了，来了阿佳

风大，带着哨子横行。火向膛外蹿出来，而灶膛里的火好像要熄了，房间里烟雾缭绕。

强巴次林比画着告诉我说："因为风从烟囱里进来，所以我灶膛里的火就那样了。"他教我应该那样，不应该这样，我们捣鼓了半天，最终没有任何效果。

学校里的这台炉子总是不知道到底哪个环节出了问题，经常让房间里烟雾缭绕。

因为前两天将不能再满的灶灰清理了出去，炉膛里的炉条被我不小心弄丢了一根，所以，除了冒烟以外，又添了新问题，就是特别不容易存住底火，且空隙太大，总有灰飞出来，以致到处都是脏脏的。我的脸也一样，冰川下来的水洗不净那些灰尘，它们好像都钻到了毛孔深处。

村里夜晚的温度已经接近零下四十摄氏度。我没有见过滴水成冰，但是我见过泼水成冰，就是你泼出去一盆水，一个转身，踩上去，已经是冰了。

手经常是冰的。把手放进温水里，似乎都能听到解冻的声音，手也慢慢地热乎起来。

炉子上汩汩地冒着白色的水蒸气，冰糖梨子煮好了。邦措指着我的头问："莉莉，你这里疼吗？"

- 170 -

罗布措姆意外回村了。

她对我说："莉莉老师，我昌都的学校放假了，我在来古的可不可以？"她从然乌学校直接去的昌都，有一次然乌回来的孩子中没看到罗布措姆，洛松玉珍说，她跟她爸爸妈妈去昌都了。

罗布措姆回到来古后，每天上课的孩子又多了一个。一、二年级混着坐的教室里，她俨然是一个小老师。

我愿意相信她说的一切都是真的，相信她在昌都读书，相信她现在放了假，相信她爸爸在昌都工作。那是她的继父，叫群培，一次她借我的电话给继父打电话，直接叫"群培"。刘局问："怎么称呼家里的爸爸？"她说："群培。"刘局说："不对，以后要叫Pa（四声，爸爸之意）。"

罗布措姆躺在我腿上，让我去她奶奶家。她说，如果我不去，她就回昌都。这样的邀请注定是逃不掉的。回来的路上，一个老阿妈站在路边，邀请我们去她家喝"没喝过的东西"。

那"没喝过的东西"是青稞酒。老阿妈往糌粑里放了白糖，她教我喝一口青稞酒就仰脖子吃一口掺了白糖的糌粑，再喝一口青稞酒。仰脖子的时候，勺子不要沾着自己的嘴唇，以保证下一个使用者的卫生。糌粑经常吃，青稞酒经常喝，但是这样搭配的吃喝方法倒是第一次遇到。

一旁的罗布措姆，没有任何犹豫，端起酒杯就喝，连着喝了好几杯。青稞酒，这种只要青稞就可以做成的酒，在任何一个西藏人的成长过程中都有着浓重的痕迹，每个西藏人都有一个青稞酒带来的启蒙史，不能说它对于他们如同水对于我们，但如果说一个西藏人不喝青稞酒，就跟这个西藏人不会跳锅庄一样，总觉得少了点什么。

罗布措姆说："要走了。"老阿妈送出来说："以后过来哈，过来喝酒。"

出院子时，看到房间凹进去的地方，种植了小松树，里面还有一尊佛像。我很自然地，食指一伸地指着那松树，想问罗布措姆为什么会种在那里。罗布措姆"呀"了一声，急忙按下了我伸出食指的胳膊，她比画着说不可以这样。她做了一个示范，应是整个手掌摊开，做一个恭敬的类似"请"的姿势，她说"要阿弥陀佛"。

- 171 -

透过玻璃看到索朗措姆的妈妈和一个姑娘走在来学校的路上。她们透过玻璃看到了我，挥手喊着我的名字。那个姑娘是罗布措姆和我喝青稞酒那家老阿妈的女儿。

进屋后，她从怀里掏出了用娃哈哈瓶子装着的青稞酒。因为那天，我们对老阿妈竖起拇指说，好喝。装在瓶子里的青稞酒，斜放着，背对着太阳，发出金黄色的光。

她是索朗措姆的亲戚，索朗措姆应该叫她"姑姑"，我至今不知道她的名字。

她说，她一直想问我有没有男朋友，或者有没有结婚，有没有孩子。但是，她知道我听不懂，所以就一直没问。她说："可以一直在这里的。你走了以后，我也不想在这里待了，我会想你的。"她还说："你在这里找一个男朋友，结婚，生孩子吧，还可以挖虫草。你回去后，会不会想不起我？反正我会想你的。我给你打电话，只听你的呼吸。"

有一天，卓嘎也这么问。卓嘎说："妈妈她们都想问：你从哪里来？你的家人在哪里？你结婚了吗？你有孩子吗？"她又问："你的爸爸在哪里？他是个什么样的人？"我指指天上，想了想说："他是个好人。"卓嘎说："啊？看你就知道了。"

姑娘摘掉手上的戒指，还要解开别在身上的藏刀，她说："送给你。我妈妈的姐姐，有一天去拉萨了，别人都说她去了内地，后来就不知道了。你回到内地以后，可以帮我找到她吗？"这就像有一天一个村民跑到村委会找达珍，问："达珍，他们说你的家乡在拉萨。"村民接着说出一个人名，说："他是我的朋友，你在拉萨见过他吗？"

那个姑娘那年20岁，后来听说嫁到了波密，嫁过去以后，很少再回村。"90后"的姑娘，她们不再认为一定要嫁在村子里，即便她们没有外出的生活经历。而卓嘎那一代的"80后"姑娘，则是在外面打工生活了好几年，最后回到村子里嫁给村里人。

- 172 -

所有的水都停了。

卓嘎去拉萨前留下来的绿色背水桶好几天前已经派上了用场。

第一次拿着水桶去背水时，尼玛、汪来江村、巴登，争先恐后地想帮我，说："你不来，我来！"他们肯定背不动，那个桶差不多和他们一样高了。他们把桶上的系带扣在我肩上，好像我用了一股力，那满满一桶水，就在我的后背上了。我背着那重得超出想象的满满一桶水，小心翼翼地上着学校的台阶，总是担心幅度太大，水要晃荡出来，实际上桶上面是一个窄口，是我想得太多了。

两个孩子走在前面牵着我的手，一个在后面托着水桶。每上一个台阶，他们就有节奏地喊着：莉莉老师，加油！莉莉老师，加油！这几个汉字，他们说得标准极了，并且超过了平日里连续说五个汉字必定卡壳的字数。

那场景碰巧被刘局看到了，刘局说当时只顾着笑了，遗憾没给拍下来。

那时，学校附近还有四处能接水的地方。现在，村子里能接水的地方只有果珍家、赤赤家。

赤赤家的水龙头一直用厚厚的棉被盖着，每天下午会有水。刘局说，过一段时间，他们两家都接不了了，要去山坡下的一个泉眼处。那个泉眼处我后来去过，水是浑浊的。刘局说，沉淀几个小时就可以用了。

赤赤家水龙头的角度，放水桶不方便。我去了对面的果珍家。接水时，嘎玛西热的老婆赶着一头牦牛慢悠悠地路过，她本来已经走过果珍的家门，但是又折回来了。

背着空桶一个台阶一个台阶下来的是我，背着满满一桶水一个台阶一个台阶上来的是她。她放下水桶要走，我拉着她的手说："谢谢。"她也说："谢谢。"她不会汉语，我说一句，她重复一句，她认为那是非常正式的回复。

抱柴、生火，火炉里噼里啪啦，房间里烟雾缭绕。嘎玛西热的老婆推门而入，又背上来一桶水，用的是她自己家的背水桶。没有更多的容器来装水，她把桶放在桌子上，看着炉子，又蹲在那里添柴。

坐了一会儿，她站起来，开了窗户，又在房间里四处看，然后指指头，又指指眼睛，我误以为她是说她头痛或者眼睛疼，她摇头。后来我明白她在陈述一个事实：你的房间烟太大了，熏得头和眼睛疼。

她刚才是在寻找烟雾大的原因。

自那以后，我再也没有自己提过水，每天她都会给我提或者背过来。她从家里背来的那只桶一直都在，还有卓嘎送来的桶，两个桶里随时都是满满的。有一次嘎玛西热在村头看到刘局挑水，他摸了摸刘局肩头那根不好用的扁担，第二天，一根新的扁担不声不响地放在了村委会门口。那根扁担，刘局用了一年。刘局说，来古村有太多这样的善良人家。

有时送水过来，她好像家里还有事情的样子，放下水转头就走。有时则不急着走，愿意坐下来看着我笨拙地手忙脚乱，看到她能帮上忙的，就不声不响地过来帮我，其实更多是纠正我的动作。有时，她坐在冒着浓烟的炉子前，我坐在旁边的椅子上，她可能是看着炉火，我可能是看着锅，不时地相互看一眼，笑笑，低下头，再相互看一眼，笑笑，低下头。

我们有太多次这样不说话也可以相坐很长时间的午后、黄昏或者夜晚。

很多次走的时候，她从怀里掏出橘子或者小苹果，指指嘴边，放在桌子上，那是他们不经常买的。她宽大的藏袍也像老阿妈那样，像一个宝库。

当我也有水果的时候，我会怀揣一个，放在她院子前面矮矮的墙上。她正坐在院子的阳光里做着手里的活，她看向我，我指指放在墙上的水果，她点点头。她不着急过来，我也不用等她过来。我们有太多这样无数的小秘密。

她家里有好几个身体不好的人。她家跟拥宗家一样，很少到学校里来拿药，她肯定也是因为"不好意思"。

刘局说："人家这么对你，你该有个称呼。"我问："怎么称呼？"刘局说："莉莉，你该叫人家'阿佳'。"

三十二
最后的家访

- 173 -

内地人士寄来的药，品类齐全，治疗胆、胃、肠等部位的药，感冒、发烧等常备药，都囊括在内。

其中也包括晕车药。刚看到它的时候，我还在想：这么个策马扬鞭的地方，谁还会用晕车药？

事实告诉我，我又一次把事情预想错了。因为要晕车药的大有人在。自从丁增卓玛的妈妈过来，说着"面包车"同时伸舌头作呕吐状拿到了几粒晕车药时，后来大家只要出门坐车都要过来拿晕车药。卓嘎和老阿妈去拉萨时，也提前过来拿了晕车药。

他们吃药像是在吃糖，拿来以后，直接放在嘴里，嚼着嚼着就咽下去了。有时手里一把的药片，他们放进嘴里，嚼着嚼着就咽下去了，还不用喝水。

除了专门针对摔伤、跌打、风湿、关节疼的药，还有癌痛药。不知道寄来癌痛药的人是否还好。一盒已开启，只剩有几颗，另一盒全新。它们被细心地放在一个制作精细的盒子里，用一件质地优良的衣服包着，从上海到了西藏，进了来古村。

越来越多的村民过来指着腰、腿、脚，说疼。刘局说，要变天了。对于大自然来说，再没有比身体更诚实的反应物了。

天冷，没有游客进村，群培就不再守在村口的门票收费处。

刘局说，给了村民很多药，村主任群培一直身体不好，但是他从来都没来拿过药，我们应该给群培和他的家人送一些腰部止痛药以及常备药品。

群培的家就在村委会下面，不远，但是坡度很陡。

站在群培家外面的坡上，远远地，上面的山路和下面的山路都有灯光闪过，夜晚里的它们好像要急不可待地忙着消失。远处夜幕下的冰川，散发着白白的光芒，眼底下的村庄就是个坑洼。

群培一家人住在建了16年的木头房子里。从外面的黑暗里看过去，那房子没一点亮光透出来，但仔细听，能听到里面有声音。群培的儿子打着手电筒，出来接我们。群培有四个儿子，接我们的是老二，与父亲的粗犷不一样，他长相清秀。老二刚刚初中毕业，有人曾问他想读高中吗，他说想，但是爸爸不让。后来，刘局特意找到群培，劝他让儿子去读书。当时群培点点头，后来还是没让。跟其他藏族地区一样，父辈或者说男权的影响很大，晚一辈的顺就是孝，不顺即不孝。

群培的一个亲戚也在，盘腿坐在炉边喝青稞酒。很多场合见到他，他都是在喝酒。有一天，他就是因喝酒打了双目失明的老婆，打得满头是血。

我把带来的药拿出来，告诉群培每一种药的用处及吃法。群培在每一种药的包装盒上，用藏语把用量、吃法记下来。我把带来的大号羽绒服给群培穿上，却扣不上。刘局说，小了。群培说，不小不小。每次看到群培，都是那两件衣服，从下雨到下雪，外面那件扣不上，里面那件类似于T恤的衣服，盖不住肚皮。

村子里的女人，尤其是三十到五十岁之间的女人，外表看上去，似乎没什么区别，都是一样的皮肤，一样的打扮，一样的操劳，一样的不梳不洗。有时可以说，三十岁看起来显得老，而五十岁显得年轻。所以，我把群培的老婆和群培的儿媳妇混淆了。

群培说，夏天住在新房子里，冬天住在木头房子里。木头之间的空隙用泥土填平，看不到里面的灯光，只能听到声音，风进不来，暖和。木头的房子低低的，保暖性强，再有火炉子，就是一个温暖的冬天。村民们烧火，他们的炉子边不放柴火，烧一点拿一点，拿多少就放进炉子里多少。群培的大儿子，几乎是一根柴一根柴地拿进来，再掰开放进炉子里。刘局说："看到了吗？知道辛苦和不易的人更知道珍惜。"而我每次烧火，都是抱一堆柴进来，再好几根好几根地往炉膛里送。也怪不得有一天卓嘎对我说，他们早晨，只要有热水，就不烧炉子。

群培那晚吃米饭，还炒了土豆。村民家炒土豆、吃米饭，相当于内地很早以前的北方吃饺子、南方吃年糕，不常吃，但喜庆。

群培曾是来古村唯一的代课老师，所以有时我们还有共同点。他问我："学生怎么样？教得可以吗？"我说："可以，有一个叫汪来江村的，很调皮，他的爸爸怎么样？"群培转了转眼睛，想了想，很认真地回答说："汪来江村的爸爸不调皮。"

群培是康巴人的脾气。偶尔有游客因为与村民沟通不畅将不快说给群培，其他方面都还好，只要是对村庄形象有损的，群培就会特别生气。有一次他气得直接在路上打了村民，把告状的游客看得傻了眼。

还是群培的二儿子送我们出来，虽然他初中毕业，但我们用汉语交流，依然困难。这是村里所有初中毕业学生的现状。与爸爸相像的是，他也不爱说话。

盖房子，政府有补助。这些年，很多村民都在老房子附近盖了新房。与有的村民是两层新房不一样，群培家的新房是一层。牛、羊都在老房子里，新房实现了"只是人居住"的概念。

夜晚里的来古村，只有主干道上才能感受到温度。忙碌了一天的村民放起了音乐，音乐声绑在飞驰的摩托车上，飞快地穿梭在村里的小路上。之前在群培家的山坡上看到的灯光应该就是这些摩托车的光，速度很快，听不到声音。年轻的姑娘和小伙子也出来活动了，他们的摩托车停在主干道上，靠近果珍的商铺，他们要进去喝酒。夜晚里的姑娘，依然看不清面孔，蒙得严严实实的，可能她们也怕那月光。

- 175 -

风是怒号着的，刺激着每一寸感官。客栈大厅的门关不上，顶部有一截多出来的木头，经常使用的"空降号"也没有门闩。江措说，确实该修一修了。

卓嘎舅舅的女儿来拿药，站在客栈大厅里，她缩着脖子，摇着头说："A Qiu Qiu（一声、四声、轻声，意即：啊，真冷）。"看了看那扇木头门，她皱了皱眉头，屏住呼吸又踢又顶又推，还是关不上。刘局说，要找村里的木匠想办法，需要专业工具。

群培拄着拐，拿着锯从村子里走来，他从别人家里找了工具，不知道他从哪里听说的。群培会一手好的手工活，有一天看到他在果珍的院子里给一张椅子刷油漆，弯着腰，腋下挂着拐杖，一副认真劲儿。蓝天白云下，荒凉的冬季院落里，油漆的颜色显得更加鲜艳。这些鲜艳的颜色经常出现在村民的房间里，它们是黑白片一样的生活中唯一活泼的存在，是艰苦的自然环境下的精神慰藉品，似乎时刻提醒着村民生命的五彩斑斓。

江措找来一个凳子，扶着群培站在上面，多余的木头果断被锯掉。刘局、江措在后面制作门闩，上下双保险，不一会儿，厕所也有了门闩。夹着雪花的风，好像要费点力气才能打扰到里面的人。

群培穿的鞋子破了。我问他："冷不冷？"他说："不冷。"跟他的衣服露着肚皮的回答一样。群培不是没有更好的鞋子，他把他的那双黑色的保暖布棉鞋给了我。那是他看我一直穿着一双户外鞋，他也问我冷不冷，我说不冷。但是第二天他拄着拐把自己很厚的大头棉鞋拿到村委会，让刘局转交给我。群培那双鞋很暖和、很大，穿起来像一只小船，我在里面垫了两双鞋垫。它甚至还可以踩雪，踩完以后回到炉边烤一烤，很快也就干了。后来我就不穿它踩雪了，而是专门用来晒太阳，上半身躲在阴影里，腿和脚伸在阳光里，像个老人一样，双手插在袖子里。

村民似乎也知道那是他的鞋，有一次丁增卓玛的妈妈故意指着鞋子问："群培吗？"我故意说："不是。"她就一副"切，还想骗我"的表情。丁增卓玛的妈妈故意的"小坏"经常悄没声儿地蹦出来。

旅游旺季已经过去，之前偶至的游客再也看不到。村民们的砍柴也结束了，他们不必很早地起来，牵牛骑车地去山那边，也不必很晚才浑身湿漉漉地回家。群培说，这几天下雨，村民淋雨砍柴，以备漫长的冬季。刘局说，到时大雪封山，家里再没有存柴，冬季就太冷了。

白天学生们围在身边的喧嚣，待夜幕降临后，不见了踪影。偶尔，因为风，房顶上的铁皮"呼"的一下，"呼"的又一下，除此以外就是无边的安静。

夜晚下的安静，好像才是来古村本来的面目。客栈的另一扇反锁着的门的钥匙一直没找到，增加了夜晚的恐惧感。总感觉有一种东西一直在你不知道的黑暗里，等你一出现，他稍稍伸手，你就被擒拿了过去。

好在有能关上的门。

－ 176 －

渐渐地，帐篷里的空气开始满足不了需求，要拉开拉链，再拉开防雨罩。

经过了秋天里的冬天，村里开始进入真正的酷冬。酷冬的标志是，空气越来越稀薄，明显感觉到呼吸不再那么顺畅，容易气短，容易感到喘不过气来，容易憋得慌。此时的早晨还能看到山坡上呈暗红色的草，上面附着的露水以及根部土壤的些许湿润，让人还能感觉到生机，这是通过教室里的窗户就可以看到的。

一年级五个学生的一对一帮扶款，每人一千元钱，刘局说要赶在他们撤离之前发给学生。

邦措家已经送过了，邦措的爷爷去拉萨朝圣前的那晚，我们送必备药品的同时，把一千元钱给了他们。江措对接过钱的邦措爷爷说，以后让邦措好好学习，这样，每年都会有钱。邦措的爷爷说，会把钱都用在邦措的学习上。邦措的爷爷那晚一定要留我们吃包子，邦措的奶奶梳着刚洗过的长长的头发，邦措的妈妈低眉顺眼地照着邦措爷爷的吩咐做着家务活。

强巴次林跟着妈妈去了波密，属于他的帮扶款要等他回来的时候才能给他。村子里就剩下汪来江村、洛松朗加、强巴顿珠三家没去了。

放学后，我们走出学校，在村委会门前的那块空地上，对于先去谁家再去谁家，他们仨意见不一，都想让先去自己家。

洛松达娃没去然乌镇上学，正在附近骑着一辆没有脚踏板、没有车座的自行车，几个孩子帮着又是推又是扶。我问他们仨："谁家最远？谁家和谁家挨得近？"只有洛松达娃听懂了，他指了指一个方向说："汪来江村家在那里，最远。强巴顿珠、洛松朗加家在同一个方向。"

那段时间，洛松达娃一直生病，待在村里，医生说是肺结核，还是乙肝病毒携带者。刚开始时，我不知道。看到他在村里时还以为他是为了逃避上课。后来有一天他跟着面包车要去学校，趴在我腿上睡着了，快到然乌时，他坐起来，揉揉眼睛，嘴角有口水的痕迹。他妈妈说，学校打电话让他去上课，生病也得去。

最终决定大家一起先去汪来江村家。

去汪来江村家的路上，一路坑坑洼洼，上坡、下坡，再上坡、下坡。冬初荒芜的田地有的已经被翻开，那是要准备来年的播种；没被翻开的土地，踩在上面硬硬的。河流结着冰，我们要从结冰的河流上走过。走在上面时，强巴顿珠在前面拉着我，汪来江村在后面扶着我。一不小心听到嘎巴声，我停住不敢走，他们俩就说："可以的，没事的。"

就是那时，我生出对汪来江村的惭愧，一种不知道他原来要如此辛苦才能从家到学校的惭愧。那时我想，以后无论他再怎么调皮、再怎么故意惹我生气，都可以，只要他开心。我不知道这种想法对不对，但每次想到走的河、踩的冰，还有那漫长的上坡、下坡的硬硬的路，总有一种想把顽劣的他抱在怀里的冲动。

几个男子汉并排走在广阔的土地上，他们不怕冷，外面的外套敞着，头昂着，雄赳赳的样子，像是去做一件伟大而神圣的事情。

迎面跑来了汪来江村的哥哥，他一只眼睛看不到，村里人说他有心脏病，还有神经病，经常发脾气。很多人因此不喜欢他。上一届老师在的时候，每次上课，他都会钻到桌子底下，于是老师告诉家长这孩子不适合上学，他就一直在村子里游荡。但一直以来，我们俩的关系还不错。他跟以前看到我一样，上前很自然地牵上我的手，我们一起走进汪来江村家传统的藏式房子里。

汪来江村的家在来古村最边上的一个角落里，与丁增卓玛的家遥遥相望。他家的房子是藏式传统房子，牛、羊也住在里面，那是那个角落里唯一一处老房子，附近也没有其他新房子。这个位置有点偏，想往这里运输盖房子需要的材料，也是一件不容易做到的事情。人畜混住，这是藏族早期的生活方式了，村里更多人家已经采取人畜分开来住，最不济的也不会像在一个房间里那样近。

那天从汪来江村家离开时，汪来江村的哥哥表示要带我去一个地方，走进一个小空间，他说："莉莉老师，你看。"说的时候，他整个人已经等身长头在地上，做了一个连贯的动作，双手合十，头顶、额间、颈间，匍匐在地。他是在告诉我，那是他每天磕长头的地方。佛堂是每户村民家里最神圣的地方，每天都会用专门的时间擦灯、点蜡、磕长头、祈福。佛堂也是每个人回到家中必须要有的自我独处的空间，似乎那里才是真正属于他们的，包括孩子。

整个过程，汪来江村的哥哥一直牵着我的手，像一个熟悉情况的人引导一个陌生人看这个，看那个。他不会说汉语，我的名字是他唯一会的汉语，但你能感觉到他再自然不过的热情。相比之前村民说的顽劣，我眼里的他跟来古村所有孩子一样，也是一个天使。

汪来江村家有一道后门，汪来江村和妈妈带我们来到院子后面，打开那扇木头门。汪来江村的妈妈指了指房门外裸着的土地，还有那远处的房子。那是与来时不一样的一条下坡路，可以通向强巴顿珠、洛松朗加的家。汪来江村的爸爸说用摩托车送我们，强巴顿珠摆手说，不可以。

又路过薄冰，走过厚冰，踏过雪，踩过没结冰的河里的石头，强巴顿珠走在前面拉着我，洛松朗加跟在后面推着我。

远远地，强巴顿珠说，看看那是谁。原来是刘局站在分岔口，他说他看到有几个小黑点，认为是我们，江措有事不能陪同翻译，刘局说他跟着看一看。他们总是不能想象没有江措的家访是如何完成的。

快到洛松朗加家门口时，他撇下我们，快几步走进了院子，在里面大声喊："可以了！"进门一看，他抓住了狗链子，抚摸着狗头。刘局说："孩子怕狗吓到你。"

洛松朗加的爷爷一人在家，我们去之前，他应该是一人坐在炉边喝酒。与汪来江村家的程序一样，没久坐，把钱递上去。洛松朗加的爷爷竖起拇指说"Ge Sa"（三声、三声，谢谢之意）。还像以前在果珍商铺里看到的他一样，他打一下洛松朗加的头，用藏语说："如果不好好学习，打的。"自从洛松朗加成为一年级的学生以来，每次遇到洛松朗加的爷爷，他都表示说，不听话，打的，打的，没关系，老师就像爸爸妈妈一样。

再去强巴顿珠家，他们两家相隔不远。强巴顿珠的爸爸去昌都了，说是学开车。经常去学校的侏儒，原来是强巴顿珠的亲哥哥，他骑着一辆小自行车上坡接我们，再顺着下坡直接溜着骑回家。一直以为强巴顿珠家条件应该是可以的，因为有果珍帮忙打理的商铺和藏家乐。实际情况看起来没有那么好，没盖新房，老房子里面也很简陋。刘局说，可能是因为大儿子先天条件不好。

强巴顿珠长得像妈妈，睫毛很长，眼珠呈褐色，像新疆人。

这几个学生都是他们所属家庭里能说一点点汉语的人。他们逐渐开始成为以家庭为单位的会汉语的知识分子。

刘局也发了驻村时期的最后一笔钱，是给每一户藏家乐申请下来的扶持资金。刘局和安科服务于地区旅游系统，到来古村驻村的工作内容之一就是扶持当地的藏家乐发展。那一年，村里的藏家乐由原来的三家发展到了十几家，刘局说以后可能会越来越多。

三十三
江措回城

　　每天都有村民去村委会邀请他们，达珍说，村民要给他们送行。

　　达珍是学医的，她从然乌镇上的卫生所被安排驻村，她说不想回去，在镇上和在村里没什么区别，镇上的事情可能会更多，在村子里要省心一些。她听说打报告的话可以再驻村一年，她想打，但男朋友要从驻的村庄回到镇上，她又想回去了。但听说可能还会被动再驻一年，她就很担心。刘局让她以自己身体不适写一份报告，她也没写。最终，她还是因为身体的原因回到了然乌镇卫生所，每天在铺满阳光的卫生所小院里给人输液。她和男朋友也有了一间属于他们的宿舍，她说，比来古村暖和多了。工作以来，她的工资都寄给了妈妈，现在她打算为自己考虑，攒钱给自己买一套家具做嫁妆。她在网上看中了一套沙发，但是她又发愁那些东西能不能寄到这里来。每当有来古村的村民去看病，都会给她捎些饼子、土豆什么的。在镇上读书的来古孩子，他们对她还是有点怕，但又希望引起她的注意，经常会在中午时分溜出学校，趴在卫生所门口，看到她转头看到他们了，再"啊"一声慌张地四散跑开。

　　在这个小镇上，孩子们认为达珍是一个与他们有着共同联结的人，这个联结让他们认为对方与众不同而愿意引起注意并产生亲近。

　　桑曲是所有邀请者中最执着也最会表达的。桑曲对我说："你也一起来啊。"桑曲把送行的地点选在了他爸爸家，江措认为是因为让他娶我的玩笑，所以我们没再被邀请去他和他老婆的家。

桑曲爸爸的家，在一个山腰上，也很破旧。相比其他村民家，他爸爸家的角落里、屋檐下都会有形状怪异的字符，江措说那是保佑辟邪之意。护院的小黑狗看到陌生人有点急躁，被江措用手安抚了一下，马上就很乖顺。

依旧是青稞酒、酥油茶和包子，安科吃得很辛苦，自从他在一个村民家里吃了带毛的包子后，就再也不愿轻易尝试。

桑曲的爷爷坐在房间里，转经筒放在腿上不停地摇，他是群培之前的老村主任，他的一只眼睛已经失明，有说是白内障，也有说不是。跟村里更多老人一样，他也没有究其原因的意愿，他跟他的出生地一样沉默，愿意相信一切都是因果轮回。

夏天时，这个老人会经常挂一根树枝当拐杖，手里摇着转经筒，独自一人行走在村子周边的草原上，偶遇陌生人，会请对方进帐篷喝茶。桂鹏刚到的时候被他邀请过，帐篷里两个语言不通的人，默默地喝着茶。桂鹏那时还不懂喝酥油茶的方法，一杯接一杯地喝，直到撑得再也喝不下去了。

喝茶、吃包子时，桑曲又一次提起让刘局回到昌都后给他找工作的事情。桑曲一直希望他与来古村的关系状态是游离的，这是他能掌控的，他在一定程度上渴望能脱离来古村。他说，村里不挣钱，很累，他想出去找工作。

前段时间他指着肚子说疼，刘局说要想找工作，先把身体照顾好。于是，桑曲去县城看病，他在县城里给刘局打来电话说："医生说了没事，你打电话给县里的熟人嘛，让他给我找工作嘛。"刘局问："先跟我说你会什么。"他说不出来，就说："我当过兵。"再后来，他让刘局给他写一封介绍信，说他要拿着介绍信去县里找领导给他安排工作。刘局说："还是先说一个你会的吧。"那封介绍信，刘局也没开。

桑曲身上的表现，对于其他地方很多藏族年轻人来说可能再正常不过。他有点计较，想挣钱，想出去，但在相对传统、闭塞的来古村，他就是一个异类。未来，村里这样的人会不会越来越多？不知道。

- 178 -

仁青的二姐也来请刘局去她家喝酒。

仁青姐妹多，除了一个在拉萨，其他都在村子里。家里有亲戚在拉萨，有时倒是真的希望能够被照顾，但仁青在拉萨的姐姐，对仁青也是心有余而力不足。

仁青的二姐跟仁青一样，也是一个美人。仁青的姐夫是村子里佛学修行被认可的人，在村里算是年龄略大于卓嘎老公的中间力量，江措说，可以说是德高望重。

那天下午，距离雅隆冰川更近一点的仁青二姐家，外面的阳光透进来，两个成年村民坐在阳光里，拿着泛黄的经书。江措说，只有修为高的人，身边才会有人聚集过来学习。

每天也有人去找卓嘎的老公学念经，那是赤赤的儿子和一个初中刚毕业的男生。他们每天要么坐在卓嘎的院子里，要么坐在学校的墙边，拿着刻有经文的木质书，卓嘎把他们每天的到来不说是学念经，而是说"学藏语"。有时他们的声音比我的学生的声音都高，他们好像一直很勤奋的样子，没有像我的学生那样偶尔逃课。

仁青的二姐准备了两大可乐瓶子的青稞酒，让念经的人往角落里挪了挪，我们一行人是这场宴请的主角。仁青的二姐忙着做菜，仁青蹲在炉灶前添柴。仁青二姐的女儿在佛龛前擦着酥油灯，她就是初中毕业就不再让上学而让回家帮忙捡牛粪的姑娘。央金卓嘎戴着编织小帽跟在姐姐后面，手里拿着一瓶康师傅冰红茶。我对她说："Bu Bu Qi（四声、四声、二声，亲嘴之意）。"她把撮在一起的小嘴递上来，甜甜的。她姐姐问她冰红茶谁给买的，她说是爸爸。

仁青的二姐和仁青端着酒在我们面前唱歌，江措说是在敬酒，要喝很多杯。仁青的二姐提前煮的土豆是特意准备的下酒菜，还有炒的青稞。土豆是来古村所有村民都会做的菜，切成很粗的条状，高原之上，要很长时间才能煮熟。

从下午5点多，喝到了太阳落山，念经人才离去。

江措唱的藏语歌很好听，仁青表示听他唱了以后再也不好意思唱了。她一直单腿蹲坐在炉子前，添柴烧火，看着我们。

达珍问："想去上厕所吗？"仁青带着我们去了院子外面的田地上，没有遮挡物。她说："就是这里了，可以的。"

仁青的二姐说他们要去村委副主任西热家念经，问我们去不去。去西热家，路过仁青家，仁青说："我的家不好，我也想请你们，这次就算是我和姐姐一起吧。"

西热也曾于一个早上邀请我们去他家。他很早过来叫我们，但又不愿打扰我们休息，于是他就坐在去他家必经的一个山坡上，一直坐了好几个小时。西热有过多年兵营生涯，原本可以不回村，最终还是回了村，在村子里的生活不是那么顺畅，刘局说他还要吃低保。他不到50岁，跟群培一样，是他那一辈人中不多的会讲汉语的人，仅剩的几颗牙齿长长地竖立着，吃东西已不方便，经常会系着红色的英雄结，那是更早时间里康巴男人的标配。他经常说疼，问他哪里疼，他说哪里都疼，指指腰说，这里最疼。他个子很高，但因为有腰痛的毛病，经常佝偻着身子，所以整个人看起来，不像群培那样强壮。

那晚西热低矮的木头房子里来了很多村民，炉子、水壶、村民，拥挤得很暖和。女主人不断地出去拿柴、添柴，不断地给来的人倒茶。

他们念的经叫《卓玛经》，仁青说它的意思是：有利的向我走来，不利的请离开。念经的多是女村民，压抑着声调但也有扬有抑地诵念。仁青说，除了《卓玛经》，《长寿经》《平安经》也念得比较多，主要是针对老人和孩子。

宴请以念经晚归而结束。我们走着回村委会和学校，天空中，月亮弯弯，天空澄静，这样的夜晚，因为月亮，来古村笼罩在一层银白色中。

- 179 -

村民送完以后，镇上开始送。

安科提前返回城里，从某种意义上来说，安科的驻村工作结束了，回到有网络、有美食、有女人、有电视、有暖气的昌都地区所在地。不知某一个夜深人静的时刻，他是否会从内心深处想念来古村的宁静、淳朴？

刘局说，嘎玛镇长说了，把老师也带上。

到然乌时，已近傍晚。镇子上的一家馆子里，他们备了红酒、白酒和啤酒。喝了一点红酒，人太多，他们都有很多话说，我走了出来，躲开酒桌和人群。

坐在饭店门口，与旁边店里两个坐在外面的藏族女人聊天。她们看着我，再看看屋里的他们，非常肯定地说："你喝多了，他们没喝多。"其中一个女人问："喝一点点多，很舒服是不是？"我忙不迭地点头说："是啊，是啊。"她说她年轻的时候，喝多过一次，被姐姐打，打了也舒服。

半年后，她再见到我的时候，还能认出我来。她问："今天没喝醉吧？是不是想喝醉？"

那时她年轻，想找一个汉族男人生活在一起，没找到，与藏族男人结了婚，现在是两个孩子的妈妈。这里是318国道必经处，在这里生活的藏族人，每天都能看到很多汉族人，他们因此会一些常用的汉语。路过的人们一边感慨他们被汉化了，一边不愿再花更多时间去偏僻的藏式小村落。接触内地人多的藏族女人，尤其有过城市生活经验的藏族女人，她们在生活伴侣的选择方面会更倾向于选择汉族男人，因为她们认为他们会更有计划性。

一个藏族老人坐在路边，眯着眼睛晒太阳。

我对着他喊："扎西德勒。"

他回应说："你好。"

我摆摆手说："Ya Mu。"

他摆摆手说："嘿，拜拜。"

像是在北京的胡同里，玩在兴头上的孩童对走过来的外国人大声说"Hello"，而那外国人则手一扬回应说"你好"。

镇上的店铺很多都关门了，唯一一家专卖青菜、水果的商铺也紧闭着木头门。一辆流动车停在路上，镇上仅剩的一些人家正在紧张地买菜，老板站在车的棚子里面，一个劲地往外递着莴笋、白菜、土豆等。听说这辆车半个月来一趟，是镇上商铺唯一一次买青菜的机会。这个以旅游为主要产业的小镇，11月中旬就显示出了它的人走茶凉来。

月亮出来了，酒局散了，嘎玛镇长说，来古村的人还不能走，要去另一个地方。退下酒桌，转移战场的人送一程要连夜奔波的人。

走进以为是嘎玛镇长的家实际上是然乌镇政府食堂的单元楼里，围在火炉旁，人们喝着啤酒。后来江措一直笑话我当时一边说着不胜酒力，一边频频举起酒杯。放下酒杯后，他自己还找酒倒酒。

刚刚毕业的汉族大学生白丁丁坐在火炉前方，因为酒精，也可能因为情绪的积淀，她说起了在西藏的辛苦。她说，如果将来她在西藏结婚成家，不会要孩子，因为孩子出生在西藏太苦了，但把孩子放回内地，大人和孩子都辛苦。

她说到"孩子"，戳到了大家的痛点。白丁丁几乎是突然间从一个需要被同情的对象变成了被攻击的对象。

江措脸上有点挂不住地说："西藏这么苦，你在这里这么难受，没有人逼着你来，你滚回你们山西好了。"

江措的话让所有人始料未及，但白丁丁的话确实又有点不妥。一时间，所有人都在说，似乎针对白丁丁，又似乎针对江措。

白丁丁的领导说西藏的发展前景，他说，到了2020年，西藏的变化是大家都想象不到的，出门就会有现代化，不再缺水少电。那时，别人再想来西藏，则要困难很多，没有现在这么容易。然后他带着酒后的语重心长说："丁丁啊，你要珍惜你的机会。"

嘎玛镇长说："我去过北京，北京好不好？好。喜不喜欢？喜欢。想不想留？想。但是，我在北京，要饭都可能要不到。我不会弹吉他，就算是会弹吉他，我也不知道哪个地铁口人多，哪个地铁口的人会给钱。我老婆小学六年级以后，一直在内地，本来有机会留在拉萨，因为我，她回到八宿。我也知道，我的小孩一出生就是缺氧状态，一出生就比内地的孩子笨很多，但是，我还是会要孩子，重要的不是别的，而是他在我身边。现在人人都在说：全国人民支持西藏，西藏人民三口一杯。作为西藏人，这句话还是让我很难受的。"

来古村的寒冷，让外面的人不愿意进来，里面的人要出去。

新旧驻村工作人员交接的那晚，是一场注定有酒的送别。新的驻村干部是时任八宿县旅游局局长的白文斌，以及两个藏族姑娘——一个叫贡桑卓嘎，一个叫次仁措姆，次仁措姆的汉语名字叫莎莎。

村委会成员群培、项巴多吉、西热都过来了，小小的房间变得拥挤，达珍把前两天江措在镇上买的瓜子、花生、苹果放在桌子上。江措还专门给群培买了当地的一款好酒，用一个漂亮的瓷瓶装着。江措说，有一次他听群培说那款酒好喝。

这场送行，大家都准备了好长时间。

第二天，村民们早早地站在村委会的院子里，其中一个穿着刘局一直穿的衣服，刘局把自己的厚衣服给他了。他让刘局给在昌都打工的儿子带了糌粑，他儿子的工作是刘局给找的，他经常到村委会，双手握着刘局的手说"Ge Sa"。有一天，他给刘局送来了雪莲花，刘局让他拿回去了。再有一天，他看刘局没在，放下就走。刘局让江措还了回去。那些雪莲花放在布袋子里，被他们送来送去。

江措把收拾好的东西搬上车，达珍在炉子上做饭。他们的房间凌乱，原来的生活痕迹被清理得干干净净，原来有着被褥的床铺裸着，原来放着洗漱用品的地方什么都没有了，原来放工作资料的地方放着一些杂乱的纸张。

他们吃达珍煮的粥。我站在院子里，看着后视镜里的自己和村庄，村庄里的这个早晨有点陌生，陌生得有点不像是村里。

从后视镜里，我看到有村民陆陆续续走过来。我没等所有人都赤裸裸地表达离别之情，就一个人回了学校。

他们开车从村委会出来，停车、下车，村民过来握手、拥抱，他们走进学校，江措喊我的名字，我听到他对刘局说："找不到，可能没在学校。"他们四处张望了一下，上车、开车、离去。我站在一个他们找不到的隐蔽的角落，看着这一切的发生。

他们的车走得越来越远了，等到再也看不到的时候，我推开门，一壶青稞酒放在门边。

我知道这是江措放在那里的。

壶有点脏，不知道是哪个村民送给他们的。也像这样，江措早晨开门，它就在门外边。

曾因学生的事情与罗布起过争执，我对刘局说觉得委屈。刘局说，很多事情不往委屈上想，就不是委屈了。这句话，让我带到了很多地方。每当有情绪时，就把委屈撤下来，果然也就不觉得委屈了。

刘局走前的那晚对我说："你是来古村的荣誉村民，你回去以后什么时间再回来都可以。"他说的时候，群培也在一旁，群培还记得我说要给村子写村志的事情，群培说："你不知道的，来问我可以的。"

白局对在来古村的一年很期待。他站在透着风的客栈里，阳光透进来，他躲开阳光，眼睛望向远方。

他说他得想办法让村民养鸡，让村民学会用塑料大棚自己种蔬菜。但是刘局说村民家有塑料大棚影响景区的美观。

村里的事，回到昌都的刘局也一直惦念着，一有什么机会，他就帮村里申请。有一次有一个去丽江考察养鸡情况的机会，刘局给来古村申请了一个，于是项巴多吉跟很多西藏村庄里的村主任一起去了丽江。项巴多吉在去的路上兴奋得给我打电话，用他不多的汉语说他要去丽江学养鸡了。

项巴多吉穿着崭新的藏袍，在一座山的前面照了照片，很威武的样子。但是养鸡技术却不了了之。

直到现在，村里也没有一只鸡。

- 182 -

竖立在然察路段岔路口的绛红色铁皮路牌，一直在提醒着任何一个知道缘由的人，这是刘局、江措为村子做的事情。路牌上面标示：距离察隅县城145公里，距离来古冰川18公里。

从昌都地区、八宿县，再到然乌镇，刘局和江措费了好些精力，最终才有了竖在路旁的它。它正好在风口，会被风刮倒，每次出村、回村路过它时，刘局和江措都要下车看看，再给它加固一下。有了它，想去看冰川的人就方便多了。

如果我第一次进村时有它，就不会有那么一段风雪之路了。

后来，江措似乎忘了这件事情。当我把路标的照片发给他时，他竟用略带害羞的语调说："这么说，我们还是为村里做过事情的。"

- 183 -

尼玛和巴登在二年级教室里唱着"古诗两首"，叫他们一声，他们假装安逸的小鹿突然听到什么声音一样，惊慌失措地从门口跑出去。我能听到他们故意发出惊慌失措的声音，急急忙忙从门口逃窜的脚步声。

他们在故意和我玩捉迷藏的游戏。

他们的童真中和了冬天里因离别而产生的伤感。

刘局、江措、达珍走了以后，接下来，果珍也离开了来古村。

客栈和小卖部的房子，因为要离开而收拾得干干净净，更显得空落落的。它一度是来古村最热闹的地方，被认为是来古村的小型朗玛厅，每天晚上都有村民坐在那里喝酒、聊天。刘局、江措、达珍走时，房间里也是这样，空空的。

果珍送了很多奶茶过来，她说："姐，你喝，明年再来就坏了。"果珍要把妹妹从村子里带出去，在外面成个家，果珍认为这比在村子里好。

果珍走的那天早晨，因为有课，我也没去送。她和妹妹两个人要走很远的路，才可能碰到车子。她们离开这个村庄，等待下一个淘金时刻再过来。果珍也像候鸟一样，每年完成自己的迁徙。

下课后，汪来江村拉着我（其他孩子也都跟来了）走过果珍的商铺，门紧锁着，这个冬天，孩子们又少了一个可以娱乐的地方。另外两家商铺虽然有孩子们喜欢吃的零食，但是商铺的面积不大，容不得孩子们在里面撒欢。相比之下，果珍家的商铺虽然针对孩子们的零食少，但是他们可以在里面蹿来蹿去，有时仗着自己的大人在场，还可以撒个娇，耍个小横什么的。

一个村民醉躺在商铺外面的地上，身边都是啤酒瓶子。邦措走过去，摸了摸他的脸，尖叫一声，转身跑了。索朗措姆背着弟弟站在一边，公秋次旦试着发动摩托车。对于那个醉了的人，他们没觉得很奇怪。

不远处据说是准备开张的商铺，迟迟没有动静，一根根木头垒起来的柜台也像果珍家的商铺那样紧紧地关着。

三十四
村里的"世界末日"

- 184 -

燃灯节，在拉萨的人说，拉萨灯光冲天。在来古村，也很隆重。

贡桑卓嘎说，燃灯节是为了祭奠宗喀巴大师，就像你们内地吃粽子纪念屈原一样。佛堂、家里都要点上酥油灯，并保证它不灭，以此来送宗喀巴活佛更好地走上一程。

村委会后面的佛堂里很多人在煨桑，烟雾缭绕。我问白局："一起去看看吗？"白局犹豫了一会儿，然后严肃地说："公务员不方便出现在宗教信仰的场合里。"

来古村的佛堂周边，男女老少在那里转着经筒。我混在其中，跟他们一样转转经筒。孩子们快速地跟上来，牵我的手，一只手根本就不够，但是两只手都被孩子们牵着，我就没有手来转经筒了。

我坐在靠近木头屋的石凳上休息，孩子们围过来。家长也把孩子领过来让我看着，以方便他们更好地转经。

一个老阿妈走过来，比画着问："冷不冷？"我说："冷。"她指着对面向阳的佛堂墙边，意思是我坐的地方没有阳光，坐到有阳光的地方就不冷了。坐在了老阿妈刚才指的向阳的墙边木板上，果然暖和了许多。

孩子们又围坐过来，目光所之处，是脚、腿，是男男女女、老老少少不一样的衣服，他们来来往往，络绎不绝。

对面那低矮的房子里，传来鼓声和念经声。我打手势问：那个房子能不能进去？他们点点头。我走进去，一个人背靠着窗户，逆着阳光，用一个像竹藤一样的东西，敲着吊起来的鼓。桌子上摆着经书，他在那里看着、念着，如果不注意，以为他是闭着眼睛的。

有人说那就是传说中的阿姐鼓。阿姐鼓，用美丽少女的皮肤做成，声音美妙，让更多人感受到经声似纯洁少女的温柔，让人更深沉地皈依。现在的阿姐鼓，不再是人皮鼓，不是人的姐姐，而是羊、牛的姐姐。

靠着房柱坐下来，听。听不懂，但是又想听。一个村民过来，指指我的杯子，帮我续满了清茶。

很晚了，莎莎来电话说她在一个村民家，有人受伤，头部流血了，她说让人来接我，就在索朗措姆家的后面。

我收拾好急救箱，迎着手电筒的光奔过去，是经常来学校玩的孩子和他的妈妈。我们走得气喘吁吁，孩子走得慢，妈妈蹲下来，把孩子背在后背，又急急地走着。

进了一个院子，拐了好几个弯。是那个双目失明的女人，她老公打了她。

在一个有月亮的夜晚，她曾经在项巴多吉的陪护下来学校拿药，当时她坐在学校里的台阶上，项巴多吉用有限的汉语翻译说，她眼睛疼的。我打开手电筒，想看看她的眼睛。项巴多吉说，她看不到的，两个，都看不到的。

桌子、凳子，还有炉子上都是血。再看，她脑后、脖子上、衣服上也都是。我让她们准备温热水。擦酒精和云南白药时，她一直在抖。我问她："疼吗？"她说："不疼。"打着结的头发上有血块，眼泪不停地从她因为失明而空洞的眼睛里流出来。

刚才去学校接我的是她的女儿，整个过程里，她一直在边哭边打电话，电话那头，跟她一样，应该是被打女人的孩子。

一个带着酒气的村民站在旁边，想说什么话，被贡桑卓嘎用藏语呵斥：不要说了。他撇撇嘴，讪讪地憋了回去。

摸黑回来的路上，贡桑卓嘎说那是被打女人的老公，经常一喝酒就打她，但是我们也不敢对他太发火，怕我们走了以后再打。

贡桑卓嘎说："农村的女人太可怜了，我们读过书出来的，我们知道男人不能打我们的，动一下都不行。"

- 186 -

过了几天，我想着要再去看看她的伤情，那晚太仓促，很多更细致的事情都没来得及做。那晚去的时候已经很晚了，而且还有人带着，自己再找过去，肯定是找不到了。正好索朗措姆在学校玩，我不知道怎么描述，就对着索朗措姆比画着盲人的样子。她一边模仿我，一边带我走，直接走到了那户人家门口。

站在门口，索朗措姆比画着说他家有汪汪，不能直接进去。她在门口叫一个人名，那晚打老婆的男人应了声、开了门。进房间后，没见到受伤的女人。索朗措姆用藏语问他一句话。他转身去了另外一个房间，牛棚下面全是牛粪，碎碎的，踩在上面软软的，没有难闻的味道。他试着推那扇门，推不开，他对里面说些什么，那个女人应声从里面递出一把钥匙。房门打开后，女人从里面出来。应该是儿女们怕自己的妈妈再挨打，把她锁在了房间里。

她头上的伤口好多了，那天我让她把伤口处的头发剪掉，她没剪。她说腰部疼，我给她擦药，每擦一下，她就抖一下。我问她："疼吗？"她还是说："不疼。"

我抱着药箱往回走，湿湿的路上，要路过很多户人家，她被打流血的那晚，一路也是这么湿和泥泞，只是当时太着急了，没有感觉出来。

那个打女人的男人，一年后死了。我问卓嘎他怎么死的，卓嘎说不知道的，可能是喝酒喝死的。他还没活到足够长的年龄，人们谈论起来时，不免唏嘘几番。

村里人的死去，都没有可以说得上来的原因。大家只需知道一个事实，那就是死了。怎么死的？不知道。

- 187 -

大家都在说末日，来古村也不例外。

在从镇上取包裹回村的车上，群培说他听说是12日，我说我听说是21日。我说："没事，西藏最安全。"群培说："来古村最安全。"我说："你信吗？"他摇头说："不信。"

那天回来的第二天就是12月12日，传说中来古村的"世界末日"。

一共八个孩子，三个孩子没来上课。其中，汪来江村、强巴顿珠被妈妈带到学校，妈妈们说，孩子感冒了，不能上课，要去然乌看病。邦措没来，听说她也是生病了。我跟罗布措姆说："中午12点放学后，我们去给小邦措送药。"罗布措姆说："12点以后，看不到了。"看我好像没懂是什么意思，罗布措姆拉着我，喊住了拿完药后转身离开的村民，大声用藏语问他："12点以后看不到了，天都黑了，要连续三天，是不是？"那个长得高高的村民说："是这么说的，但是我不信的。"

孩子们拉着我看老村委会门口聚集的人和摩托车，孩子们说，他们就是在这里一起等待看不到的12点。孩子们说，里面还有人。孩子们又拉着我一起走进老村委会里面，果然人头攒动。村主任群培坐在最里面，村民们背对着门面向着他，没有一点亮色，全是深色系的衣服。村民们念念有词，不知道在说什么。强巴次林说他们在念经。我问站在外面的村民："在这里做什么？"他们笑着不说话。罗布措姆说："他们在等12点。"

我们再手拉着手过来，遇到罗布措姆的哥哥骑着摩托车路过，为了向我证实她没说谎，罗布措姆又问哥哥："A Bu，12点以后看不到了，是不是？"哥哥说："是。"罗布措姆一直在那里说地会"嘣嘣"，房子会摇晃。

如罗布措姆所说，几乎村里所有人都在等待那神秘的12点。三个孩子没来上课，真的是像罗布措姆说的那样，根本不是真的生病，而是他们的家长真的相信地会"嘣嘣"。只有强巴次林用汉语表达了"世界末日"。强巴次林说世界末日了，他们都在家里。

只有我们几个还一起守在温暖有光亮的火炉旁边，尼玛说："天看不见了，你的这里哭了。"他做出哭的样子。罗布措姆说："看不到了，你的我家里去。"

我们每个人似乎都兴奋着、紧张着，好像讨论的事情与我们的生死无关，但是它又那么让人充满期待。这个小村落里，孩子们认为终于有一件让所有人都感兴趣的事情了，他们也终于可以和大人有一样的话题，可以"平起平坐"了。

12点过了，天没有黑，地没有"嘣嘣"，房也没有摇。所有的紧张、刺激，都在12点那一刻就那么过去了。我们似乎都有一点点失望。

但也有了变化，村里开始飘雪了，并且刮起了狂风。风吹开门，裹着片片雪花猛烈地冲进来。在房子里的孩子们，看到那凶猛地刮进来的风，惊叫起来，纷纷跑去关门、插门、抵门。但是随之而来的寒冷，挡不住。

老村委会门口的车辆和人群逐渐散去，还有一些人和摩托车没走，他们缩着肩，双手插在袖筒里，站在雪里，像等待什么未知事情一样若有所思地张望着。

强巴次林慌慌张张地跑过来拉着我就跑，说："莉莉老师，罗布措姆坏了。"我们跑到罗布措姆跟前，她弯着腰，皱着脸。我问她："怎么了？"她说："我这里疼。"她指指膝盖。

上午没来上课的孩子们都过来了。强巴次林一脸坏笑地问邦措："邦措，你感冒好啦？"

末日过后，始终在下雪，村民的心情随着身体一起闲暇下来。

依然有人去赛马节时的草原上过冬，那里搭着帐篷，不过更多村民都在入秋时撤了回来。很多家庭的模式还是以种青稞、挖虫草、找贝母为主，放牧牛羊是生活传统的保留。相对来说，卓嘎算是村里的新生代，如她一样的新生代的家庭收入中添了客栈的收入，即安排游客的收入。卓嘎家只有一头牛，卓嘎说只能用它来喝牛奶。

住在草原上帐篷里的多是家庭中的老人。比如说学生的爷爷奶奶，而学生的爸爸妈妈更多则有其他的营生，他们也承担来往村里和帐篷之间送吃送喝的工作。

这些天来，白天会有小伙子三三两两地过来拿药。夜晚，他们会聚在学校外面不远处唱歌。与卓嘎相比，他们是村民中更年轻的一代，不到20岁。与内地同龄人不一样的是，他们没有读书的压力，也很少出去打工。内地同龄人的欲望、压力、纠结什么的，在他们身上好像没有。也可以说，那些与生命本身不太有关的物质欲望对他们影响不大。他们更多时候会想：如果有一个篮球就更好了，没有篮球，喝点酒、唱首歌、跳段舞、晒太阳、跟姑娘们聊聊天，也挺好。

篮球，也是次仁卓玛哥哥的一个愿望。

次仁卓玛的哥哥一直想要一个篮球。他跟村里年龄相仿的小伙子，在周末的时候经常跑到学校里打篮球。那个篮球架对于一、二年级的孩子来说就是一个不合时宜的庞然大物，但对于次仁卓玛的哥哥他们来说真是再合适不过了。后来村委会门口也建了一个篮球架，他们就很少再来学校了。每当中午和傍晚时，总有一些身影活跃在村委会门口的篮球架下，跃上跃下，除去小孩子尖叫着跑来跑去，他们是为数不多显出村庄活力的景象。那球是他们从学校借的，他们还没有一个真正属于他们的篮球。

次仁卓玛的哥哥有一辆摩托车，有一次他让我坐在摩托车的后面，周围人那么多，他扬起脸，夸张地一踩油门，摩托车猛地一下启动了。可能感觉到了我的害怕，尤其是在下坡的时候，因为那像是垂直着下去的。他说："没事的，不怕的，想学吗？我教你。"

他听说我要走的时候，把我叫到他家，生起炉火，严肃地问我："是镇上的人不让你教吗？是吗？是的话，我找他们去。我镇上有人，你不要走，你要留下来。"

次仁卓玛的哥哥16岁，最终没去读高中。有一次家访时，刘局说让他去读高中，他说他会跟爸爸说。我问他："为什么最终没去？”他说："爸爸不让读。"我又问："那干吗？出去打工吗？"他反问："打工是什么？"我解释打工是什么。他说："不去。"我问："那干什么？"他说："跟着爸爸盖房子。"

- 189 -

学生次旦的哥哥公秋次旦这段时间经常过来，与以前他经常开我的玩笑相比，这些时日，他严肃多了。

有一天晚上，我从村委会回学校，月光明朗。他站在村里的路上，拿着一个东西，对我说："老师，我们可以一起玩一玩，我们一起用这个，肯定特别，特别……"他说的"这个"是避孕套。

我尽量远远地躲开他，从他身边快步走过。身后一阵爆笑。

避孕套，是北京一个年轻的妈妈寄来的，她说他们社区经常发。刚收到的时候，我还有点慌，不知道怎么来跟村民解释。江措负责解释，解释完了，他说："谁要是想要就去莉莉老师那里拿。"一个村民刚开始说不要，后来找到江措说："可不可以给一盒？"群培的大儿子拿着它想装进口袋里，看到有人看他，又把它放了回去。卓嘎是第一个发现它的。我拿着避孕套的包装盒，她问："莉莉，这是什么？"我说："你猜。"她说："手表？"

自从那天路上相遇，让公秋次旦陪我一起去汪来江村家，临走时我把我戴着的帽子摘下来戴在他头上后，他没再那样开我的玩笑。

村里风大，无论多大的人，都会有一样东西用来避风，对于男人，更多的是额头缠着围巾。那天公秋次旦额头缠着黄色的围巾，颜色有点黑了。

每次来学校的时候，他都是一个人骑着摩托车，什么也不说，转一圈就走。有时他也会在喝了点酒以后坐在火炉旁，或者背着手在房间里四处看，有时还会把炉子上面的转经筒取下来，查看转得不快的原因，擦一擦再放上去，然后就下去了，不久传来摩托车发动的声音。

但我从来没看过他戴那顶帽子，以为他不喜欢。我问他："为什么不戴？"他说："以后戴。"

-190-

扎西四郎的爸爸妈妈去嘎玛西热家念经。末日前后，念经的事情相比以前明显多了起来。不知道是因为天气冷了下来，还是末日带来的恐慌。

扎西四郎说，爸爸说他们去念经，让我们去莉莉老师那里玩。

我给他们剥柚子吃，那是江措留下来的。扎西四郎喜欢吃，很用心地将它们吃得一点都不剩。剥下来的柚子皮放在烧着火的炉子上，和杜鹃一样，发出香味。

几个孩子的头上都油亮油亮的，我问他们抹了什么，他们指着食用油说，那个。闻起来，一股食用油的味道。有一次卓嘎坐在学校的台阶上给邦措梳头说："莉莉，用你的炒菜油了。"贡桑卓嘎说，村民一般都用肥皂或者洗衣粉洗头发，容易有头皮屑，所以他们会把酥油放在头上。

念经，是村子里每个人都要会的，每家都要经常念的。每次哪家需要念经的时候，平日里关系好的都要去，主人家里备好茶——也备好柴火，暖暖和和的一个夜晚。念完经大家再聊会天，就各回各家。除了平日关系好的，也要请上一两位公认念经念得好的人，尤其家中遇到生病、死亡或者其他什么事情需要祈福或者祭奠时，请一两位公认修行高的人则更为重要，卓嘎的老公就经常被别人家请走。

我也参加过一次为亡者念经超度的法会，十几个人，男人坐北朝南，女人坐南朝北，男人的转经筒支在腿上不停地转着，老人也是转经筒，而女人多捻着手里的珠子，那不同材质的手珠似乎时刻都在她们手里。人们念经的时候，眼睛是闭上的，声音低沉，抑扬顿挫。那晚念的是六字真言，一整晚都是它，念了一定的数目，或者说累了，就歇一会儿，说一会话，接着念。每个人表情肃穆，亡者的亲属则不可避免的一脸落寞的悲伤。

昏暗的灯光下，坐在一群念经人中间的我，显然有点不协调，因为我不知道怎么来念或者如何表示，连孩子们都看出来了，他们站在一边，嘻嘻地笑，那是在取笑我。

项巴多吉跟卓嘎的老公一样，也是村子里修行高、坚持素食的佛教徒，与卓嘎的老公不问世事不一样的是，担任村委副主任的项巴多吉多了些在村子里出头露面的机会。

项巴多吉的老婆也特别能干。自从儿子扎西四郎带她过来包扎过一次伤口后，她经常过来让我看伤口。村民们的手经常容易受伤，可能是因为做的都是粗糙活儿，他们也不习惯戴手套，更主要的原因是戴了手套根本就干不了活。这也是所谓的"胶布"在村里用得特别快的原因之一。

与卓嘎家不一样，项巴多吉家有一个可以直接给他们指导方向的县城里的亲戚。这个亲戚一直是项巴多吉家的隐形存在，无论大小事，总能看到他在其中发挥作用。

我曾问扎西四郎想不想去上海，他说，想。后来再问的时候，他说，妈妈给他爸爸在八宿的亲舅舅打电话了，说不能让孩子去上海，怕孩子感冒。

项巴多吉曾托江措，希望江措能把他大儿子转到昌都去读书，江措已打理好了关系，通知他办手续的时候，项巴多吉说："亲舅舅说那所学校不是特别好，所以不转了。"

看到江措生气了，项巴多吉请江措一定要原谅他，他说他要听亲舅舅的，因为以后还有很多事情要依靠亲舅舅。不过，亲舅舅的大方向还是对的，比如让项巴多吉一定要让孩子坚持上学。项巴多吉也多次说，只要孩子想读书，就一直让他读下去。

三十五
萧条的白玛镇

多日没见，罗布回来了。他说，领导说村小不考试了，老师根据情况给学生打分，最好的不超过70分。

一年级学生语文成绩为：强巴次林（70分）、强巴顿珠（68分）、邦措（67分）、汪来江村（59分）、洛松朗加（55分）。二年级学生语文成绩为：巴登（68分）、尼玛（65分）。

打完分数，再给孩子体检，然后来古村小学的学生就真正进入寒假了。因为种种原因，孩子们不能按照原来的计划，即所有的孩子坐车去县城医院体检，而是医院派医生到村里、镇上。读初中的来古村孩子就直接在县城里体检。

白局把医生直接带到学校里来。孩子们对体检很好奇，争先恐后地排着队，排在后面的想挤到前面来，前面的当然不愿意让。

给孩子们抽血时，医生发现竟然没带压脉带。我翻箱倒柜找出江措当时留下来的透明胶，用劲地缠在孩子们的胳膊上，倒也能成。孩子们早早把外套脱了，针扎在他们的胳膊上，每个孩子的血抽出来时似乎都很慢。抽完血的邦措用手按着棉球，不一会儿就说头晕。医生说："血压低，很可能还贫血。"白局说："你看看，你看看，问题出来了。"

村里的孩子们体检项目比较少，很快就检查好了。我们一起出村赴县城，路过镇上的时候，达珍追在车后面说："莉莉，到县里，吃点好的。"

我和贡桑卓嘎一起坐在车后面，那是一辆写着"流动服务"红色大字的车，看起来像是救护车。贡桑卓嘎头靠在车窗上，讲着听来的关于医院的故事。她说，西藏太苦了，生病了也不知道怎么回事，医疗水平就那样，人走得都稀里糊涂。

从然乌镇到八宿县，一路几乎看不到人和车辆，我们的"救护车"走得平缓、稳当。冬季，本地人往来不多，游客更是少见，路上很寂静。除了贡桑卓嘎讲到动情处的啜泣声，就是车走在风里的声音。

12月的八宿县城所在地白玛镇，萧条了许多，没有翠绿，没有炎热，有的只是落了树叶的树，光秃秃地站在路两旁。

我曾于5月从飘雪的村里到过县里，那时村里很冷，几乎没有绿色，露出的青稞苗也被雪盖在了下面，村里到县城的路上渐渐看到翠绿，草、青稞、野花等，还有慢悠悠走在马路中间的牦牛。

下午4点多以后的八宿，就没有了太阳，比来古村还要早一个小时。再晚一点，起了很大的风。晚上起风的八宿县城里，原来热热闹闹的门面房都关了，只剩下平平整整鱼白色的铁皮门。那些到西藏淘金的内地人在西藏进入冬季的时候返回了自己的家乡，他们在某种意义上是西藏旅游是否发达、经济是否活跃的风向标。

八宿县中学校门口的值班室里，汉族校长戴着变色太阳镜，穿着夹克。我们问他觉得给孩子们做体检有必要吗，他说当然有必要了，他曾经也想从三包费用里拿出钱来给孩子们体检，由于种种原因未能实行。他说，学校里的孩子经常生病，前段时间爆发腮腺炎，还有很多有结核，学校里的老师经常要半夜三更带学生去医院。

在学校老师的组织下，来古村的初中生们，早早地在学校里排好了队，一行三十多人浩浩荡荡地走在萧条的冬日里，朝阳下的整个县城竟也因这些羞涩的孩子显得生机勃勃。他们对体检也充满了好奇，问我："老师，为什么只有来古的学生可以检查？"

他们第一次知道自己的身高、体重。站在体重秤上，年老的长着胡子的藏族医生慈爱地扶正他们的腰身，惹得他们想躲闪但又不好意思，只是笑。他们怕抽血，怕脱衣服做胸透，甚至怕得躲起来。他们拿着自己的体检单穿梭在医院里，相互打探别人的体重，窃窃私语后，哈哈大笑，还不忘将体检单挡在咧开的大嘴前面。医生说，因为这支庞大的队伍，医院里忙坏了，几乎每个医生都手忙脚乱。我和贡桑卓嘎也根本没有时间去寻找因为害羞跑到厕所里的学生，而是需要坐下来，一个帮医生叫学生的名字，一个做检查结果登记。

检查结束回学校的路上，不时有人离队。他们挤在公用电话亭里，不想放下电话，但是又不得不放下电话。他们买烤香肠，还买了一些饼子，偷偷摸摸地藏在手里或者背后说："老师，我们饿坏了。"我问："学校里吃不饱吗？"他们说："能吃饱，就是想吃。"他们脸上的油光和痘痘告诉你，这样的生命是需要各种能量填充进去的。

来古村所有读书的孩子，一共80人。

孩子们的体检报告出来了：7个乙肝大三阳，1个乙肝病毒携带者，2个肺结核，很多孩子都有肝部颗粒增粗、单肾或双肾尿酸结晶、胆囊炎等疾病。

医生问："你们那里怎么回事？这么小的孩子这么多问题。"我问他："您觉得会是什么原因？"医生说："不排除水土有问题，要多喝水。"我说："水土都有问题了，多喝水能行吗？"他说："那还是得多喝水。"

我和贡桑卓嘎又跑去问卫生所所长："怎么会是这种情况？孩

子们不打预防免疫针吗？"他说："很多小孩在家里直接生，出生以后，卫生所的人不知道，直到该上学了，才会统一去报户口。"

- 192 -

在县公安局户籍科上班的贡桑卓嘎的老公讲了一件刚刚发生的事情：八宿县一个村的驻村工作队三死两伤，逝者是县水利局副局长和两个刚考上公务员的年轻人。

关于他们的故事，有很多个版本。

最多的一个版本是：县水利局副局长，拉萨人，19岁参加工作，在八宿县工作了10年，有妻无子。所驻的村子很偏僻，比来古村偏僻艰难多了，要走一段细细的横在江上的桥才能到达。在那里的驻村干部，吃饭时，一棵菜叶子掉下来都要捡起来吃了，从来没有过剩菜剩饭。副局长工作出色，与当地老百姓关系好，老百姓不让他走，多次即将实现的调离都打了水漂。这一次在从县里回村庄的路上，山上掉下来的石头砸在了他们停在路边的车上，其中一个人去上厕所，一人站在车边看车是否有问题，三个坐在车里的人则无一幸免。

贡桑卓嘎的老公说，这样的无常在西藏再正常不过，似乎每一段路、每一件事都是九死一生。

刘局的一位关系很好的同学也在驻村途中出了车祸。刘局说，那时他同学也是刚刚驻到村里没多久，那几天下雪，车一打滑，人就没了。后来还有正式的红头文件下发，号召向那位同志学习。那份文件从拉萨分发至西藏的每一个村庄，经过了高高低低的九百多公里的山路后躺在了来古村村委会的桌子上。刘局把它收了起来，放在那台太阳能电视的后面。刘局聊天时经常会说到一位关系很好的同学，后来我们才知道就是那位被他藏在电视机后面的同学。

那位被藏在电视机后面的同学，是我们与刘局相处时要避开的一个痛点。

而这样的事情在西藏，如同钟摆摆过来荡过去，永远没有终点。

水利局副局长的尸体被运回了八宿县，经过八宿县再运回拉萨天葬。

从八宿县医院出来，有两条用石灰撒成的线一直延伸到马路上，很远很远。贡桑卓嘎说，白线里面是亡者走的路线，以此告诉其他冤魂不要打扰他，也告诉他要走生者给他打造的安全地带，顺利到达他要去的地方。

贡桑卓嘎学我因为没戴眼镜眯着眼睛看前方的样子，说："你总是心不在焉。是不是想孩子，想回村了？"

- 193 -

贡桑卓嘎和她的朋友次珠，孕期很接近，都是已经五个月了。她们一个胖，一个瘦，一个看起来好像就要生了，一个看不出怀孕了。

和两个孕妇在一起，她们希望传递给我西藏的更多层面：路边的菜摊，山后面的村庄，甜茶好喝的藏餐馆，味道纯正的火锅城，还有红灯区，各种年龄各种相貌的内地女人。

贡桑卓嘎带我去他们刚分配下来的宿舍，展示她的居家生活，还有念珠、新藏装、披肩、布娃娃，从印度商品店里买来的牙膏、照片等。她给我讲她念的经都是什么意思，什么样的情况念什么样的经，以及妈妈平时在家里念什么经。她也偶尔抱怨她老公下班后不回家，而是跟同事去打麻将。她说，有条件的话，她每天都念经，至少要念六字真言，她说她小时候妈妈就是这样的。

次珠的老公在八宿县城附近的乃然寺驻寺，他带着我们去了寺院里。喇嘛在阳光里念经，狗儿四处悠闲地乱逛，在硕大的轮回图面前，他给我们讲他理解的轮回。

他说，轮回说里，仙、人、魔，天堂、地狱、人间，无论哪一界，都脱离不了三大弱点：（蛇）贪婪、（猪）懒惰、（孔雀）嫉妒。轮回图显示着人性的灰暗——脖子细细，肚子大大，意即：只进不出，吝啬。口不择言、背后说坏话的结果是：牛在舌头上耕犁。偷看别人欢愉的结果是：眼睛会被箭射穿。一幅轮回图有各种版本，每个人的轮回说都带有个人色彩，无论哪一个版本，最终汇为"善恶有报"。

次珠是个孤儿，一直在亲戚家长大，她说她很幸运，亲戚对她很好，她学习也很好，碰到了愿意对她好的老公，顺利考上了公务员，现在准备当妈妈。

从乃然寺回县城要经过的那座大桥上，风吹着她的头发，她腆着肚子，说着她从一个孤儿长到现在的故事。

三十六
出村

风很大，又带着哨子。

去拉萨朝圣的村民们陆续回村了。

次旦的妈妈也去了拉萨，给没去拉萨的村民都带来了黄色的绳子。次旦和姐姐屁颠屁颠地把黄绳拿到学校里来，示意我在火炉旁坐下，然后小心翼翼地把黄绳系在我的手腕和脖子上。那娇艳的黄，成了我身上少有的亮色，喜庆喜庆的。她们说，戴在身上，佛祖会保佑。

她们还带来了碾成粉末状的松柏，把它们放进正在燃烧的炉子里，有股清香的味道。烟多了起来，原来的明火有点被压住了，不过，一会也就着了起来，比之前更旺了，这也是煨桑的一种形式。

次旦的妈妈会一点点汉语，她很少来学校，这一次也随着姐妹俩过来。看着她们俩给我戴上的黄色，她竖起拇指说："好看。"

她站在门口，看我的房间和我的帐篷，听着那呼呼的风从外面吹进来，摸着我的肩膀问："莉莉，你怎么不回自己的家乡？"

索朗措姆的妈妈叫我去她家，她拉着我的胳膊，指着家的方向说："莉莉，妈妈。"她是说妈妈回来了。

房间里，昏暗的灯下，老阿妈把用塑料袋装好的苹果、糖果、核桃放到我怀里。我说："不吃。"老阿妈说："路上吃。"那是老阿妈从拉萨回来时买的，应该是她给孙儿们的零食。每次他们撒娇时，她肯定会以此来哄他们，接着，还会把他们抱在怀里亲一下。

拉萨朝圣一个月，回到村子里的老阿妈瘦了。瘦，让她的那件藏袍更宽大了，辫子也更长了。

索朗措姆的爸爸唯一会说的汉语是：你，藏语的，不会；我汉语的，不会。他有着一张总是笑眯眯的脸，他也被卓嘎认为是"好看的，像汉族"，我想，主要是因为他的皮肤不是那么黑红。村里皮肤没那么黑的大村民和小村民，都被卓嘎划到一个行列。

那晚，老阿妈包了包子，给我盛了很多酸奶，酸奶里加了很多糖。她用她的方式催我快吃、多吃，手里的还没吃完，她又递过来一个，再做一个递向嘴边的手势。她不说话，就是把东西一个劲地拿给我，看着我吃，再拿给我。

老阿妈包的包子很好吃。那晚的包子是土豆馅的，土豆先煮熟，再放油炒一炒，这样的工序是为了让我这个外来人吃得舒服，他们自己往往也就是吃奶渣白菜包子。即使吃土豆馅的，也没有那么多的工序，顶多就是煮熟了，做成土豆泥，放点盐，直接包起来。

跟去拉萨之前一样，老阿妈还是在试着满足我的口味。其实我想告诉她，她包的别的包子我一样喜欢吃。但是这个意思，表达起来有点麻烦，但凡表达起来曲折的情感，都被我无奈地憋在了心里。

我买了电热毯和粉色的睡袋给老阿妈。听说，每次晚上吃完饭，索朗措姆就主动拉着老阿妈去睡觉，她说，这里冷，那里暖和。她对那个电热毯充满了好奇和好感。

我买的那些治疗胆病和风湿痛的药，被老阿妈用塑料袋包裹了好几层，小心地放进了一个抽屉。她不知道，我多么想，多么想把她身上那些让她疼痛的病一起带出村。

- 196 -

一大清早，推开学校的门。扎西四郎贴着墙边往学校里走。他拿了妈妈新烙的饼子说："爸爸给。"我说："老师不吃。"他说："爸爸说路上吃。"

他应该是早早就来了，一直在学校墙壁的拐角处，看到我开门了，所以才走过来。

自从知道离别以后，房间里有着太多"路上吃"的东西。这个"离别"，大家都没有说出去，孩子们的理解是：放假了，放假，那就是每个人都要回有爸爸妈妈的家了。

我取了最后一次包裹，从某种意义上说是最后一次回村。与邮局的扎西群培也做了道别。车子开进村子，又扬起了很多尘土，白局指指后面说："你看。"我转过头，一群孩子跟在车子行驶带起的尘土飞扬里，每张笑脸看起来就像是一朵花。

所有的包裹分成93份，每户村民都有。

来来往往的喧闹里，丁增卓玛的妈妈取完衣服，从怀里掏出一个东西，套到了我的脖子上，那是一条哈达。

她好像无意中打开了一个具有魔力的盒子，因为突然间冒出来很多很多哈达。有的孩子会觉得不好意思，冷不丁地跑到我面前，慌忙地套上，转头就跑。给一个他们取笑不停的老师套上哈达，他们觉得有趣，还有点害羞。

孩子们拉我去老的村委会，他们说，开会。村民们盘腿坐在寒风肆虐的院子里的，每个人只露出两只眼睛，白局讲了村子里的计划后，让我也讲几句。

我对着满院子的村民鞠了三个躬说："明天就要走了，这一年谢谢。"莎莎翻译了我的话以后，再翻译村民的话。她说："村民们说应该谢谢的是你，孩子们比喜欢父母更喜欢你。"

寒风中的那场露天会议，像是炒菜时突然加的一道佐料，加重了离别前的伤感。

- 197 -

我被孩子们挨个地拉着去他们家。

每个家里都备着热热的酥油茶，包好了鼓囊囊的糌粑。

巴登一家人全部换上了新的藏装，包括还在怀抱里的小妹妹，巴登的爸爸让我把他们装进手机里，他说："你的带走。"

扎西四郎在奶奶面前把哈达放到我的脖子上，我弯下了腰，他踮起了脚尖。他比我还是嫩了点，先哭了出来。

手抖个不停的老人领着我看了他房间里的每个角落，那是他一生缔造的王国。他骄傲他的孙子学习成绩很好，他说，正在读六年级的孙子对他说，将来考到北京去，因为莉莉在那里。

月光朗朗，村里如同白昼。公秋次旦等在学校门口，站在学校一高一低的台阶上。

那个晚上，嘎玛西热家又蒸了包子。

嘎玛西热的老婆还是一直说谢谢。她从入冬时就开始帮我,帮了我一个漫长的冬天。给我提水她说谢谢,给我包子她说谢谢,给我小苹果她说谢谢,每次她帮我,她都说谢谢。

谢谢,是我们两唯一能懂的语言,是她唯一会的汉语。

嘎玛西热家挂在房间里的挂历上,大大地写着"老师"两个字,跟在后面的是我的电话号码。嘎玛西热家有三个女儿,她们的年龄远远大于我教的那些孩子们,我没能来得及教其中任何一个。

时间好像被抽屉的把手紧紧关了起来,这个封闭时间里所有的事情告诉你一个道理:再没有比不知未来是否还能相见的告别更让人心生难过的事情了。

- 198 -

一夜几乎无眠,我还能早早地起床,而且还看到了雅隆冰川上的日照金山。

刚进村的时候,每天都嚷嚷着要看日照金山,后来它们逐渐被每天那么多的事情赶到了脑后。

嘎玛西热的大女儿上楼叫我吃早餐,她说:"已经拿过来了,就在楼下。"

热气腾腾的包子,还带着辣椒酱。他们自己早就吃好了早餐,但一直把包子放在炉子上热着,看到学校的烟囱冒烟,知道我起床了,也就过来了。

孩子们牵着我的手、胳膊、衣角,让我转不过来身,腾不出手脚。房间里有点凌乱,扎西四郎不让我拆帐篷,他说:"帐篷不拆,你还会回来。"

洛松玉珍、丁增卓玛、扎西旺姆，嘴里说着我的名字，将头搁在胳膊上，而胳膊又搭在木头墙上地哭。不知道的，以为那个叫莉莉的"挂"了。

- 199 -

孩子们和村民都聚在楼下，车，也来了。

拥抱，从这个怀抱到那个怀抱。他们像拥抱自己的孩子一样，拥抱我。我也早已把这样的拥抱学会了，并且将它们带到了城市里。只是，这样的拥抱到了城市后不久，也随之发生了变化。不久以后，拥抱索性就不见了。

远远地，老阿妈手提着藏袍走过来。老阿妈的辫子还是那么好看，那些皱纹好像天生喜欢刻在她的脸上，形成的沟壑，看起来不是衰老，而是深刻。那种深刻，是想告诉你太多你不知道的事。

好像所有的场景都已到位，剩下的就是我要完成上车、关门的动作。

跟村里发生的每件事情一样，所有事情都发生在你的想象之外。这里有太多的意外，每一个意外都是生命里的闪光点。

即将上车时，老阿妈从一如既往臃肿的黑色藏袍里掏出了50块钱，她又一次让她的怀抱像个永远有惊喜的宝库一样。她把钱塞给我，我推回去，她再塞给我，我再推回去。后来她干脆直接把钱塞进我的衣服里，老阿妈肯定认为我的衣服也像她的衣服那样，能变戏法一样拿出很多东西，也能放进去很多东西。

群培挂着拐杖上车，车子带着我们，行驶在颠簸的出村路上。

两个学前孩子，一个是罗布措姆同父异母的弟弟，一个是被打得双目失明女人的外孙。他们捧着哈达从低洼处的村子中央走过来，哈达高出他们的头部，他们的小身板爬上了一个陡坡，走到了车子行驶的出村的路上。

- 200 -

在村里时，老阿妈给我取了一个藏族名字，叫丁增卓玛。学生丁增卓玛曾经拿着一个布娃娃说："你看，你是丁增卓玛（大），我是丁增卓玛（中），它是丁增卓玛（小），我们都叫丁增卓玛。"

我反复做一个梦。

梦里，村中广袤的土地上，长满绿油油的青稞，不久，它们变成了黄色，后又变成了糌粑、酒、药，接着又是一地的绿色。

梦里，似乎每一个孩子都变成了青稞，也似乎每一棵青稞都变成了我不认识的村民，他们顽强、坚韧、善良，不是绿就是黄地生长在高寒的苍茫之中，自给自足，世世代代。

梦里，老阿妈总是站在路上，从她宽大的衣服里，掏出吃的东西，它们养我一生一世。

少年开始娶妻，少女羞涩嫁人。有新生命来到人世，也有生命离去。离去的有不到10岁的学生，还有只会酗酒的男人。

安静而美丽的来古村，行走在岁月的长河里，以它不知疲倦的勇气装点着神秘而日常的西藏。

后记

出村路上我开始咳嗽，白局说："走的时候生病，不用让群培找人把你给架出去了。"

这个漫长、寒冷的冬季，进藏、出藏的车辆稀疏，一辆回拉萨的大巴车在镇子上停了下来，它带着人们通向阳光和氧气。

跟最开始由拉萨进村时一样，遇到了石头坠落在粗糙狭窄的路中间，车辆停在山下崖上的冬季寒夜里，像来古村在西藏一样，没有声息。而里面的生活还在继续，人们在喘息、咳嗽，还有孩子们的电话过来，他们问：到了哪里？还咳嗽吗？像是不放心的孩子离开了熟知的安全地带。

回到城市，汽车的鸣笛声，人群的说话声，甚至争吵声，建设工地的隆隆声，嘈杂而又陌生。红绿灯闪烁的十字路口，像是由轮船到陆地之间冗长又陡峭的梯子。

村里经常会有电话和短信过来。孩子们问：你在干吗？你全家都好吗？你健康吗？你全家都健康吗？你快乐吗？你什么时候来？你会来吗？

这是村里孩子的特殊语态，与"吗"字在汉语正常语态中不一样，孩子们想表述的是一个肯定句或者感叹句。村民们说，虫草越来越卖不出去了，贝母的价格没变，新挖了当归，村里女人已把它当作了治病的药，还有家里让女儿读高中了。

我像是打了鸡血一样到处讲着来古村的故事，直到有一天，我看到自己像鼓鼓的气球悄悄地瘪了下去。光彩照人的商场里，川流不息的人群中，像刚进村的那个夜晚一样，我坐在地上号啕大哭。

西藏，来古，它们像是沙滩上退潮的海水，正在离我而去。赤裸的沙滩，风吹日晒，沙土四处离散。

来古村的孩子后来也到了内地。眉头紧锁的人来人往中，只有他们的黑红脸蛋在露出牙齿地笑。看着雾霾紧锁的城市，他们问："莉莉，你们这里没有太阳吗？"

他们满脸好奇地看着一切。

巨大的吞吐机一样的周末商场，地下还有房子？还有火车？街上那么多人，他们怎么都、都、都不笑？你们这里什么都吃吗？怎么什么肉都有？

卡夫卡1920年左右给女友的信里写过这么一段话：我正在读一本关于西藏的书。读到对西藏边境山中一个村落的描写时，我的心突然痛楚起来。这个村庄在那里显得那么孤零零，几乎与世隔绝，离维也纳那么遥远。说到西藏离维也纳很远，这种想法我称之为愚蠢。难道它真的很远吗？

一百多年后，熙熙攘攘的城市对于西藏村落里的孩子来说，不再遥远，但又遥远，遥远得与他们无关。

村里的孩子有时在想，你们成长的一生需要多少人在身边？需要多少便捷？又需要多少物质？

我在城市里数着光阴，有一天，索朗卓玛给我打来电话，她说他们学写信了。她问我："你知道我们写给谁的吗？"我故意问："谁啊？"她大笑说："你啊。哈哈。"

一个多小时的时间里，她给我读每一封写给我的信。信里说："你刚来的时候，二十多岁，长得很漂亮。不知道你现在长高了没有，我们长高了，你看到了肯定会高兴。我也想长大以后当一名老师，一名像你一样的老师。我想你在我们身边……"

她说爸爸买年货去了，妈妈在外面洗衣服。我问她，等爸爸妈妈都回来，村里的天是不是也就黑了。

远离铁路与城市，她在荒僻的村庄里读着一封封不知道怎样才能寄出的信，给遥远的一个人听。

这样的景象和老阿妈从怀里掏出吃的东西给我一样，坚定、有力地长在我的脑子里，像一株生命力极其旺盛的植物。

她告诉我说，村里的天气很好，因为有太阳。

只要阳光出来，就会有数月的晴空灿烂，生活立刻就不一样了。

跟所有地方一样，这里每天都上演着生老病死。2016年7月，卓嘎将命丢于挖虫草时遇到的雪崩。她35岁的生命戛然而止，让城市里的我唏嘘不已。

走过几个人的生死，《来古记》即将与您见面。感谢所有人。